稀見筆記叢刊

風世類編

闇然堂類纂

[明]程時用 撰

[明]潘士藻 撰

张振國 點校

文物出版社

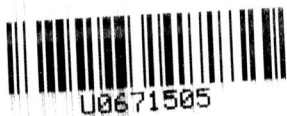

圖書在版編目（CIP）數據

風世類編　闇然堂類纂／张振國點校．—北京：
文物出版社，2018.5
（稀見筆記叢刊）
ISBN 978－7－5010－5453－4

Ⅰ.①風…　Ⅱ.①张…　Ⅲ.①筆記小説－小説集－中國－明代　Ⅳ.①I242.1

中國版本圖書館 CIP 數據核字（2017）第 279026 號

風世類編　［明］程時用　撰
闇然堂類纂　［明］潘士藻　撰
张振國　點校

責任編輯：李縉雲　劉永海
封面設計：程星濤
責任印製：梁秋卉
出版發行：文物出版社
地址：北京市東直門内北小街 2 號樓　郵編：100007
網站：http://www.wenwu.com　郵箱：web@wenwu.com
印　　刷：北京京都六環印刷廠
經　　銷：新華書店
開　　本：880×1230 毫米　1/32
印　　張：14.75
版　　次：2018 年 5 月第 1 版
2018 年 5 月第 1 次印刷
書　　號：ISBN 978－7－5010－5453－4
定　　價：60.00 圓

出版説明

《風世類編》是明代徽州文人程時用編撰的筆記體文言小説集。程時用，字際明，號豊玉齋主人，休寧率口（今屬黄山市屯溪區）人。生於嘉靖十五年（一五三六）。其主要著述多在隆慶萬曆年間，隆慶六年（一五七二）曾纂修《休寧率口程氏續編宗譜》，萬曆二十八年（一六〇〇）刊刻《風世類編》，此後未見記載，當卒於萬曆後期。

《風世類編》十卷，今存明萬曆二十八年（一六〇〇）黄應詔刻本。前有萬曆庚子（一六〇〇）曾任休寧知縣的祝世禄撰《序》云：「休陽程子際明，多識古今，於人若事可矜、可羡、可駭、可愕者，隨手筆之，用備觀覽」，「按籍而得者十之六七，傳而聞者、旁而睹者十之二三附焉。」又有萬曆庚子（一六〇〇）夏日豊玉齋主人程時用《自序》。爲了避免龐雜，作者把這些故事分爲祥使、咎徵、孝友、臣鑒、交誼、壼懿、分定、梦徵、諭冥、物感十類。「條分類析，善惡具載，而要歸於懲勸」，故友人爲題其首曰「風世」。程時用在《自序》中非常自信地强調自己所編輯的小説在改變世風方面所起的作用，强調小説的道德訓誡價值。其小説成就較突出的如卷一《祥使》中寫到明正德初年，一個徽州商人王某因出資救助一對投水尋死的母子而自己也免於大難的故事。該篇影響到《二刻拍案驚奇》卷十五《韓侍郎婢作婦人　顧提控掾居郎署》入話部分的創作。卷三《孝友》記敘萬曆年間浙江武義縣王世名隱忍數年爲父報仇，又不忍讓審案官員開父棺驗屍而觸階自殺以正國法事。影響到《二刻拍案驚奇》卷三十一《行孝子到底不簡屍　殉節婦留待雙出柩》的創作。《風世類編》還通過當朝發生的一些社會事件揭露社會的弊端和政治的黑暗。如卷二《咎征》寫因宣德皇帝喜歡促織之戲，地方官就讓百姓繳納以討好皇帝，結果造成蘇州楓橋糧長夫妻因促織雙雙自縊身亡。《風世類編》的編纂既記錄了古人的嘉言懿行，贊揚了忠貞孝友的可貴品格，也體現了古人的善惡與命定觀念。這些小説雖文筆簡潔，但却對明代文言小説和白話短篇小説都産生了影響，是一部具有較高文學價值和史料價值的文言小説集。

《闇然堂類纂》是明代徽州文人潘士藻編撰的筆記體文言小説集。潘士藻（一五三七～一六〇〇），字去華，號雪松、玉笥山人，明徽州府婺源縣桃溪（今江西省婺源縣中雲镇坑頭村）人。明萬曆十一年（一五八三）進士，授温州推官，擢御史，以直言敢諫，爲東廠中官張鯨所銜，謫廣東部政司照磨，尋擢南京吏部主事，再遷尚寶卿，卒於官。著有《闇然堂類纂》《洗心齋讀易述》及《闇然堂日録》等。《明史》卷二三四有傳。

《闇然堂類纂》六卷，今存萬歷刻本。前有萬曆壬辰（一五九二）仲秋吉水鄒元標《序》，指出作者編該書的目的是有感於「世俗澆漓」，故編是書，以「勸人真性，發人生機，歸於厚道」。又有萬曆癸巳（一五九三）盧陵劉日升《跋》稱「是編事無纖巨，期於風物；言無小大，期於關人。高標勝踐，槼矱具之目前；名理雅譚，妙契得之言外。顓愚不困於深微，頑頓坐銷其憎忮。一字之諷刺，只語之省發，令人短詠而躍然長思。」從内容來看，卷一訓惇，多從野史雜記中採録有關孝友的故事收入。如《萬里尋親》寫萬曆六年趙重華萬里尋父趙廷端事。卷二嘉話，多記德行人品高尚可爲後人楷模者，如《多還失金》《悦心長老》《晚成名士》等。卷三談箴，多議論，其篇目如《持富以廉》《淡泊之益》等亦有關風世之文字。卷四警喻，皆録發人警醒之故事，不少帶有寓言色彩，如《閑云館野語》《東郭士人》《靈丘先生》《拙故能全》等。卷五溢損，寓得失命定觀念，勸人不可妄求，如《泰和郭氏》《守財神》《積財速禍》《嗜利明鑒》《得金致禍》《飛石岩》等。卷六徵異，以看似奇異其實暗含因果的故事來教化世人，如《施藥陰功》《埋毒獲錢》《以孝免役》《善人有後》《戰馬報仇》等。明代李贄根據《闇然堂類纂》節録成《闇然録最》一書，算是《類纂》的節選本，可見李贄對該書的重視。李贄在《闇然録最引》中說：

《闇然堂類纂》者何？潘氏纂以自爲鑒戒之書也。余讀而善之，而性健忘，且老矣，目力漸竭，不可以多取，故録其最者以自鑒戒，而又以見潘氏之善鑒戒焉。余之別潘氏，二十有二年矣。其初，直爲是木訥人耳，不意其性剛如此也。大抵二十年來，海内之友，寥落如晨星矣。其存者，或年往志盡，則日暮自倒，非有道而塞變，則盖棺猶未定也。其行不掩言，往往與卓吾子相類。乃去華之相見於今日也，其志堅，其氣實，其學造，其行修，其神凝，斷斷乎可以托國托家而托身也。如此，非其暗室屋漏之中闇然自修，不忘鑒戒，安能然乎？設予不見去華，幾失去華也。予是以見而喜，去而思，思而不可見，則讀其書以見之，且以示余之不忘鑒戒，亦願如去華也。夫鑒戒之書，自古有之，何獨去華。蓋去華此纂，皆耳目近事，端的有據，時日尚新，聞見罕接，非今世人士之所常談而飫嗜者。譬之時文，當時則趨，過時則頑，人之情也。又譬之於曲，則新腔；於辭，則別調；於律，則切響。夫誰不側耳而傾聽乎！是故喜也，喜則必讀，讀則必鑒必戒。

《四庫全書總目提要》則稱其「大抵皆警世之意」，「時當明季，正風俗凋弊之時，故士藻所録，於驕奢横溢，備徵果報，垂戒尤切。蓋所以針砭流俗也。」其中部分小説也對「二拍」産生了影響，如《初刻拍案驚奇》卷十四《酒謀財於郊肆惡 鬼對案楊化借屍》入話部分寫丁戍吞没結義兄弟盧疆藏金，并賄賂獄卒將盧斃於獄中，結果受到盧疆鬼魂附身報應。《闇然堂類纂》卷六《冤魂酷報》所記故事情節與此相類，很可能對淩濛初的創作産生了影響。

《風世類編》《闇然堂類纂》中所記載古代人物的美好品行不但彰顯了我國傳統的

道德理念，同時也是我國優秀文化品格的承傳載體，其中所傳達的愛國、敬業、誠信、友善、清正廉潔、敦親睦鄰等理念對於我們今天踐行社會主義核心價值觀同樣具有借鑒意義和參考價值。

本次校點，《風世類編》以萬曆二十八年黄應詔刻本爲底本，參校以《風世類編》取材之《見聞紀訓》諸書。《闇然堂類纂》以萬曆刻本爲底本，參校以萬曆間喬山劉氏刻《新刻闇然堂類纂皇明新故事》本及其他相關文獻。凡底本脱訛之處，據他本改正，不出校記。在本次整理過程中得到地處古徽州的黄山學院師友大力支持，部分學生還積極參與了文獻查對和文字録入工作，在此一并致謝。由於能力所限，校點疏誤之處在所難免，敬請讀者指正。

張振國記於黄山學院之對影齋

風世類編

明·程時用 撰

序一

休陽程子際明，多識古今，於人若事可矜、可羨、可駭、可愕者，隨手筆之，用備觀覽。每遇子弟，津津道不置，曰：「若可法，若可戒，能若若則爲吉祥善事，脱若若則賈咎梯殃。」聽者終日忘倦。汪將樂叔圖見而愛之，因而進際明。載籍所稔見者删，删其習也；耳目所聞見者標，標其罕也。按籍而得者十之六七，傳而聞者、親睹十之二三附焉。梓成，屬序於不佞。不佞手閲數四，徘回廢晷，嘆際明之用意遠也，題而名之曰「風世」，且爲之敘其義。《易》曰：「鼓萬物者，莫疾乎風。」風起青蘋之末，俄偏大野，搏之無形，俔之無象，靡不暨而靡不入。其入，巽不可知，不脛而馳，萬有咸被。惟其靡不暨也，世因有藉學士縉紳之談説而不能格田畯婦孺，茲且可俗譬而俚喻；惟其靡不入也，世因有動四方招千里而不能一隙寸枘之用，茲且可間移而内破。不詩書而有詩書之勸，不刑罰而有刑罰之威，寧獨有之，而且助之。譬若優孟扺掌，大之可以動王公，而巫覡里嫗侈禨祥、實因果，悍夫戾婦爲之彷徨揮涕。故讀是編者，可以敦倫，可以遷善，可以醒慝。其事博而典，其意曲而該，其類事而要，令人解頤聳聽，憣然憮然，有不知其所以然而然，風之入何喻焉？際明故以學《易》出余門，是編也，彌近彌遠，他日余咨海陽之風其有聞於天下也，且以是爲際明功矣。編之類凡幾，其目具在篇中。

萬曆歲次庚子九月

賜進士第南京吏科給事中前知休寧縣事豫章祝世禄拜手撰

序二

自大雅之風正，而後褒予譏刺，一稟於《春秋》，其鼓舞風厲之權，亦一歸於懲勸。故後有君子，無論秉筆摛詞，紀言書動，即位在齊民，亦得以耳目所睹，記載之閭史，傳之其人，通都大邑以風覽世世。吾友程君際明，幼負用世之志，以制業風多士，凡六大比，無不在諸生甲等。人人無不謂成名無疑，而君竟初服晏如也。其所交遊，輒後先成進士，則又無不謂君成名無疑，而君竟猶然初服晏如也。既乃喟然嘆曰：「吾即不能風於朝，殆不可風於野乎？」遂自攻古文詞外凡百家稗史有可爲門弟子鑒者，輒録之赫蹏，業已藉藉成幀矣。戊戌夏，予得嘉禾陳棟塘先生《見聞紀訓》，攜以示君，君見而後喜可知也。曰：「吾閉户而造車，出門而合轍，庶幾言以徵而益信矣。」於是合其同，離其異，自宋以上傳紀者無廣，廣恐其雜也；自明以來聞見者無略，略恐其遺也。編成而顔其額曰「風世類編」。蓋以風者，動也，帝王鼓舞之神機，士君子淑世之微權也。淑世而不藉於風，則以形臣志，內有遺衷；以表臣里，外有餘眚。故使人相漸相靡，巽焉而不自知，無過於風。而風之入人易者，又無如吉祥因果之類，故首作《祥使》者，言爲祥所使也；祥使而下若災眚、殃咎最易警懼人，故次《咎徵》，言咎必有徵也；父子兄弟天屬攸敘，寧待勸懲而後善？作《孝友》；若君臣，若朋友、夫婦，合自人哉而成乎天，作《臣鑒》《交誼》《壼懿》；夫人心何厭之有？非風之以一定，喻之以先徵，則蠅營狗苟將曷底止？作《分定》《梦徵》；至若鬼神犢養之説，君子所不道，然以喻末俗則遠過漠典，故以《喻冥》《物感》終焉。凡此十類，倫物具陳，善惡群載，其意簡而明，其詞典而則，其旨亦若《風》《雅》之淑世，《春秋》之行權，而《左》《國》遷、固之稗史，非夫？余與君交垂三十年，而挹君温和之風政復不少，故因是編之刻請而序之，以俟世之採風者。

萬曆庚子八月既望古閩將樂尹社弟汪文璧頓首拜撰

自序

余幼好涉獵，於習制舉外，若都試之暇，輒購稗官野史、叢談幽怪諸録讀之。顧其言怪迂無當，猶之山珍海錯，非不可口，要以風覽世教則不若倫常之粱肉，最後閲《世説》《語林》諸紀，詠然有間矣。然記載懸諸日月，無容拾瀋，惟出於輓近耳目之睹聞與夫小乘、外記之未及，孅悉好醜，錯陳臚列，於以備觀刑昭勸戒，使見之聳然，聞之駭然，感之蠢蠢然，鼓舞而暨及，其爲風教豈淺鮮哉？余懼謡俗之第靡，没溺於風會而不反，而又媿余之闇沕，無能摭據固實蘇援世事以合三五之風，徒以生平所徵信者時出以訓子弟。歲戊戌，於友人將樂汪君叔圖所得閲《紀訓》一書，欣然有慨於中，遂旁搜四方塵談叢説，以及薦紳父老之傳，耳目見聞所習，隨得隨録，不踰月而盈篋積矣。第其中龐雜棼舛，魯魚莫辨，因爲删繁訂贗，去其無關倫紀、嵬瑣譎誕者，釐爲十類，類爲一卷，起《祥使》至《物感》，條分類析，善惡具載，而要歸於懲勸，故友人爲題其首曰「風世」。誠以風，風也，教也。風以動之，教以化之，嗟咨詠歌以感發之，言之者無罪，聞之者足以戒。又如風，風也，發於天籟，竅於人心。其德巽，故其入深；其用神，故入物而不自知；其行舒疾遠近，故其入不齊。是故詩人用以褒刺皇王，用以尃猷君子，用以動物，一也。今是編之作，即不敢上擬《風》《雅》，下垂世教，然以匏巴鼓瑟而使人心怡神曠，至游魚出聽；韓娥一歌而市人悲悲喜喜，數日且不自止。況動之以自性，和之以天倪，有不翕然感者乎？是故，觀端人修士、藎臣肖子、貞夫勱婦所爲狀，何異和風之時麗，令人融融然追趨而逐嗜；觀憸人俗士、諂臣媚子、悍夫戾婦所爲狀，何異厲風之暴烈，令人颯颯然谽谺而奮擊；觀吉凶善惡倏徵立現，若應桴鼓而捷影響，何異萬竅之怒號，激者、謞者、叫者、譹者、宎者、咬者，惟所自取，令人凜凜然驚籧而惕慮，不翼而飛，不脛而走，不踰時而風天下暨後世。是編之刻，不無少裨矣。如曰小乘之載，未必皆實；輕聽之言，究且謬盭。挾郤則多誣；耆好則溢美。遂以此爲是編累。不知郢人之誤書，燕人以成治；商丘開信僞不疑，竟能蹈水赴火。是編即謬僞乎，何如郢書、范氏？而苟不後燕人、商丘開之信，其鼓發當不知何若也者，而安在不能風世也哉？書成，弟侄暨親友鋟梓以行，梓成漫序諸首。

萬曆庚子夏豊玉齋主人程時用撰

目録

卷一

祥使

語曰：「作善降之百祥。」又曰：「至人以德使，鬼神以祥使。」祥之萌也，其幾甚微；祥之至也，其應不爽，鬼神司之。鬼神有莫知所使者，何哉？水積成川，蛟龍生焉；土積成山，豫樟生焉；善積成德，富貴尊顯生焉。是故，爲善於家，取償於朝；爲善於幽，取償於明；爲善於身，取償於子孫。此感彼應，陽施陰报，肇祥毓慶，延歷綿邈。非其玄善膴德足以使鬼神而祥之也，其能若是乎哉？彼六籍無論矣，即史傳所載彰彰人耳目者，亦置弗録。録輓近聞見所逮及稗官小史之散逸信而有徵者，以示勸云。

尚書楊公翥，字仲舉，蘇人也。厚德瓌軌，卓冠一時。蚤從伯兄戍武昌，居人有相毆者，聞公來，皆束手曰：「待楊公過，我再毆汝。」其爲人畏服如此。比鄰搆舍，侵其桷，溜坠公庭。公不問，曰：「晴日多，雨日少也。」或侵其址，公有「普天之下皆王土，再過些些也不妨」之句。鄰人艱嗣，晚舉一子，公乘驢善鳴，恐驚之，鬻驢徒行。楊文貞公多其行，薦居翰林。明年，予告還蘇。有田兒數輩推仆其祖碑，守塚人犇告。公曰：「傷兒乎？」曰：「無。」曰：「幸矣！語諸兒家善護兒，毋驚之。」公之厚德多此類。景泰間進禮部尚書。

成化間，朝廷雅好珍玩。有中貴希旨，言宣德間遣王三保使西洋所獲珍異無算。上命兵部查之。時項公忠爲大司馬，劉公大夏爲車駕郎。項令查舊案，劉先入庫檢案匿之，吏苦索不得。項怒，笞吏。劉在傍微笑曰：「三保下西洋時費鏹數十萬，軍民死者以萬計，縱獲珍異，何裨國家哉？大臣不思毁舊案以杜病源，奈何復究有無耶？」項瞿然再拜曰：「公陰果不細，此位不久屬公矣。」後果爲司馬。

戶部尚書夏忠靖公原吉，長沙人，德量寬厚，喜怒不形。有一新進士戲乘公轎，公聞之曰：「此有志之士也。」置不問。無何，公得暴疾幾危，適松江一知縣饋鱸魚，公食而甦。問之，即前戲乘公轎者。又公居戶曹時，詔往蘇松治水利。一詩僧晉謁，時公新服大紅羅袍，隸兵捧茶誤覆公袍，公談笑若不知者。僧出，隸懼見責，邀僧於門，以冀解免。比入，公如前無一言及，僧嘆息而去。僉稱公德度一等韓魏公云。

【按】公治水利時，爲葉宗行所劾，公即親迎階下謝過，又薦葉於朝，授錢塘令。吕公震爲子乞官，公於上前贊之。人曰：「彼昔奏公，寧忘之乎？」曰：「某自得罪，彼何與焉？」平江陳恭襄公靖難時嘗欲害公，公後薦之揔理漕運，又内贊其所請以濟國事。其德皆此類。

劉濠者，誠意伯曾祖也，世居處青田南田山中。其東南三百餘里曰四谿，山谷隘險，居民相煽謀叛。元遣使遉動静，且列反者名。會豪民悉以仇怨家爲賊黨，具牘與使者，株連甚衆。使者道過南田，天寒，召父老市酒於劉家。濠知其故，憮然不樂，曰：「四谿民固多反側，亦豈盡然？今使者持牘去，必盡殲矣。將何計活之？」時其孫爚侍側，年甫十三，語濠曰：「我能活之。」因命濠備供具，邀使者飲。子弟更迭上壽，使者及侍從皆醉。濠乃竊啟裝中牘，凡列萬餘人。其一具爲首者名，亦二百人，遂悉燒之。因大呼有火。使者驚起，大慟曰：「安得牘以復命耶？」濠曰：「無故延火，恐有無辜而罹禍者，豈天故焚而生之耶？請勿憂，濠有所善在邑，度四日可往還。」使者留四日，得所取牘，止論報二百人盡殺之，其萬餘人皆得釋。濠子庭槐，慱學善知數，嘗曰：「吾家多陰功，子孫必有受封者。」又曰：「吾居宅坐辛向乙，丙水逆流三十步，吾子孫當有辛、乙、丙命者當之。」庭槐生爚，爚生誠意伯，其生年月日適符其言。以儒起家，爲佐命元勳，累官資善大夫，封誠意伯，推恩二代，皆追封永嘉郡公。

郭叔和，蘭溪巨族也，樂善好施。永樂癸酉，山崩溪發，叔和家當溪口，沿溪居民盡爲漂溺，流屍蔽溪而下。叔和倩人撈之灘上，族屬認而舁歸者百數，不能認者，叔和積薪置屍於上焚之，瘞其遺骨，謂之「叢塚」。山田亦多荒廢，叔和揚言衆曰：「愿布種者助之，吾不責償。」由是民無曠土矣。後叔和子弟若仲犧、仲南、仲初、仲時爲郎、爲執法、爲中舍者繼踵，亦積善之徵也。

餘姚謝公瑩爲福建藩司都事，南昌王公得仁爲汀州經歷。得仁之先亦姓謝，王則從其外氏姓也。瑩剛直，得仁廉惠。宣德間，沙賊鄧茂七流劫郡邑，瑩與得仁俱以才猷檄守松溪。政和之役，以計擒其首惡，而協從者千萬人悉原之，還所掠婦女若干，人民獲安堵。後瑩之孫遷登成化乙未狀元，官至少傅，謚文正；迪舉進士，官至布政使；曾孫丕亦以解元及第，官至少宰。得仁之子一夔登天順庚辰狀元，官至工書，復其原姓。孫、曾連登甲第，簪紱蟬連不絶。

黄汝楫，越人，家頗富。宣和中，方臘犯境，楫以財寶瘞於室地。忽賊黨來，云賊將拘掠士女，閉之空室，持金寶則許贖，否則殺之。楫曰：「我藏直二萬緡。」悉出以輸其營。二千人皆得歸，詣楫拜謝，歡聲如雷，爲之誦佛祈福。紹興中，楫爲浦江令，生五子皆科第。

李大父者，南陽李文達公祖也。有地千畝，歲種棉花鬻賣。有臨江三商持三百金市貨，盡發邸舍，主人不戒於火，延燒無遺。三商抱哭曰：「某等皆假人財物頻年辛苦所致，一旦隨手盡，奈何？」因躃地號天，各欲自盡。李父聞而語曰：「貨未登舟，尚爲我物；貨失價存，我當還汝。且汝失此不能歸，我失此，來年可復得。」即還其直。三人感謝不已。是夕，其家有客假宿舍傍，夜半後，聞堂中有人聲，客起竊視之，見兩緋衣人坐相語曰：「李某陰德固有，但陰宅所向不利，略轉從某向，貴不可言。」詰早，客以實告。李父異其言，即移所向。明年，生文達公，中宣德癸丑進士，天順末拜首相云。

沈公周者，東吴義士也。同鄉周玉妻王氏，夫死家貧，姑年七十餘，患痿足，不能履地。弘治壬子，吴中大水，王氏折屋以易食，食盡，負姑行乞。道路多水，艱難揭厲，乞於人，十無一二。雖有殘飱餘瀝，以精潔者奉姑，而以穢濁者充餒。姑泣謂婦曰：「年荒歲歉，我死垂旦夕，汝少年，當圖存活。」婦銜哀告曰：「假使婦先姑死，不能存姑。婦命未終，豈有棄姑之理？」姑婦俱飲泣而已。沈公聞而傷之，使人召見。其姑傴僂在負，二人餒甚骨立，若皆無生存之氣矣。月給斗米以助。因爲賦短歌云：「水没田，人没食，周家老寡姑，足痿不能立。湖村行熟今無路，新婦負姑饑乏力。東家西家水流竄，南鄰北鄰浪排壁。偶然殘飲得半瓢，清湯冷水浮少粒。灑粒飼姑惟啜湯，腸不能充唇略濕。夫既死，屋亦折，出無船，住無宅。膚皮撑骨活死人，但是喉中微有息。姑頻勸婦勿相顧，留汝一身還易給。嗷嗷兩口日待餔，一𤓰莫營饑火急。姑説罷，婦飲泣，生同死同誓不失。流離顛沛尚如此，純孝心肝堅似石。我亦移家出城邑，養親賣文當採食。月分斗米助弗及，不是有餘存惻惻。」

盛公顒，無錫人，都御史也，致仕家居。偶至一室，見數人鐍於内，出而詢之，皆鄰人負息錢者。公急飲之酒而召子弟取息簿與券契，子弟少難之，公怒甚，乃始捧至。悉取火焚於諸人之前，曰：「幸勿見嗔，更煩轉語鄉里，自今更無索矣。」諸人感激而散。立召子弟語之曰：「凡聚財，正爲給家用、賑鄰里鄉黨貧乏耳，何利其息而苦索耶？」盛氏至今科第不絶。

孝豐吴封君珏，南山公之父也，謹願長厚。一日自外來，道經别墅，遥望盜栗園中者，亟匿馬，從他路歸。語家人曰：「設彼見園主過，倉皇墮地，非死即傷，一粟所損幾何，而致重傷其命哉？」即此一端，封君之仁厚可類想矣，是宜後葉之榮遂也。

查道，字湛然，休寧人。初赴舉，貧不能上道，親族裒錢三萬遺之。道出滑州，見父友呂翁貧無以葬，將鬻女以辦喪事。道傾褚中錢與之，且爲其女擇婿。又故人卒，貧甚，其女爲婢於人，道贖之，嫁士族。又嘗於旅邸床下獲金釵一束，且百隻，遂托故止宿其旅，俟其人至，還之。明年登第，爲龍圖閣待制，進郎中，出知虢州，所至有惠政。

【按】道蚤寓毗陵琅山寺，躬事薪水以給衆。常衣巨衲，不洗濯，以育蚤虱。後待制龍圖，朝列服其重德，咸謂「查長老」而不名。又嘗罷館陶尉，與程宿寓逆旅，夕有盜取其衣。既覺，呼宿曰：「衣有副乎？翌日當奉假。」盜聞之，棄衣而去，鑒其廉也。

天順癸未，一士人上京會試，逆旅主人墮珥於盥器，其僕探而匿之。行數日以告，士人驚曰：「奈何取非其有，使彼骨肉相傷乎？」亟命反之。僕曰：「試期迫矣，姑竣事而後反，未晚也。」士人不聽，親往而歸之環，因再拜謝過。已果不及試矣。適棘闈不戒於火，入試者死且大半，朝議乃補試，而士人與在高選。

吉水羅雙泉公循，念庵先生父也。會試時亡一罽褐，同舍生內不自安，物色其人，紿公訪之。比入坐，故探其囊出褐示公曰：「是不類君物耶？」公謝曰：「物故相類，生醉語耳。」亟趨出，謂同舍生曰：「吾失褐，初無所損。彼得惡聲，尚復爲人士耶？」同舍生始遜謝不及。後雙泉公作宦，見一寺有棺七口，輒捐俸命僧瘞之。其年舉洪先公，長號念庵，亦緣此一念之善而名也。

廬陵彭思永，始就舉時，貧無餘資，惟持金釧數隻。同舉者過之，請出釧爲玩。客有墜其一釧於袖者，思永視之不言。衆莫知也，皆驚求之。思永曰：「數止此耳。」將去，袖釧者揖而舉手，釧墜於地。衆服其量。

唐李珏，世居江陽，以販糴爲業。人來糴者，授以升斗，任其自量，不計時之貴賤，每斗僅取息二文，久而成富。時宰相李珏出鎮淮南，珏避姓名之嫌，更名寬。李公忽一夕梦入洞府，見石壁鐫有李珏姓名，金字長尺餘，公視之大喜。俄有仙童出，曰：「此華陽洞天姓名，乃相公江陽部民，非相公也。」公愕然，寤。旦日，令人物色至府，叩以生平善狀。寬曰：「愚民不知所修，第歲時平價販糴，不乘時以徼利耳。」公擊節者久之。寬後百餘歲始卒。

此與《厚德録》載宋張詠知成都梦西門黄承事兼濟平糴事同。濟後簪纓不絶，亦與寬壽考同。豈非以食爲民之命，二公以編户而屬意民命，與壟斷争逐者迥異，故天鑒其德，錫之祉哉？

孔寺丞牧，以文行知名。歲飢，鄉民貸舉菽粟聽其自取，不責償。民有盜伐其竹木者，家僮執之，公問其所欲之數，命僮如數益之。所居園圃近水，夜有涉水盜蔬果者，公嘆曰：「晦夜涉水，或有陷溺。」即爲架梁。盜者慚，不復渡。《厚德録》

祝染者，富室也，延平沙縣人。爲人重義輕財。嘗遇歲欠，施粥濟貧。後生子聰慧，應舉京師，忽街上人梦捷者馳狀元榜，手持一大旗，書曰：「施粥之報。」及開榜，其子果爲特科狀元。

王公汝訓，字元卿，山東鄆城人。家故富，而父封君又善綜攝，朝夕持籌握計不輒，夜則募人防衛。王公甫有識，即告其父曰：「天之生財，以養人也；人之理財，以自養也。大人以是財，朝營之然，夕兢兢然，内累其心，外累其身，何爲者哉？兒即至愚不肖，不能顯揚大人，安忍大人若是？」封君立悟，盡召里中諸子、錢家焚其券，又罄廩庾所積輕重以施族里，人感而相依者數百家，遂成聚落。王公益得肆力於學，登萬曆辛未進士。至今其鄉稱「仁里」，亦戴封君爲仁人云。

王樵云公毓，字尹成，永嘉人。事父珍甚謹，日韋韝而治饔，衣冠而進之。比歿，廬墓三載。公又善耕，以其羨規爲子母之息，宛轉佐歉，歲使閭里常不乏。比鄰火，數百家皆燼，公計口而給之，其他孤寠，賑恤尤至。家世單緒，公一生七子，再傳二十八人，三傳九十四人，若封通政鈺、贈太理錬、訓導錫，其著也。四傳二百有六人，其尤顯者太僕清、參藩澈、國子祭酒激、中丞諍、掌教冽、序班沛及贈公澤與浥是已。

五傳三百五十人，而司理良弼、鴻臚良慶、署丞叔懋、副憲叔果、叔杲、僉事德、光禄叔本其尤著者。六傳四百九十人，而孝廉燾、如珪、光藴，錦衣千户如璧，其穎出者且未艾。嗟乎！王公以一人之身耳，而子孫之熾昌若此。揆其原，止以谷平濟閭里使凶歉不乏，孰知其獲報若此哉？詳具《王鳳洲集》。

曹州于令儀者，市井人也。長厚不忤物，晚年家頗裕。一夕，盜入其室，諸子擒之，乃鄰子某。令儀曰：「爾素寡過，何苦而爲盜？」曰：「迫於貧耳。」問其欲。曰：「得十千足矣。」如其數與之。去。復追呼。盜大懼。公曰：「毋驚，若貧甚，負十千以歸，恐爲邏者所詰。」留至遲明使去。盜大感慚，卒爲善士。君又擇子姓之秀者，起亭館，延名師課督之。子伋、侄傑、傚繼登進士。今爲曹南令族。事據宋代王辟之《澠水燕談録》。

鄉先達唐狀元皋爲諸生時，豪邁倜儻不問家。郡守幸庵彭公以大魁期之。會歲除，彭公問曰：「何以卒歲？」公曰：「鹽油柴米，四者俱亡。」彭出俸金三星贈之。公持歸，抵七里溪，見一婦攜一子一女哭奔至河。公問故，婦曰：「吾夫以罪繫歙獄，今鬻長兒得銀若干，將以爲夫贖罪，而銀隨手失，計無所出，故欲攜幼子女赴東流耳。」公亟止之，曰：「癡！奈何以錙銖而并三命。」遂全挈袖中金畀之，而室之懸磬自若也。復回謁彭公，曰：「適以賜金爲令公子種德，故復來見。」具以其事告。彭乃止公飯，而密遣吏至歙蹤跡其事。吏甫至獄門，而此婦亦持銀至，與夫言，盛稱唐公之德不容口。於是吏還白，彭翁益加禮贈焉。程生曰：「唐之襟度，夐哉不可尚已。乃郡守不迎師之日，而彭公知人，能得士如此，尤爲不易易也者。於乎！今也或是之亡矣。」

此與宋（朱）承逸見人將赴水代償子錢三百千事略同。然逸猶解己之有，而此則推人之賜，尤有難焉者。後逸是歲即生孫服，登咸寧榜第二人，而唐亦以甲戌狀元及第。天之報二公何如哉？

歷城尹氏，家貧無資，賣糕以爲活。一日息於道陰，客有市糕者，會暑甚，解鞍飲馬，脱衣而休。已而馳馬去，遺囊焉。尹氏知爲重齎也，伺莫夜以錫缶裝金坎土埋之，而植柳爲表。客故山西大駔也，越數年，柳且栱，始來故處，唏嘘慟哭。尹氏訊其遺與其時日皆合，起柳下金授之。客泣謝曰：「惟公所取，與我其餘可矣。」尹氏不可。中分之。又不可。曰：「我誠貧也。豈其不全掇之之爲快而寡取之、而中分之乎？」客不能强，九頓首以謝。尹氏夜梦神語之曰：「汝之陰德厚矣，貽汝一貴子。」彌月而生子旻，稍長，就横塾學。一日，與群兒遊城隍廟，戲書神背曰：「決配千里。」神夜梦告於塾師曰：「救我！救我！天官遣我遠戍，奈何？」塾師晨起，偏詰群兒，知旻所書，亟命往除之。後果爲進士，爲吏部侍郎者九年，天官者九年。

嚴冢宰，滇人，父故能醫。一日，鄰有醫者死三日復蘇，語人云至一大第，宅有穹碑，主者令其記碑上語傳示人間。語曰：「醫生嚴用和，施藥陰功多。自壽添二紀，養子登高科。」誦畢遂暝。已而冢宰生，弱冠登甲辰第。

雲南安陵州張碧塘素，母臨娩時，其父見所善趙道人入其室而生。趙道人者，故昆明屠兒。一日，縛母牛將屠之，淬刃於石，因置焉。而母牛之犊睨其側，竊啣刃納石罅中。屠回，索刃不得，旁見者告之。屠以爲誑己，因復置刃石上，而隱身以伺，見犉復竊刃如初。乃大驚悔，遂棄其屠，而與牛俱上華山華亭庵，日叩頭佛前，懺甚力。久之，額頫肉隆隆起如瘤。碧塘既生，額有痕隆起如圓珠。登第，曆官至都御史。程生曰：「屠兒廣額日殺千羊而能發心成佛於諸大菩薩及阿羅漢之先，則趙道人之後身登第，又其餘矣。」

尚書澹泉鄭公曉，浙海鹽人。宦京時，父封公買其鄰之産而少抑其直，其鄰深憾之而不敢言，但日夕思死化爲蛇以螫之，又命子他日爲棺必開小穴以便出入。其人漸病，腹漸脹。無何，封公卒。尚書持服歸，聞其事。一日，治具召問其人曰：「先大夫受君産而減君直幾何？」曰：「五十金。」公曰：「君今欲贖故産乎？抑償直也？」其人曰：「券成已久，亦欲如直而止耳。」公欣然出五十金與之。其人大喜，遂即席盡醉。甫低首揖別，忽吐一蛇於地，首尾皆具，但未開眼。其人病尋愈。程生曰：「觀此固見怨毒入人之深，尤見君子彌怨遠害之道。」

太宰屠襄惠公歸營第宅，規畫已定，前爲老嫗敗屋二楹，適當門樓之基。屢人勸諭，而嫗堅不聽命。既得吉矣，公於丙夜從一小奚往扣其門。嫗問知公，曰：「此不過欲券吾屋耳，寡將安歸？」公曰：「汝第起，吾雖成券而不汝徙也。但去敗屋而更之新，聽汝居而不限汝年，仍以資佐汝子生殖，不亦可乎？」嫗曰：「即如是，幸甚，但須明載券中。」公乃出柴薪二錠，重二十四兩，浮其直付之。嫗命子販鬻，日裕，告公辭去。公遽止之，曰：「此可相安，不汝厭也。」嫗曰：「恃我公寵靈，業已成家娶婦矣。擇日徙之，復何待乎？」公曰：「嫗幸得所，其如去舊鄰何。」款以酒食，惆悵而别。噫！二公淳厚如此，宜其永享大禄也。

宋馬涓，四川人，中元祐辛未狀元。初，父某艱嗣，置一妾，見其約髮以白繒而蒙以絳綵。詢之，則曰：「妾父本守某官，不幸死，無以歸葬，故至鬻妾。」公惻然，即日遣還，不責所負，且厚有資助焉。是夕，梦一翁謝曰：「我，妾之父也。聞之上蒼矣，願君家富貴涓涓不絶。」及生子，因名之曰「涓」。此與馮商、袁韶之事同，而其後葉之榮顯亦同。

永新劉某，行業端茂，永樂戊子領鄉薦。會試下第，道遇滏水，一女子號救，劉命援之登舟，附載以歸。道中皎然不涅。抵家，婦迎問曰：「買妾乎？」劉告之故，因命人送之還家。至則大川茫茫，親識皆絶形跡，復載來。劉命婦善視之，尋爲覓婿。婦曰：「渠已無家，吾亦艱嗣。君非搆意室之，政使從人，未必勝君。殆亦天作之合，其留侍巾櫛？」劉固不可。親友勸諭數四，久之，乃處貳室。即生二子，長即大宗伯文安公定之，次參議公演之也。

宋錢若水爲同州推官，有富民一小女奴逃走，女奴父母訟於州，州命録事參軍鞫之。録事嘗貸於富民不獲，遂誣其父子共殺女奴棄屍水中。父子數人俱論死。上之州官，公獨留其獄不决。知州及録事交詬之，若謂其受富民賄而故縱者。公笑謝曰：「一家數命所關，奈何忽易？」既密購女奴送之州守，遂出富民父子獄。富民號泣奔謝，公閉門不納，其人遂傾家資爲公祈福。未幾事聞，驟加進擢，二年爲樞密副使。

《紀訓》曰：汪天與，號念崕，休竞山人。事父南崕公孝，友於二弟，分産自取瘠薄者。生平退讓，隻字不入公庭。年三十無子。客濟寧，術士相其貌類羅漢，乏嗣，壽亦不永。公恬然不怪，愈益傾財好施。嘗寓宿清江浦，有婦人夜扣門，不納。其婦曰：「君數遊妓家，何獨拒我？」公曰：「於彼則可，於此則不可。」婦慚而去。至瓜渚，既濟，有遺攜囊者，公坐待還之。其人叩謝，問姓名，不答而去。復至濟寧，遇前相者，訝曰：「君非吾嚮所謂羅漢者，何頓變耶？必有陰功，當生貴胤，且高壽。」公亦恬然不答。後果生三子，少子孝廉君文璧，宰將樂。孫入郡庠。年九十四尚善飯。郡縣屢請鄉飲賓，賜匾曰：「大郭人瑞」，又曰：「清朝逸老」。咸謂陰功之報，而風鑒亦奇矣。

信州林茂先，有儁才，已與鄉舉，家貧篤學。鄰有巨富，婦厭其夫無成，私慕茂先才名，夜奔之。茂先呵之曰：「男女有別，禮法不容；天地鬼神，羅列森布。何可以此污我！」婦慚而退。茂先明年登第，三子皆顯仕。

正德初，商王某，吾徽人也，年逾三十未有子。其姑夫某，善風鑒，一日見王，愀然曰：「汝至十月當有大難，不可逃。奈何？」王素神其術，亟往蘇斂資而歸。至某處，值霉雨水漲，不可以舟，乃暫寓客肆。晚霽，出河濱散步，適見一少婦抱一孩投水，乃疾呼漁人曰：「能救此者，與二十金。」諸漁舟競援出之。遂如數償。問其故，則曰：「夫貧傭外，昨鬻一豕償租，不意爲假銀所詒。非惟夫歸箠楚，兼亦無以償租，故謀死耳。」王更加悼恤，計豕直而倍周之。婦歸，遇夫於途，且泣且告。夫疑其誑，與之同詣王寓質焉。至則王已闔户就枕，其夫令婦扣門致謝。王厲聲曰：「汝少婦，吾孤客，昏夜豈宜相見？婦如有意之乎，明日偕汝夫來未晚也。」其夫始悚然曰：「吾夫婦同在此矣！」王乃披衣起，方啟户間，忽室中磚壁傾頽，壓碎臥榻，王可幸無恙，非天所以報之乎？此後王復見姑夫，諦視訝曰：「汝滿面陰騭紋現，是必曾救幾命者，後福未可量也。」王果連舉十一子，今已九十六，尚康健。其次子王樾商德清，人稔知其事。因特記之，以見陰德之足以回天續命如此。此與《輟耕録》載杭相士王鬼眼斷真州商人事絶類云。

宋徐性善，與楊宏憲友也。赴選同寓，遇高僧善相，云：「徐當填溝壑，楊當登樞要。」是晚，楊偶思邪色，欲徐偕往，徐峻辭止之。次日高僧途遇大駭曰：「一夕之間，如何便有陰騭紋滿面？二十俱當大顯。」果同登第。夫一言之微而易賤爲貴有若運掌，所謂「人間私語，天聞若雷」者，非耶？

宋丁湜，少年俊爽，酷嗜賭博。父逐之，湜遂旅遊京師，經營補太學，預貢藉。熙寧九年，南省奏名。相國寺一術士謂曰：「君氣貌極佳。」即書紙粘壁云：「今歲狀元是丁湜。」丁益自負，賭如故。有同榜二蜀士，多貲好賭，湜一擲贏六百萬。又數日，術士見之，驚曰：「君氣色大非前比，得無設心不良有負神明乎？魁選安可得也？」湜然告之故，且願悉反諸其人。術士曰：「果能悔過，尚可占居五人之下。」迨唱名，徐鐸居首，湜居第六。吁！可畏哉。

吴次魯，名宗儒，年五十餘。僅一子國彦，已有室矣，猶欲其父廣眾子以繁宗祊。父不可。遂與母程私出筐篋置一妾。比入門，則羸然一病婦也。醫藥罔效，召原儈轉售。甫成券而次魯自外至，曰：「我既爲人誤，安可復誤人？且此妾在我所，猶有生望，移之他人，萬無生理。吾安可重十金之費而輕一人之命乎？」遂還其直。妾自是病漸愈，忽有身。明年，國彥歿矣。歿之明月而病妾舉一子，子甫三歲復殤。次魯猶不以自意，乃室程則益遑遑，復從媒儈於同里程某家買一婦，年才一十八。次魯未之見也，從程某，具告以年之踰艾與家有妻妾狀。程概反其語以紿婦。既至，見有正室及妾輒色變。次魯恐其不安，復以告程者告之。婦泣曰：「妾敢懟君之吾娶，第恨某之吾紿至再三也。吾本淮陽戴氏名家女，某賈其地，以繼室紿吾母而娶吾。娶未期年而紿吾歸，歸見吾不安爲人次妻而乃鬻吾爲人次妾，吾何以甘？」因發長吁。次魯曰：「婦第自寬，吾終不以育子故强人所不欲。」遂寢戴別室，而中夜竟詣某家詰責之。某方猶豫間，而淩辰已往送之門矣。於是邑里豔稱之曰：「次魯留病妾奇，還生婦事尤奇，以若所爲，天必篤生賢胤以昌厥後。」不踰年，病妾果舉一子。人咸謂因果之報云。次魯，吾邑朱塘人，以聲詩爲邑侯丁公、祝公推重，且内德茂也。戊戌病泄痢數月，寡媳汪氏刲股和藥以進，躬親漱浣廁襦中帬不懈，邑里稱其節孝，因并記之。

南劍林積抵京，至蔡州旅邸。既臥，覺床簀間有物逆其背，揭席視之，見囊中北珠數百顆。謂主人曰：「前夕何人宿此？」主人以告。林曰：「此吾故人，脱復至，幸令來上庠相訪。」商回，探囊失珠，及追尋至蔡邸，即訪林於上庠。林曰：「珠具在，幸投牒府中取之。」商如其教詣府，盡以珠授商。府尹命中分之，不受，曰：「使積欲之，前日已爲己有矣。」商不能强，以數百千錢就佛寺爲林祈福。林後登科至中大夫，子德新爲吏部侍郎。

余按林守南劍時，送張天師子於獄，具奏云：「其祖乃漢賊，不宜使子孫襲封。」夫張之邪術爲歷代所崇信，而林獨名其爲賊，非其平生不爲利疚者，能之乎？并録之以見林之高品。

余嘗覽《張佛子傳》，則歛容嘉豔焉。佛子名慶，甫三歲父母亡，養於外戚趙氏。趙之隣郭氏，爲巡院吏司獄。後郭告老，佛子補其後。凡飲食湯藥臥席必加精潔，嘗曰：「人之罹於法豈得已哉？若不加意，罪者無所控訴。」又晨夕念《法華經》。張無子，妻袁，疫歿而復蘇。躋五十始舉子，孫亦衆盛，相繼登第。程生曰：「張佛子一念善爾，初豈有于公高門待封意哉？乃天報之若此。彼以善愠出入，或受賄枉斷，一夫在獄，舉室廢業矣。奈何不蒙天譴哉？而何不觀之佛子也。」

元楊起，汶鄞人，爲人醇厚長者。見里豪錢青欺孤子周儒，强占其子房屋，力勸不從，將己膏腴七畝抵贖周房，免其飄散。周氏母子朝夕焚香拜祝。後果有五封君、三尚書、兩大參、一廉憲，至今科第未絶。程生曰：「老氏有言：『既以爲人己愈有；既以與人己愈多。』此之謂也。」

吾邑溪西俞光祺，字世吉，常寧尹一蘭公之次子也。常寧以清介歿，世吉傾囊金僅二百，貸新屯友人朱某。後朱不能舉要約，償悉折其券，而自甘里塾以糊口。即歲入東脩無幾，然無奈性好施予，字疏屬孤，還從兄産，蠲佃租，焚券契，善行紛紛。又嘗暮夜受寄族人金餙基契，雖妻子未有知者。其人不久外没，盡挈以還其子，封識如故。歲甲午，郡邑嚴行鄉約，命鄉各舉善士，諸嘗被德者争以世吉聞。里人又言世吉以玄善屢獲天幸。一日往浙寧埠，山水暴漲，三人從世吉過一山梁，世吉足甫抵岸而梁墜，三人俱隨水溺矣。其在鄱湖遇風，他舟多覆没，獨世吉舟出没風濤中，卒以獲免。嘗至星源，遇大風，拔禾壞舍，一綽楔石隨風墜前，僅隔方寸而免，同旅嘖嘖稱異。又嘗遇虎不驚，人咸謂厚德之報。太常遊公一川、侍御汪公頣所及族肇慶定南公皆有紀贈云。

杭城酒家有懸燒鵝以市客，行人見毒蛇旋繞其腹，恐啖客中毒，遂探囊而市之。囊不足，因貸諸其鄰，并瘞鵝於鄰隙地，而得瘞金焉。鄰人與酒家見而争之，共訴於僉憲。巴僉憲訊得其情，判曰：「一念之善，天報之若響，若奈何欲以逆天也。」杖酒家與鄰人，而歸金瘞鵝者。

潼川射洪有飛石岩，岩峭壁抖絶，下瞰江流。有巫山士人，以闗節豫購試目，自謂得雋猶掇之耳。比赴省試，騎而過岩下，忽飛石自空中墜，中士人，士人立斃，騎逸去。從者駭散，棄不收。俄有同庠某應試過此，乃爲櫧而葬之，殯於旁寺之廡下，期試旋載骨歸葬。是夜梦死者告曰：「某不幸以貸賄幹天譴，蒙君收我骸，願奉試目助君得雋爲謝。」是秋，其人果與解額，遂返死者之櫬。因號「飛石岩」，而鑱石爲死者中石墜馬像，至今存。衞淇竹爲余道此甚詳。

吴江徐孝祥者，性廉介，好施予。有田數畝，僅足糊口。一日，徐步後園，見樹根一穴坍陷，諦視之，有甃石覆金一穴，亟掩之。幾三十年，歲丁亥，大饑，民不安生。孝祥曰：「是物可以出世賑世矣。」遂給散貧窶而已錙銖無取焉。後子張發解，授翰林承旨。孝祥壽九十。

宋吉州李明，行道拾一金釵，俄見一婢倉皇欲赴水狀，詢之。曰：「主母令送金釵還人，中途墮失，比箠楚至死，不如投之江。」明還之，婢大感謝。後婢嫁梅林渡船户爲妻，見明承公文將渡，力挽至家，貰酒爲款。正飲間，忽報二渡皆覆，而明以款留獲免。程生曰：「天道好還，生人一命，自生一命。信哉！」

傅敞，字次張，宋濰州人。爲士子時，舟過吴江，見近岸僧房雅潔，至彼小憩。其東室有殯宫，詢於僧，乃前知縣館客，身故厝此。敞惻然憐之。是夕還舟，梦一儒冠人曰：「我三山陸蒼也。」自敍蹤跡，與僧言同。明旦，敞復抵僧舍，傾資葬焉。至七月，敞赴轉運司試，復梦陸生來致謝，且告以舉場三日題目。敞寤而精思屬草，遂薦名高第。

陳公英，字孟華，長樂古槐人，好善樂施。流賊鄧茂七寇古槐，居民逃匿，多失所。寇退，公悉招而恤之，人獲寧宇。先世謫戍寧夏，寧夏故朔方地，苦寒又密爾羌戎，至者多死。天順中，從大父浩、從父彦相繼戍死，至是移牒召公補伍。公曰：「一死，死耳，奈子孫世世難未已何。」或曰：「法得以自廢免，子其圖之。」公遂用火鳳草矐其兩目，示軍吏，遂免於難。公有子三人，次子埜，贈刑部侍郎。孫六人，其顯者大倫贈御史；大用，進士，知常州府；大濩，進士，封都御史。曾孫十八人，大司馬公瑞、少司馬公省、舉人琦、貢士表其最著者。玄孫三十人，長祚，進士，官兵部郎；長濬，舉人；長勉，太學生。餘穎脱膠序者三十四人。纓緌世世不絶。

宋譙令憲，早年領鄉薦，自湖湘抵杭省試。至江鄂間，覩鄰舟有柩，舟上人往來卒卒。令憲怪而問之。曰：「某郡倅死於途，歸計茫然，今議鬻女於巨商。」令憲遣人諭之曰：「吾亦欲議婚，與其嫁商人曷若與士君子乎？」然不實告以名也。詢價若干，即如數應之。明日，天未曙，令憲解纜去。鄰舟恍然不測，謂爲神助。後數年，令憲登科，與某侍郎家爲婿，其婦每夕必焚香致禱。令憲潛聽其祝詞可疑，白之婦翁。曰：「此吾家侄女也。父爲某郡倅，死無以歸，中途將鬻此女，鄰舫捐金周之，始克歸葬，故女誦祝不忘耳，非有他也。」令憲因述向來并舟之故，彼此感泣。

舒之望江有富民陳國瑞，延術葬母。卜鄰張某地吉，直可三四十萬錢。其子與地術以起冶熾碳爲名，遂以錢三萬成券，國瑞固不知也。明年墓成，國瑞與子上冢，詢其直，其子以智術告。國瑞怒，亟歸，迎張某至家，厚款之。比告歸，輦錢三百緡將以縑幣而告之曰：「予葬予母，人謂朘公直若干，敢以是爲公壽。」某愕然曰：「吾他日伐山而薪，不盈千焉，三萬已過，何敢多求？」國瑞固授之，終不受。國瑞不得已，密召其子畀焉，張亦不知也。噫！今之以地售人與售於人者，彼此百計恒恐不遂所欲，况有如陳之益直、張之却金者哉？紀之以警世之祈善地而先汨心地者。

杭城一長者，生平好賑施。一日，鄰火延燎將及，忽見群丐擁門，争相搬移器物，火熄交還，一無遺失。觀火者曰：「何若是乎？」丐曰：「平日受長者恩，今聊報效耳。」噫！今之受人恩紀而反面相攻者，何乞丐之不若也。

陳元植好行陰騭，禽獸亦蒙其惠。每將食，百鳥逢見，必飛鳴前後，或逼坐隅，元植悉憫而喂之。一夕，梦有緑衣人長三尺餘，巾帶具備，以一物與元植，且謂曰：「爾有陰德及物，以此延爾壽。」及覺，飲食日增，年至九十九，忽袖有一物投地，化爲緋衣人，拱立於前，曰：「君壽不逾四十，爲有陰功，曆茲遐齡，今數且盡矣。」忽然不見。元植遂爾坐化。程生曰：「世傳放生可以延年，觀此亦一徵云。」

卷二

咎徵

「謙遜靜愨，天表之應，應之以福；驕溢靡麗，天表之應，應之以異」。善哉乎東方生之言之也。豈惟家國，即人之休咎紛糾，與所以易休而咎，亦必有徵應焉。蓋人之臧否無常而天有常，天之推移無定而理有定。以有常御無常，以有定待無定，是故陽施者陰報，多藏者厚亡，倒行者逆應，隱慝者顯殃。凶咎捷於轉圜，徵應符於契券。夫孰能違之，而孰能秘之？今取隱惡之義，姑舉數事，表而紀之。使後有君子，試一披閱，固以無所爲而益善，即恣睢暴戾者耳且目，亦以有所畏而知警矣。

溧陽狄某，尹雲南定遠時，有富民死，而其妻主家政，積貲數巨萬。叔告縣，且密囑曰：「追得若干，願與中分。」狄信之，拘其嫂到官，酷刑拷訊，至鐵釘釘足，滾湯澆乳。於是悉出所有四萬金，狄得二萬，而婦齎恨歿矣。後狄罷歸，一日晝寢，忽見此婦手持小團魚掛於床上而去，心稍駭異。未幾，遍體生疽如團魚狀，以手按之，四足俱動，痛徹骨髓，晝夜號呼，逾年乃死。五子七孫俱生此團魚疽以死，止一孫僅免，今亦無置錐之地矣。嗚呼！彼受賄者罰無赦矣。乃其叔納嫂之賄以斃嫂之命，其明威顯罰，不知又當何如也？

馬炳然，正統間登第，令嘉魚。突有盜入縣，發公帑焚掠而去。或窺見其渠魁爲長鬚狀。適報團風有過舟載二十餘人，蹤跡稍詭。密使偵之，則有長鬚者在，而實非也。馬不察，遂執之而以獲盜報，盡斃之獄。馬秩滿，召爲御史，而真盜復爲他邑所邏獲，部使者以同台故，竟寢前誤不究。於是馬稍遷至都御史，舟泊團風，夜爲流賊所掠，盡室殲焉。妄殺之報，諒爲不爽。

黄鑑，薊衛人。其父善舞文，起滅詞訟，害人甚夥。晚歲生子鑑，弱冠舉進士。

景泰中爲御史，上疏勸易儲與南城禁錮甚力。英廟復辟，數言前二事之非，攻肅滑輩不已。英廟甚悦之，陞大理少卿，時有賞賜，許以大用。薊人咸曰：「父攻刀筆而子榮顯，天理之謂何？」一日，上御内閣，驟風飄一本於前，上取閲之，則鑑勸易儲禁錮疏也。亟宣鑑至，示以疏，乃稽首出血請死。上遂斥出斬之。噫！父子濟惡若此，欲不滅亡，得乎？

荊州府節推魏釗，廣東人。嘗往夷陵州檢屍，道經某鎮。有鄉宦徐少卿名宗者，素事梓潼神謹，夜梦神告曰：「明晚本府魏推官過此，其人不久掌銓衡，可物色焉。」少卿旦灑掃暮供具，謁款甚謹。無何，魏自夷陵歸，神復見梦曰：「可怪，魏推府此行受賄鬻獄，故出人罪，使死者含冤之極。上帝已盡削其應有爵秩，并年壽亦不永矣。惜哉！」少卿深用嘆訝。明年，魏罹内艱歸。服闋，補濟南理，陟户曹郎，才一年，遽卒於京，家亦尋落。

云間黄翰，性貪酷。爲廣東按察使，常以聲勢法術恐嚇人，所得不貲。無論當官時枉法殺人，即家庭妻子之間亦肆爲殘忍。身没之後，諸子各相吞噬財産殆盡，仍行告訐，發棺詳檢，殘辱殆不可言。程生曰：「天之報施惡人，宜哉。」

成化杭城棘卿夏某，陰謀深險。鄰有園池頗勝，心欲得之，乃僞撰文爲碑，密沉其池。久之，争訟於官，謂某先世有庭館一片，後爲人占奪，碑誌落池中可驗。竭池出碑，儼然夏氏物也。園後歸夏，鄰坐誣占。無何，園遭回禄，一身亦皆失所。嗚呼！孰謂人心可欺哉？

福州鄭丞相府，所居清風堂，石階墀上有眠屍形跡。天陰雨時，其跡尤著。鄭爲相時，奪民廬舍以廣其居。民不勝憤恚，觸死清風堂階下。今其堂猶存，過客取水噀石上，其跡輒現。但居復據於官豪，子孫不絶如綫，書脉遂斬然矣。世之怙勢豪横者，可不鑒哉！

吉水灘頭周傑家造樓，占逾其孤姪婺嫂地基僅一間許。其孤婺莫敢誰何，惟旦夕焚香稽首籲天。一日，半空中忽大雷雹風雨，移其樓，空其地，以歸孤嫠。至晚人視之，不失尺寸。此弘治二年五月十八日事也。

陳棟塘曰：正德己卯，余病起，謁選北上，至瀨縣王家渡，與同年數舟同泊。會坐間，忽余蒼頭與土人毆捽至。余切責蒼頭，而以理喻土人去。坐中一同年某者，新喻人也。遽赫然怒詈曰：「咄！爾何人？敢集多人劫掠官舟反誣我舟人毆爾耶？捽縛之送縣！」其人叩首哀乞良久，乃叱去。諸在坐者咸嘖有煩言，嘉其才。而彼亦揚揚自喜，曰：「兄何迂哉！今之爲官者，亦智略才術耳。人心天理四字，無所用之矣。」余聞大駭。後其人除紹興司理，尋陞刑部主事，與余同僚。余瞰其所爲，果置此四字不用。逾年，遂以大察謫佐沔陽，疽發皆洞胸而死。無子，其身後事有不忍言者。吁！「人心天理」四字，果可置哉？

《紀訓》曰：予友歸安仰思忠，質直闓爽，精形家言。閩故方伯何公爲湖州太守，其婿六合尹材克正知思忠，乃延之入閩爲方伯擇葬地。而其姻某氏迎過其宅，爲得一善地葬父。方點穴而雨至，遂下山，約以霽日往。是夕，思忠梦一老者問曰：「今日之地佳不？」曰：「佳。」曰：「佳則非某之地矣。某爲考官賣三舉子，當有陰禍。若葬此地，法當榮其後業，非天意矣。」思忠覺，問其姻某之宦業於克正。對曰：「先爲某縣教諭，轉此官不久即卒。他無所聞，惟聞其爲考官時，頗通關節耳。」思忠惕然内警，遂托故辭歸。越三年，遇其鄉人，問及大尹，則曰：「因與勢家争墳地，致死人命。官事牽纏，至今未葬，家業亦凋落矣。」思忠每與余道，輒相對嘆異。人之素行不可玷福地不易得如此。

元程節僉，婺源金竹人。有田在福亭，與向氏山相近。程見其山可營葬地，百計置其傍田山，召向氏佃耕。久之，誣以欠租，强取其山營葬地。宋嘉熙乙亥，向氏死，程梦向直入其房，覺而生子。既長，號翠壁，以堪輿自負，堅謂福亭地不吉，舉二柩露之中野。節僉死，家業盡喪，其子亦殞，二柩竟不復葬。

宣德間，蘇衛朱鎮撫希市寵倖，取促織以進。上悦之，命内侍收取，其價騰貴，至十數金。時楓橋一糧長以郡遣覓得其最良者，用所乘駿馬易之。妻妾以爲駿馬易蟲必異，竊視之，躍去矣。妻懼，自經而死。夫歸，傷妻且畏法，亦經焉。一時受害者甚多，朱不久亦以奇禍死。

唐寧王嘗獵於鄠，見林莽中一櫃，扃鎖甚固。王命發視之，乃貯一麗姝。問之，姓莫氏，出衣冠族，夜遇賊僧劫至此。王驚悦之，馳獻明皇，具奏所由。會獵者獲生熊，因納櫃中，扃留草間如故，而賊僧固未之知也。越三日，京兆奏鄠縣食店有二僧以萬錢賃店作法事，惟舁一櫃入店。夜久膈膊有聲，遲明寂然。店户人怪之，啟視，有熊突出脱走。尋二僧，已骨矣。上知之，大笑曰：「寧哥大善，處置此二賊也。」

成化間，吉安周彪家富。其友某庠生，貧士也。訂婚女家亦富，嘗給貧士。貧士每言於彪，彪又素聞其女之美，遂起謀心。於貧士親迎，彪與偕行，俗謂之伴郎。中途遣人賊殺貧士，眾皆驚散。貧士之父疑女家嫌其貧殺之，訟於官。時南海公騏爲江西僉憲，按吉安之夕，即梦一虎帶三矢登其舟，覺而異之。按問時謂貧士父曰：「爾子在癢，與誰最厚？」曰：「周彪。」公因思虎帶三矢而登舟非周彪乎？亟以他事召彪至，屏人詢之。彪錯愕戰慄具服，遂并其黨抵死。

宋李登，年十八魁鄉薦，自謂狀元唾手得，屢上春官不第，問於葉靖法師。師曰：「李登初生，上帝賜以玉印，年十八魁鄉薦，十九作狀元，五十三作右相。緣魁薦時窺一隣女，事雖未諧，因怒其父，摭以他事繫獄，坐此，展退十年，降爲第二甲。及再薦，橫侵其兄基產，因與成訟，坐此，又展退十年，降爲第三甲。及三薦，在長安邸中，私一婦人，懼其夫知，陷以罪，坐此，上帝削其禄藉，亡在旦夕。」登聞言，大沮，尋以病卒。

焦湥明爲著作佐郎，久不調，乃上章祈禱。一夕，神降篆書十六字。湥明不能辨，問之何仙姑，仙姑不答。固問之，乃曰：「篆云『受金五兩，折算十年；枉殺一人，死後處分。』爾有諸乎？」湥明語塞，不能對。嗟哉！後之長民者，奚止受五金，又奚止枉殺一人，而寧無報哉？

昔金陵賈客某，歸自湘東，有一老翁附舟尾。賈客瞰其多金也，邀與同爨，親昵甚。六月六日，風行江中，賈客與僮捽翁墮水死，取其金以歸。是年，即生一子，及長，悖逆不孝，以博傾家。賈客無聊，會里中降紫姑仙，往扣之。仙降筆曰：「六月六日南風惡，楊子江心一念錯。老翁魚腹恨難消，黃金不是君囊槖。」賈客俛首喪氣，聞者悚然。

吉州張真元，鹽商也。泊舟江岸，值洪水漂一婦人，抱一廚中江而下，大呼求救。張以小舟往濟之，見廚中皆金帛，遂復推婦人於水。越四年，所居爲水所漂，一家十數人皆溺死。嗚呼！殺人取財，人雖未報而天報不爽也。

昔鄧榮以譁狡起家。鄉有宦家子不肖，鄧結其親，騙其家產殆盡，丐而死。鄧爲鹽商於江湖者二十年。紹定中遇寇，一寇儼如宦家子，縛鄧父子，淫其息女，盡掠其貲以去。鄧貧困十年而死，子亦丐焉。

浙人米信夫，柔狡譁健。里有兄弟争財，因唆弟訟兄，破其家而有之。兄弟抑欝殁。米由是致富垂二十年。至元戊寅，以謀反牽連抵邑，見少年吏儼如其弟，抑令招承，罄其貲免焉。忿而訟之郡，見郡守儼如其兄，抑令招承，與其妻子女息八人俱斃於獄。

宋有祝期生，爲人儇薄，好詆毀人。見體相不具者譏笑之，妍美者疾毀之，愚者輕毀之，智者評品之，貧者薄之，富者謗之，官則發其陰邪，士則攻其隱曲，無可訾議者，則巧求其短以毀之。晚歲害舌黄，每發必須針刺出血數升乃已，又發又刺，痛苦不可言，竟至舌枯而死。程生曰：「亂之所生也，則言語以爲階，其祝期生之謂乎？」

崇德人胡應圭、陸一奇，見鄰人鍾穀家富饒，日誘之賭博，傾貲將半。一日穀假寐，梦一道士告曰：「賭博之事，汝宜速改，胡陸二人專引誘良家子弟，吾已降災。」鍾寤，驚，亟往二人家探之，則胡瞎一目，陸跛一足矣。鍾自此改行。

永福薛敷，爲人訟師，以狡致富，臨老請道士鄭法林禳禱。法林伏表去久，起説云：「上帝看表，此罪難禳。批言：『家付火司，人付水司，余如其誓。』」一日，家燬於火。半年後，敷過江，溺水死。存一子，以盜誅；女卒爲娼。一如敷言。

祝磨兒，碭山縣儒學膳夫也，其父霸官學事有年。教諭丘君純馭，以僕隸之分，不少寬假，盖欲更宿弊也。其父深憾之。一日，純因事責磨兒，其父令磨兒遁去，乃告純箠死棄屍他所。尋又於黄河旁得一支解屍，認爲磨兒。遂坐極刑。適韓公雍按部，疑之，私行密訪知其究，遣人蹤跡得磨兒，坐其父反招。

長洲人韓全，以屠賣爲業。每宰豬，即灌以水，賣魚亦碎其首而灌之水，雞鵝鴨之類强填糠砂，冀獲重直，傷戕物命甚慘。後得翻胃症，不能飲食，惟咽以土泥，隨復吐出，遍體流黄水，穢臭不可當，且頭疼如醉，如此三月方死。傷生害物之報不爽毫髪。

房州李政爲保正，頑猾健訟，結交吏胥，巧爲囑託，官司莫能治。淳熙四年暴亡，其家牝牛當日生一犢，腹下白毛成「保正李政」四字。每見妻子便流淚，後爲虎所噬，骨肉皆盡，止留牛皮一片，四字宛然。

建炎初，金州石泉縣民楊廣，貲鉅萬，故豪横兼并，鄉鄰患苦之。既病篤，絶惡見人，雖妻子不得見。自隙窺之，則時猝所籍稻藁而食，累日所食方數尺，乃死。斂畢，棺中忽有聲，若搥蹋者，家人以爲復蘇，啟之，則一驢躍出，嘶鳴甚壯，衣帽如蛇蜕然。家縶之隙室。一日，子婦持草飼驢，忽跳齧婦臂流血。婦忿怒，抹草刀刺之，立死。廣妻遂訴縣稱婦殺翁，縣遣人驗之，備得其事。出《清尊録》。

宋徐松年，家居城中，爲鄉人攬納税賦。好食雞，諸倩託者咸以此投其所好，前後殺傷無數。一日，宰一雞將就烹，忽活，繞屋飛走。年終捉而烹之。其子六歲，在旁共食，尋失足墮火，痛甚，呼父曰：「不要把滚水炮我！」膚爛而死。松年後亦典刑。

天聖問，李轅事母孝。近晚忽有客來投宿，轅適臨溪宰雞，既而以脱粟供客。客大怒，轅實告曰：「母病思肉，山居無備，故烹一雞，不能饌客也。」客愈怒，是夕即從屋後乘風放火，將及其廬，忽天雨反風，火隨滅。既而鄰里聚觀，見一人臥火中，火炬尚在手，言：「因主人遇我之薄，故而放火，不意被人推入火中。」言訖而死。程生曰：「觀此則李不失爲茅容，而客去有道天壤矣。是宜其不戢而自焚也。」

洞庭山消夏灣蔣舉人，屢試春官不第，遂棄儒攻壟斷之行。雞鳴而起，執籌握計，以貲雄里閈。錢神作祟，盜斯刼之，鞭笞炮烙，慘於官刑。申而入，漏盡而出，罄其所有，席捲一空。盜喜過望，於是縛牲載酒，即以蔣氏之物賽願於小雷山神。山在湖中，斷岸數十里，絶無民居，唯荒祠一區。群盜乃泊舟其下，登祭酣飲，自恃邏卒莫能蹤跡。不虞舟人截纜以去，比醒，覓舟不得，坐斃凍餒，一無存者。陳楝塘曰：「此余得之陳曼年所云。夫蔣之積財誨盜，盜之祈福得禍，舟人偃然而有之，亦不知其何終也。螳螂捕蟬，雀并啄之；雀未下咽，彈射復及。意外之利，意外之變相，尋於無窮。悲夫！」

東郭有士人，使群傭掘土爲垣，坎深四尺，得數甕焉，封識甚秘。士人見之，戒其傭勿發，而悉輂之家，潛啟視之，故無有也。乃外人則藉藉言得窖金無算矣。一夕群盜入其家，窮索僅十金而不滿意，乃劫士人至僻壤，百方箠楚，身無完膚，憾猶未釋，以土窒其鼻口而去。士人忍痛匍匐抵家，則非復故時形骸矣。於是群傭竊笑曰：「主人之禍宜哉！方其得甕也，與衆發之。有，則分我以其餘；無，則共見於衆目。又何患焉？今欲以一人之身而私無故之獲，鬼神猶將忌之，而况人哉？」程生曰：「昔人見遺金而揮鋤不顧，得坎金而實土掩覆，豈無意哉？孰與若人，覬心苟得，受虛名而賈實禍，哀哉！召災啟釁，以盜誨盜，無怪其然也。昔陳戶牖渡淮，舟人嘗目攝之。戶牖即解衣盤礴，裸而爲刺船，舟人始寢其念。惜哉！東郭生貪而昧此也。」

湖州淩漢章，以針術擅名吴浙。嘗於某氏家見一丐者，軀長而惡，面頰上生一手掌痕，有十餘丐者從之。既去，主人曰：「此丐姓聶，父聶某原爲司務官，因早朝從行吏失攜笏板，怒甚，掌批其面，遂僕地死。後家居，其妻臨産，見前吏突入其室，遂生一子，掌痕宛然在面。父已心諭之矣。始能言，即有報讐之語。比長，日以殺父爲事，昕夕嚴防，終懼不免。夫婦遂而遠遁，莫知所之。其子縱酒色爲非，盡蕩資産而爲丐云。淩感其事作詩曰：「平生不信有陰魂，丐面而今見掌痕。寄語世間君子道，莫教結怨種冤根。」

盛明卿，吴城人，家富豪横，不可枚舉。有莊鄰張木匠者，田數十畝與之毗連。明卿預謀并之，乃賂心腹，僞爲券契共證於公。張莫能辨，鬱忿而卒。後一年，明卿生一兒，七歲不語。一日，老嫗攜至莊所，兒忽語曰：「此吾家故地也。」嫗急告明卿，問曰：「爾豈張木匠耶？」兒應曰：「非我而誰？」明卿驚僕，尋卒。其子後酗酒博弈，罄破其家而卒。至今傳爲口實。

按醫書言：人面瘡云是袁盎、晁錯之冤，諸藥不效，以貝母啖之遂愈。正德丁丑，臨淮貢士彭鏞邀楝塘公飲於神樂観，有陸道士者嘗患此疾，楝塘公問之，答曰：「某年十七，夜與本房老僕忿争，毆之死焉，房後地曠而風烈，吾師亟聚薪焚之，天明無知者。」十季後，足外腫，發毒成瘡，瘡口似唇而有舌無齒，能言，曰：「我即僕也。我今安在？」且索酒食。但開口言時，痛輒垂絶，口閉復甦。飲之以酒，則四周皆紅；啖以脂膏，亦能消爍。食畢則閉，疼乃稍可。日流膿血，或一度，或二三度，極受痛楚，貝母亦不能療。如是者一年，或七日不能言，以爲將瘥矣，亟往牛首寺避之。半月，忽復言曰：「我纔出數日，汝即避我，使我尋之苦也。雖然，冤亦解矣。汝明日下山，遇一樵者，可拜求治之。」詰朝，果遇樵者，肯焉。樵者厲聲怒曰：「業畜敢言我也！去，夜半瘵汝。」忽不見。恍然回觀。夜梦金甲神人胸掛「赤心忠良」四字，謂曰：「藥在案上，可煎湯服之。以左手持藥渣，出水西門外第二十家，門首有婦人潑水者，即棄於道而返。」覺起視案，有物如亂髮而無端，遂如戒。果見婦人，棄之歸，瘡逐愈。自後，屢探本婦，竟亦無他，不知此何祥也。陸時舉其足，其疤痕尚在云。

瑞安高世則墓，有窮碑一通，吴中太湖石也。宣德間，永嘉黄少保淮葬父，鋸其半爲神道。碑鋸且盡，高之裔孫某曰：「相公取之薄矣。」黄問故，高曰：「恐後人復欲鋸耳。」黄默然。

松江錢尚書治第，多役鄉人，而磚瓦亦取給。一日，有老傭後至，錢責其慢。對曰：「某擔自黄瀚墳，墳遠，故遲也。」錢益怒。老傭曰：「黄家墳故爲某所築，磚亦取自舊塚中，無足怪者。」

芝園張公曰：「予鄉近有發張郎之墓而墓都憲者，有發王太守之墓而墓憲副者，殷鑒不遠，欲以徼福，其可得乎？」

朱中直爲青陽簿，老吏言：紹興初，有縣丞夫婦，皆年三十而無子。令吏輩求嬰兒爲嗣，不數日輒死，又求之。數年内，凡失十餘子。最後一子死，棺殮就焚。其父母來視之，循其體兩股微熱，復視之，陰囊已割去雙腎矣。哭告於官。拘丞劾治，乃用道人授房中之術，以嬰兒腎入藥，名爲求子，實爲藥資。慘哉！案成，丞斃於獄。

南京一富翁王冠，頑鄙狠戾。習房中修煉之術，遍招方士，配以妻室；自置婢妾十餘人，恣意淫毒。俟有娠將產，輒以藥攻之。孩一下，即提入臼中和藥杵爛爲丸。或購他人初生幼孩烹之，極其慘烈。事發，屬刑部郎溪亭嚴公鞠訊，比擬采生折割淩遲處死。咄咄！梟獍殺人以求生，國法天刑，豈可逃乎？

陳棟塘先生，明智士也。家居，見梅溪一富翁最貪而吝之極，銀幣錢谷日積。公謂所親錢煥卿曰：「此人當有奇禍。」錢曰：「何也？」曰：「積財不散，又無一善狀，欲無殃，得乎？」越三載，復謂錢曰：「此人禍且至矣。初爲貪吝可鄙，乃今漸驕横，非速禍哉？」未幾，果爲盜所殺，擄其財。

聞有莊姓者，好善持齋，朔望必焚香禮拜，人稱「莊佛」。有丐者衣敝衣，負一擕囊寄莊佛而去。莊解囊，見斗米内有金釵一對，意此釵必富家誤遺米中與之，雖丐亦不知也，遂匿釵，結囊如故。明日，丐來探囊，則釵亡矣。因謂莊佛曰：「朝相憶，暮相憶，止相尋，不相識。可笑世間人，貪圖無暇日。金釵還你燈油錢，從今一去休祈祝。」

蘇人張將仕者，富而不仁，斗斛等稱有十二等。一客糴米五百斛，價定而復欲增，客不允，遂没其壓契之直。客不能争，但舉手告天而已。時五月十三日，天霽無云，忽大風雷雨，將張氏倉庫錢米蕩掃一空，所用斛、稱亦列於地，若示衆者。將仕震折一臂，不久而亡。

成化乙未秋享竣，大雨，雷擊神武衛廳柱門窗有跡，殊未折損。少詹徐公時用因言去夏家居時，其邑宜興西溪中有三人駕一舟遭雷擊，其一捆縛於船艙，其一頭入甕，其一横閣於篙杪，篙則特竪船頭上。船自流六七里許，縛者解，甕中者出，篙杪者墮，始皆蘇。縛者云：「仿佛聞擊者言：『汝改過否？』」諭德謝大韶又言：天順戊寅四月中，其鄰邑達昌熊家被雷，中堂屋瓦皆如萬馬踏碎，全揭大門四楹置於廚屋上。盤屈一秤置斗中，又一秤鉤於梁上，尾垂繫斗。時大韶親造其家，及見大門尚竪立廚屋上，惟斗秤則蘸謝後解去。盖舟人市利不足道，而熊氏之稱斗，亦必損人利己故，陰

譴宜也。出《賽齋瑣綴録》

貴池姜宗四，負客黄五錢三百緡，久不償。黄欲聞官，則姜對神誓曰：「生苟有負，死當變豬以償。」後姜病革，召黄至，語曰：「吾今乃得償所負矣。」言訖竟卒。是日，鄰有吴姓者産豬一群，中一母豚後足獨甲，見黄至輒摇首躑躅，若素蓄也者。以四呼之，即應聲至。黄遂市以歸，不踰年而連産三十四豕。一夕姜見梦曰：「所負本利已償，今辭去矣。」晨起，視母豬果死。計之，僅獲子母之羡云。

歙有劇惡朱大綬等二十餘人，假以相塚爲名，將郡中已葬名地獻與豪惡。得賄則用一番奸人造一般器具開塚取屍，或投水火，或埋他所，而以新屍盜葬，封樹依然，絶無痕跡。受害者數十百家。萬曆戊戌，以盜葬吴宗堯先生祖墓事露告官，始置綬等於法，而新屍遂盡爲人掘毁。噫！綬等以錙銖而造未有之奸，豪惡以覬覦而動伐人之墓，其罪惡已上浮於天，安望地靈之佑？是宜殺身亡家而祖骸隨之也。表而紀之，豈徒見世未有之惡，實以儆世之禍人宗祖而以自禍者。

卷三

孝友

嘗謂物至虎狼暴矣，鴟鳩鶺鴒微矣，喬梓棠棣之屬至無知矣，猶然有反顧之恩，敦飛鳴之好，明父子兄弟之義，至令人觸類而興思焉。矧子弟之於父兄，一體而兩分，同氣而異息，若鳥獸之有毛里也，若草莽之有華實而樹木之有根心也。其疾痛疴癢、精神志氣、休戚哀樂，曷不與共？而曾禽犢草木之不若哉？顧父兄之教邈矣，威以愛克，簡從狎生，恩衰於婚宦之遠，義疏於帷闥之近，始以孺慕而繼以胡越，比比然矣。余有感於斯，因舉耳目所逮記者詳於篇，乃環海之大，孝子順弟篤天經而敦彝敘、通神明而塞天地者，何地蔑有？又何可盡紀也？雖然，夫誰無父母兄弟？而又安事資藉耶？噫！

趙善應，字彦遠，饒之余幹人。性純孝，親病，刺血和藥以進。母畏雷，每聞雷則披衣走其所。嘗寒夜遠歸，恐驚母，遂露立達明。家貧，諸弟未製衣不敢製衣，已製衣未服不敢服，一瓜果之微必相待共嘗之。以父終肺疾，每膳不忍以諸肺爲饈。母生歲值卯，謂兔卯神也，終身不食兔。聞四方水旱輒憂形於色，江淮警報至，會僚佐宴，善應悵然曰：「此寧諸君樂飲時耶？」衆爲失色而罷。官終江西兵馬都監。

高彦先登，章浦人，事母至孝。舟行至封康間，方念無以奉晨膳，忽有白魚躍於前。母病，思鹿肉，忽虎啣一鹿置門而去，母病尋愈。宋宣和中，金人犯京師，登爲太學生，與陳東等上書，乞斬六賊，并請復种師道、李剛兵柄。王時雍縱兵殲之，登屹然不動。金虜至，六館諸生將遁去，登不可，曰：「君在，將安之？」與林邁等請扈車駕，隸聶山帳中，欽宗擢爲富川主薄。愚聞人未有孝於親而不忠於君者，故夫子曰：「事親孝，故忠可移於君。」又曰：「求忠臣必於孝子之門。」吾於趙、高二公具可見矣。

杜羔有至性，其父任河北尉而卒，母經兵亂不知所在。羔遍求不獲，憂號終日，後隨從兄兼任澤潞判官。兼曾鞫獄於庭，羔在側，有一老嫗見羔竊語曰：「此少年狀貌類吾夫。」左右以告。詰之，乃羔母也，迎侍而居。又往訪父墓，館於佛寺，日夜悲泣。忽於屋柱煙煤下見字數行，云：「我子孫若求吾墓，當於某村某家問之。」羔哭而往，果有父老，年八十餘，指其丘隴，因得歸葬。程生曰：「昔天長朱壽昌誓天求母，廬陵趙應祥繫發馬鞍蘄得父墓，千載稱爲篤孝。孰與杜公兼此二變哉？特紀之。」

余嘗讀《元史》載廬江洋仁、建昌黄覺經、高必達、蜀章卿孫、杭俞全、池陽李鵬飛、臨湘劉琦、漁陽曾德，皆以童年嬰難，失其父母兄弟，或身掠賣爲奴，或蛉養於人，閲三四十餘年，出數百千里外，終獲欒聚，以孝友終，亦其人可悲可傳者，附列之。

鄞洞云張翁，莆川文定公邦奇之父也。公爲學憲時，其廳事僅二楹，旁一楹乃叔之居也。適叔有宿逋，願售公。公倍其直得之，告於翁。翁訊其價值之倍，悦甚，已忽潸然淚下。公訝，問故。曰：「嘻！想吾與叔聚居以至白首，一旦隳彼宅以益我居，使其夫婦播越，心則何忍？」公矍然對曰：「大人幸自寛，兒當以券歸叔。」翁曰：「毋！吾計其直，已隨手償人去矣。」公曰：「兒知之，兒知之，固不索直也。」吁！翁之孝友仁慈若此，是宜篤生文定爲名碩歟？此語蓋聞之屠竹墟公云。

歸安施相之佐、翊之佑，伯仲俱爲州守，致政家居，以田産分異成隙，親友日爲處分。同邑溪亭嚴公鳳，孝友人也。一日偶遇翊之於舟中，語及分産事。公顰蹙曰：「吾兄懦，假令得長公力量，可盡奪吾産，吾所甘心矣。」因揮涕不已。翊之惻然感悟，遂拉溪亭同至兄宅，拜泣自責。相之亦涕泣慰解。各以其田相讓，友愛竟身。僉謂溪亭以誠感，施以誠應，鄉邦誦美無已焉。程生曰：「溪亭固賢矣，一感而悟。翊之之賢，豈易得哉？」

河東盧操，事繼母張至孝。張生三子，溺愛之。居則命操執役主炊，出則策驢隨行。三弟嗜酒縱佚，抵忤於人，操輒泣拜謝罪。人咸曰：「不謂三賊有此賢兄。」繼母亡，友愛三弟益至。居喪哀毁骨立，每夕有狐狸羅列左右，待旦乃去。後以明經授臨渙尉，設几筵於官舍，出告反面唯謹。每晨冠帶讀《孝經》一通，然後視事。讀至《喪親》章，悲咽不自勝。子昭、云，俱有父風。程生曰：「古今稱虞舜爲至孝，豈不以孝可能也。孝奉嚚母爲難，處嚚母弟傲象爲尤難，至死而終身慕尤難之難者，而盧公皆兼而有之，可不曰舜之徒哉？」

彭城劉師貞，字文通，蚤失母，及長不記容狀，至忌辰輒涕泣。忽一夕梦母謂之曰：「我，爾母也。爾孝通神明，故爾見梦。」覺而肖像祇事。時人語曰：「孝通幽明，漢有丁蘭，今有師貞。」父福，年老患目，凡飲食非師貞親調則不適口。一日偶臥病，父輒食不安，師貞欻然强起治具，疾亦遂愈。兄苦風，經旬不瘥，師貞衣不解帶，梦神明謂曰：「若兄疾，取胡王使者酒漬服，愈矣。」師貞求之食肆，皆不喻，復梦母語曰：「胡王使者，羌活也。」一服遂愈。後居父喪，有雙白雀飛宿户間。除几筵之日，對師貞悲鳴頓翅，狀若號跳躃踴，久之乃去。僉謂文通孝友天至。

臨川小民吴二，事母至孝。一夕，神見梦曰：「汝明日午刻當雷擊死。」吴恐驚其母，淩晨具膳以進，云將他適，請母暫詣妹家，母不許。俄黑雲起日中，雷聲闐闐然。吴益慮驚母，自出原野以待罰。須臾雲氣漸開，吴倖免禍。亟歸拊其母，尤疑神言不實，未敢告也。是夕，神復梦曰：「汝至孝感天，已宥宿惡矣。」自是孝養益至。吁！一念孝謹，宿孽尤可消彌，况其他乎？信哉，孝悌之至，通乎神明也。

祝京兆曰：吾鄉王仲光賓，植操狷潔，不婚不宦，事母篤孝。既死，魂依其母，家庭日聞曳履行遊聲，固知爲賓也。少慰戒之，賓遂作語呼母曰：「娘娘，兒捨娘娘不得。」久之始隱。

唐伯虎兄弟居母喪於丹山，時父遊瀘南。伯虎夜半蹴弟庚曰：「吾梦叔父書，發之，得『亟來』二字，得無大人有不安乎？汝奉母奠朝夕，吾趨瀘南。」弟未及應，急起裹足走洪州。會江漲，客舟皆艤岸不敢動。伯虎遥見有漁艇繫港中，躍入其艇，叱僕夫解維，漁者不得已，從之。二日半至瀘南，父果疾甚，見伯虎，驚問故。俱以實告。遂買舟侍父歸丹陵。程生曰：「人知伯虎才藝絶一世，寧知其内行孝謹若是？」

詹惠明，婺源人，父直，紹興中坐斗殺鄰婦論死。惠明時年二十二，持牒訴郡，言無以報罔極恩，幸有二弟可養母，乞以身代父死。齧指出血，祈請甚哀。太守曾開執法不允。時方盛暑，惠明坐府門外，以大艾自灼其項。曾公自外禱雨歸，見而哀之，召入。方閱狀詞，忽割左耳擲廳事上，灑血淋漓，一府大驚。曾公爲具奏報，詔下，減父罪，給惠明錢三萬，帛二疋，米一石，改其所居「嘉福里」爲「孝悌里」。書其事，揭於門。

劉潛，以淄州職官權知鄆州事。一日與客飲驛亭，忽報太夫人暴疾。潛馳歸，已不救矣，抱母一慟而絶。其妻見潛死，撫其屍大號而卒。時人傷之曰：「子死於孝，妻死於義，孝義之事并集其家。」出《墨客揮犀》。

元豐二年，相州安陽民段化以疾失明，其子簡，屢求醫不驗。一夕，忽梦神告之曰：「與爾此藥，可用人髓下之，則汝父之目立明矣。」既寤，手中果得藥。簡乃卸左腕，槌骨取髓，調藥以進，立愈。相州具奏其事。按古有爲父母刲指者，指復更生，自非至誠安能動天地感鬼神哉？若段簡者，安知其不然也。《搜神秘覽》。

蕭山何敬者，父舜賓，以憲副坐掛誤論戍留家。一日架樓船渡江，與蕭山尹船相值，尹倉皇伏謁，以爲當道也。舜賓愕然出不意，因跽謝過。而尹内慚甚，性復陰狠，竟以逃伍罪，械繫解戍，陰令解者間道至余幹害之。敬切齒父仇，祈策於姑蘇父友參政黃某。黃難之曰：「事何容易？」夜分就寢，黃輒從户外呼敬名，敬輒響應。如是者垂二載，目不交睫。黃乃嘆曰：「子可以報仇矣！」資之千金，而陰爲決策。尹鄒姓名魯，故以給舍謫，日夜冀遷官去。乃僞爲邸報鄒陞南京某部主事，鄒得報即解印渡江。敬因邀之舟中毒毆之，灌以溷穢，令毋死，獨故瞎其雙目。憲司驗尹既瞽廢，而心頗憐敬爲父發憤。敬母又得參政資之京，撾登聞鼓訟父寃，事下并鞫，竟逮前諸解人抵死，鄒與敬俱論戍在繫，會赦出。敬終以未得手揕仇人之胸爲恨，蓬髮垢面，身不衣冠，比於罪人，鄉里稱爲孝子云。

【按】此特自何敬復仇之孝言耳！若弘治初，舜賓爲鎮守内臣張慶具草誣奏浙江巡按暢亨，則得罪名教，無足惜者。抑或天之假手郗尹云。

常熟歸孝子鉞，字汝威，少喪母。父再娶太倉娘，有子，而憎孝子甚。父撻孝子，太倉娘輒索大杖與之，曰：「徒摶傷汝手也。」家貧，食不贍，每灶突煙舉，釜鬲間氣蒸蒸矣，太倉娘輒譏譏數孝子不置。父怒，逐孝子出外，而後母子飽食。孝子因是屢困頓，不敢歸。父卒，太倉娘即益擯斥，乃孝子猶時私顧其弟，問母飲食，致新鮮物。正德庚午大饑，太倉娘不能自活，孝子因往涕泣迎母。母内慙，終感孝子忱懇，從之。孝子凡得食必先母與弟，諸與孝子遨者皆曰：「吾未嘗見孝子言其母若何，唯見其事後母至孝若此也。」孝子少饑，面黄而體瘠，族人因呼爲「菜大人」焉。嘉靖壬子，孝子無疾卒，震川歸公傳其事。君子曰：「古今稱舜爲大孝者，以其處異母之嚚也。」以一「嚚」字盡繼母鼓煽虐毒情狀，族稱孝子「菜大人」，尊寵之矣。

吾邑文昌坊程孟達，儒士也，幼有至性。父某客外，母病間命達尋之。至鄱湖，颶風覆舟，舟人多溺死，而孟達幸救免。母聞謾以爲達溺也，憂憤而卒。比孟達抵家，見母歿，擗踴曰：「吾母憂兒没溺而死，今兒在，吾母安之乎？」朝夕號慟。越二月，奉母柩厝東門外祖域側，躬親累石負土以壅之，而架木誅茅覆其上，中懸母像，朝夕供奉，暮則就柩傍止焉。日一溢米，夕一苫塊，冬不設緼絮，夏不避蚊蚋，如是者三載。柩前後産芝無數，靈鵲巢其上，鄉人聚觀者日十百人。鄉搢紳邵都諫公、王符卿公、閔、吴諸公雅加問餽。邑侯石林祝公躬造其廬，賜以薪米。服滿，命人結綵張樂迎歸，錫匾曰「真孝子」。仍上其事，督學饒公、郡守陳公旌異焉。事在萬曆甲午間。

孝子王君世名，武義人也。萬曆中，父某與族某以事相毆，爲某毆死。孝子方髫年，即慷慨欲復仇。母百方泣諭之曰：「父仇固當報，第家貧，唯汝一子，汝即不顧而母，其若後嗣何？」孝子不得已，聽衆主和議，所得銀若田券悉坎而藏之，而陰市一匕首，鐫其上曰「復讎」，時繫之肘間。入則孝奉母，出則勤誦習，輒時時口念曰：「世名，爾忘族人之殺而父乎？」後數年，孝子娶婦生子，爲邑諸生矣，遂以復仇之義入白母。母復泣止之，孝子唯唯。一日伺仇與族屬飲，遂出匕首即席刺殺之，而自提首級并坎金詣縣請死。縣及郡守台監皆稱曰「義士」，但須驗父屍以免。孝子毅然曰：

「殺人者死，國憲也。手刃父仇，私怨也。某不敢以私怨捍國憲，又曷忍以父屍圖解免？」遂以頭觸階，碎首而死。郡邑咸加旌異，朝廷下詔褒表，士大夫贈言成秩。程生曰：「柳柳州有言：『不志仇，孝也；不愛死，義也。』服孝、死義、達理、聞道，王君以之。惜哉！當事諸公不蚤風顯於生前，而徒褒表於死後也。」

趙廷端者，雲南大理人，棄諸生業以相塚術遊中州，既乃匿跡無錫山中。廷端始離家，有子重華僅七齡。至是妻已没，重華年二十一，葬母嫁妹，即請郵於郡守而出，題其壁曰：「少小遺親十五年，思親不見日淒然。從今即與家人訣，不睹親顔誓不還。」榜其背曰：「萬里尋親」。而别爲繕寫里系及父年貌數千紙遍榜之。以萬曆戊寅十二月二十二日至武當，而父廷端亦以嘉靖乙巳是月日至此，書其名於太子巖陰，華讀之號慟。旁一道士慰曰：「若父曩以冬月某日駐此，若今過之，復符其期，可以蔔重逢之兆矣。」於是華亦尾而書之曰：「某年月日雲南大理趙廷端子重華蹤父至此。」由南陽穎壽東涉淮泗以泝金陵，無所遇。登三茅峰，梦玄帝謂曰：「汝父猶未死。」覺而爽然。從丹陽過毘陵，被盜攫其資以去，所遺獨請郡守路郵耳。華窘甚，且行且乞，次橫林觀音寺。忽一老僧杖錫而前，雙眉覆面，殆浮百年者也。前謂曰：「汝父客無錫南禪寺，當遣道人導之往。」迄見廷端，伏地請曰：「吾父遊中州，故萬里蹝訪到此。君得無即吾父乎？」廷端笑曰：「吾離家已十七年，所遺兒比僅七齡，存亡不可知，焉能到此？」華於是前持父而哭，出所囊路郵示父。廷端讀之始驚，父子相攜而慟。所與俱道人及寺中他客遊者亦相嚮助哭。縉紳先生聞之，共嘖嘖嘆息不已，而鹿門茅先生爲作《趙氏客遊述》。余謂此事奇，茅文又奇。

宋正獻公杜衍，越州人。前母有二子不肖，其母改適河陽錢氏。祖母卒，衍年十五六，二兄遇之無狀，至引劒傷腦出血數升，其小姑匿之，僅免。乃詣河陽，其繼父不之容，往來孟洛間，貧甚，傭書以自資。後貴，其長兄猶存，遇之甚有恩禮。二兄及錢氏、姑氏子孫受衍蔭補官者數人，仍皆爲之婚嫁。俸禄所入，給宗族、賙貧難。至官歸日，無室以居，寓於南京驛舍者久之。

太和羅晉用，字楚材。父景高，貧而有節行。至晉用尤貧，而操持如景高。弱冠父喪，女昆弟五人，二猶在室，而一廢疾，孤侄方幼。晉用苦奉母、嫁妹、婚侄，養其廢疾者終生，而己則不娶。或勸之。曰：「母老，弟妹多，娶則不給也。」後學醫得異傳，雖屢著奇效，而退然不以醫自名。嘗言：「吾愛龐遺安，輕財如糞土，耐事如慈母。」人謂晉用實似之。

滎陽鄭還古，性孝友。初在青齊間，值李師道叛命，扶老親歸洛。與其弟自舁肩輿，晨暮奔追，兩肩皆瘡。妻柳氏，僕射元公之女，有婦道。弟齊古，好博戲賭錢，還古帑中恣其所用，齊古得之輒盡。還古每出，必封管鑰付家人，曰：「留待二十九郎償博，勿使別取債息爲惡人所陷也。」弟感其誼，爲之稍節。有堂弟善觷栗，投許昌軍爲健兒。還古召之歸，自與洗沐，同榻而寢，因致書方鎮求補他職云。

温人趙彦霄，父母既殁，兄弟同爨十二年。兄彦云，以聲色壞家，彦霄屢諫不聽，遂求析藉。未及五年，兄産蕩盡，尚公私逋負三千餘緡。彦霄因歲除置酒邀兄嫂而告之曰：「曩求分異者，因兄不節故也。今幸我業尚存，歲時足以供伏臘。而兄所負公私息，弟累歲所積亦足以償，幸歸移中堂，復主家政。」彥云從之。次年，彥霄與長子俱膺鄉薦，一舉登第，鄉人稱美。

江州朱原虛，有二弟，父母亡，所遺綾錦十餘篋，悉以匿之，逐二弟於外。一日鄰人降紫姑仙，原虛在坐，請曰：「聞仙姑善詩，幸見教。」仙降筆曰：「何處西風夜卷霜，雁行中斷各悲涼。吳綾越錦成私篋，不及姜家布被香。」原虛得詩皇恐，即召二弟還家，教之儒業，俱登科，典州郡事。二弟事原虛如父。程生曰：「二弟固稱才子弟，乃原虛始乖友道，繼即改圖，庶幾哉不遠之復矣。」

單光祿孟陽，與兄熈甚友愛。少時熈與人鬭，鬭者邂逅死，未有知者。孟陽曰：「吾聞家有長子謂之家督，家督可死乎？」趣往鬭所以待捕。已而死者蘓，問熈安在，孟陽告以故，遂嘆息不怨之官。

李克兄弟二人，貧無檐石之儲，而友愛彌至。妻竊謂克曰：「今貧如此，妾有私財，可分異獨居，人多費極，無爲空自窮也。」克請呼鄰里親戚相對，前跪白其母，便喚其妻，叱而遣之。婦行泣出門去。吁！克其聖門之徒歟？

吳公思達，兄弟六人，嘗以父命析居。思達爲開平主簿，父卒，還家治葬事，會宗族，泣告其母曰：「吾兄弟別處十餘年，今多破産，以一母所生，可使兄弟苦樂不均耶？」即以家財代償其逋，更復共居。不數年，宅後榆柳爲之連理，人以爲義感云。

昌化章氏，昆弟二人，皆未有子。其兄弟先育族人一子，未幾其妻得子栩。弟以兄既有子，求所抱子爲己子。嫂曰：「未有子而抱之，甫得子而棄之，人其謂我何？且新生，未可保也。」弟請不已，嫂即以新生子與之。後二子皆成立，長曰槱，次曰栩，皆相繼登第，遂爲名族。孝友睦婣之報如此。婦人有識不可尚也。

王公積，歙人。家貧而兄不慧，蚤卒，有遺孤，甫二歲，病瘘幾殆。積與妻程氏蚤起提抱，極其傴旅狀，不少倦怠。長爲娶婦，又蚤客死。歸其喪，遺孤在繦褓，撫之，猶前撫其父也。拮据治生，年六十時，從孫猶未冠，積以資産分界之，不私其子。

羅田王公德彰，兄弟六人。父沼、兄德樊俱業儒，不治家人産，四弟年幼，家食不贍。公稱貸以給用，出私藏以治生，後致豐裕。置田千餘畝分兄弟，積稻千餘石資養業舉者，一錢尺帛不私。父任崇府審理，兄任廬州學正，俱爲廉吏，亦不往謁焉。自置陰地，中葬父母，而傍分葬兄弟。年老無嗣，後娶周氏，生子五，俱邑庠生。壽七十，臨終不能言，以指書「孝」「義」二字於子手中，良久後書曰：「不聽父言終非孝，一家安樂值錢多。」至今士人稱之。

劉廷式，既訂婚，入太學，越五年，登第。及歸，則女已雙瞽矣，家又不振。廷式擇日成禮，女家固辭，廷式竟娶之，生二子，卒。哭之哀。蘇子瞻慰諭之曰：「予聞哀生於愛，愛生於色，子娶盲女，愛曷從生？」廷式曰：「某之所亡者妻，所哭者妻，不知其有目與無目也。若緣色生愛，緣愛生哀，色衰愛絶，於義何有？今之揚袂倚市，目挑心招者，皆可使爲妻乎？」子瞻拊其背曰：「子真大丈夫矣！不惟今世罕見，古亦無聞。」後二子相繼登第。

【按】古今賢哲，若叔通之娶啞，孫泰之擇眇，與周恭叔、呂華陰之娶瞽，夥矣。然未有若劉公之言有足風世警諭者，故獨附之《孝友》之末。

黄公織，字國文，楚羅田人。剛方正直，壯年喪妻。人勸其再娶，則曰：「吾不欲吾子毒於後婦，且不欲後婦子往來吾家。」遂終身不娶，壽八十四終。其子可望，亦以壯年喪妻，後以貢授承天學司訓。人勸其再娶，則曰：「吾婦與吾共清苦，今受一官，而令他人享其樂，吾不忍也。」亦誓終身不娶。時稱「兩世義夫」。余惟惡婦多出再娶，幾見再娶者視前妻子若媳如仇讐，每至夫前搬唆，以致父子離間，骨肉參商。二公不再娶，寧獨尚義，良有見哉。

杭城湯鎮，凶徒也，素不孝於母。有一子三歲，愛之甚至。妻抱偶跌損其顱，泣謂姑曰：「夫歸，必毆我死，不如自盡。」姑曰：「無！第言由我之誤，我往避汝小姑家，俟其怒息而返。」至晚夫歸，見兒頭破，往提妻欲殺之。妻以姑爲解。次日藏刀而往，以温言誘母還，至中途欲殺母，失刀所在，但見巨蛇介道，不覺雙足陷入地中，須臾没至膝，七竅流血，自聲其罪。其母救抱，無計可入，走報其婦，往掘之，隨掘隨陷。啖以飲食，三日乃死。觀者日千餘人。諺曰：「養子亦知父母恩。」今愛子而欲殺其母，逆天唳常，莫此爲甚，宜天之明威顯戮無赦也。

船户褚大，素兇惡不孝。母嘗失足墮水，自坐視不救，反毆傷救母者。一日撑船出行，有呼搭船者，載之俱，中流索錢急。其人言：「我是天神，因你不孝，帝命我擊汝。」褚曰：「你就是天神，也要還了我船錢方可去！」語未止，震雷一聲而死，神即不見。

韓周，德平人，父子皆不知孝友。家頗豐裕，其弟韓用素貧，傭以供母，周絶無甘旨之助。諸子皆以奴視叔，欺其貧也。後周新搆瓦屋數楹，前後環以花柳。一夕大風雨，有折屋拔木之聲，且聞人語曰：「不義之家，宜盡碎之。」次早視屋，無一完瓦，花柳盡拔。周父子俱至乞丐而卒。

長溪小民某，出贅人家，以漁爲業。其母念之，往看，某竟不喜。母覺其意，即日要回，其婦留待明日。某得魚歸，知母未去，紿曰：「今日大風無魚。」母遂行。因責妻曰：「適來所得，皆大鰻魚，你何苦留此老媪？」及取魚看，皆是大蛇。一最大者昂首出，咬某喉而死。蛇俱不見。

龍遊人徐姓者，兄弟二人，供母各五日。兄貧甚，弟稍裕。兄輪膳而缺二日，告母曰：「今藜藿不能備，幸就食於弟，俟措置補償。」母及門，弟不納。母以兄意曲諭之，終不内，且其妻取飯甑置床上以被蒙之。母涕泣返。有頃，雷電大作，一神人提出甑，先震其妻於門，次震其夫於堂。

昔劉建德母病，已固不侍湯藥，妻且忤逆，送母尼寺，遣一婢隨之。母不肯往。妻悍甚，劉不能制。母臨死大罵曰：「我必訴汝於陰司。」數日，妻卒，又數日，劉卒。方大殮，忽震霆一聲，腹皆拆裂，臭聞數里。然則聽妻言而逆父母，豈無果報乎？

邵武陳先生策司訓安吉時，對諸生曰：「往歲當督學按部時，府衛官俱在門。白日忽暝，雷震二指揮於衆官列坐之外。一擊死，其右足自脛至股劈碎無完膚；一甦，遂成癎疾。已而求其故，死者嘗毆母，甦者嘗詈母，特未毆耳。」乃弘治末年事也。頃《近峰聞略》亦載是事而差異耳。

楊成、楊咸兄弟，寶坻縣人。成富，艱嗣，妾生子甫三歲。病篤，召弟咸謂曰：「我疾不能起，吾兒幼，倖存二千金，悉以付若。此子也才，可給其半；不才，汝可自取。」後子長成，告咸給婚資，咸悉匿之不與。妾及子訴於官，咸又賂之，不理。聞香河邑張尹公廉，妾往訴之。尹廉知其狀，取獄囚數人，令其招入咸名，乃密遣健兒捕逮至，捶楚百方，始據實曰：「咸之財非行劫所致，乃亡兄托與幼侄者，以咸久假不歸，故天譴群盜爲報耳。」尹乃招妾子，追還原資，并宥咸罪。

卷四上

臣鑒

昔宣廟作《臣鑒》，起周鄭子産，終元帖木兒章矣。顧忠義之性，何人不具？圭璋之士，何地蔑有？而朝廷建學校以作人，課殿最以磨礪，亦何時不嚴且備也。以故耆舊之賢，史不勝書；奮庸之佐，朝不勝舉；嶽牧之良，民不勝誦。而生何人斯，顧欲以草茅之微，論列朝常之貴；處陬澨之區，博採方州之彦。無論耳目有所不逮，即醯雞之見，其與有幾？而可備鑒觀之一二乎？雖然，亦聞之矣。昔有懸千金購狐腋者，其人雜進以狸狌，門者叱之。其人曰：「願充綴紉之末。」今即無當於風覽，儻亦可供綴紉之末乎？

錢公唐，字惟明，浙象山人，爲刑部尚書。洪武二年，詔孔子春秋什奠，遣使降香曲阜林廟，於仲月旦丁致祭，京師免祀，天下不必通祀。公言仲尼百王宗師，先儒謂以萬世爲土，天下祀孔子如天下祝聖壽不忘本也。時修《孟子節文》，并議其配饗，公尤論之力。上皆從其議。一日召講《虞書》，陛立而講。或糾公草野不知君臣禮，公正色曰：「以古聖王之言陳於陛下，不跪不爲倨。」嘗諫宫中不宜揭武后圖忤旨，待罪午門外終日。上悟賜飯，即命撤圖。程生曰：「昔漢高過魯祀孔子，史臣以爲漢家四百年精神命脉在此。吾於錢公此疏亦然，故特揭於首。」

洪武二十九年，行人楊公砥請黜楊雄從祀，進董仲舒。太祖嘉納之。後崇仁縣令羅恢永豐人上言：「孔廟從祀，如《論語》稱有若者四，責宰我者二，宜以有若居十哲，而以宰我居兩廡。公伯寮沮壞聖人，不宜從祀。蘧伯玉孔子故人，行年六十而化，今居兩廡未當。」奏不報，時論惜之。

陳僉憲公祚，疏勸宣廟讀《大學衍義》，上怒，自批其奏曰：「你道我不讀書，我是什麽來作皇帝？」遂下獄，父母、兄弟、妻子、姊侄，凡男子悉同禁，婦女下浣衣局。凡七年，英廟踐祚，釋之。幼女出時才七歲，不能名六畜。公剛勁，後復屢諫瀕死。

胡端敏公世寧，浙仁和人，公忠明練。初膺鄉薦，牌坊路費例百金，公以歲侵，僅受其半，其志操已迥別矣。爲江西憲副，覘知寧籓逆謀，以其奸具奏。宸濠大懼，賂兵書陸完、都憲石玠，坐以誹謗、離間親王，必欲致之死。時公已升閩觀察，乞休。宸濠遍遣兇惡挾上旨襲公，兩浙大巡潘鵬黨惡又盡囚其家屬，賴廉訪李公承勳使變姓名間道抵京，得不死。下錦衣獄，謫戍潘陽。居四年，宸濠果反，乃起公原官，陟巡撫四川，及曆兵侍、刑書、兵書，後先條陳數十事，皆剴切中機宜，故席文襄稱其「論事如結舌，草奏如懸河。」邵康僖亦曰：「胡公嫉惡如仇，善則猶已，勉人黽黽以忠孝大節。」噫！此足以概公矣。

世廟初登級，方在沖齡，御龍袍頗長，上俛視不已。大學士楊公廷和奏云：「陛下垂衣裳而天下治。」聖情甚悦。一日經筵進講，顧公鼎臣講「咸丘蒙」章，至「放勳徂落」等語，侍臣皆驚，徐云：「堯是時已百有二十歲矣。」衆心始安，且服二公之敏。徐公縉講「曾子有疾」章，遺「鳥之將死」四句。既而有御劄下内閣云：「今日講書，足見講官忠愛，但生死常理耳，何必諱？明日還補進來。」上之英明特達如此，而當時諸進言不諱，亦見一時明良盛遇云。

王忠肅公翱，直隸鹽山人。高邁孤峭，人不敢幹以私。鎮守遼東還，饋遺一無所受。有某大監與同事久，持明珠數顆饋之。公固辭，某以死請。公不得已受之，乃自綴於衣領間，臥起自隨，雖夫人不知也。後大監死，其獨子貧甚。公召至，自衣間解其珠與之，直可千金有餘云。爲吏書時，仲孫以蔭入監。秋試，以有司印卷白公，公曰：「汝才倘可登第，吾豈忍蔽之。顧汝學尚未成，萬一誤中選，則妨一寒士矣。且汝有階得仕，何必强所不能，以幸冀非分邪？」裂卷火之。公一女，嫁畿輔某官，夫人愛之甚。每迎，婿固不遣，恚而語女曰：「而翁掌銓衡，獨不能遷我京職耶？」女寄言於母。夫人一夕置酒，跪白公。公大怒，推案出宿朝房，數旬乃歸。婿竟不調。

有詔營第於西山，有司承旨多營造，公悉拆之，曰：「非詔旨也。」每朝退，正色獨行，不與人言笑。時馬公昂爲兵書，崔公恭爲吏侍，公直以名呼之。此下節概。

景泰中，王公文用事，忤者必死。給舍林公聰抗疏劾之，王怒。會林鄉人有事，吏部應答。爲言於文選，文選出其手書。王會官廷議，坐以大臣專擅選官死罪。尚書胡公濙曰：「給舍七品官，擬以大臣；囑微事擬以選法，於律恊乎？且人臣以宿憾而殺諫官，非理也。」遂拂衣而出，臥疾不朝數日。上使太監興安問疾，公以上聞，聰得免。程生曰：「王老無足責矣，乃文選攘臂阿附，何爲者哉？」

汪直新坐西廠，威擬至尊。商文毅公輅疏直十罪，且云：「用此人，實繫天下安危。」上恚曰：「用一內臣，焉得危？」命太監懷恩詰責，厲甚。公曰：「朝廷無大小，有罪悉請旨收問，渠敢擅抄没三品以上京官；大同、宣府，北門鎖鑰，一日擒械數人；南京根本重地，留守大臣，渠敢擅自收捕；諸近侍渠敢擅自損易。此人不黜，國家安乎？危乎？」懷恩聞之，吐舌而退。即日撤去西廠。按文毅公此舉，與張文忠公乎敬奏罷各省鎮守内臣功同。

秦襄毅公紘巡撫陝西時，秦府旗校肆横，民苦之，公悉擒治不貸。秦王不能堪，奏公欺滅。憲宗怒，逮下錦衣獄。命内臣尚亨籍其家，止得黄絹一尺，故衣數事。上閱之嘉嘆，詔釋公繫，賜鈔萬貫以旌其廉。調撫河南，適巨璫汪直以事至，公密疏其多帶旗校騷擾地方，竊弄威福。上嘉納之，以疏示汪。汪叩頭伏罪，稱公賢不置。上釋之。夫以秦公廉，豈第威不能屈，讒不能入，且動上之知眷如此。居開府者倘皆秦公乎，其爲國家生民利賴豈淺尠哉？

薛公瑄，督學山東，人稱薛夫子。王振以同鄉故，召爲大理少卿。瑄至京，三楊先生過之，不值，語其僕曰：「可語若主，亟謁王太監，今日之擢，皆其力也。」明日朝退，不往。三楊使李公賢諭意，終不往，曰：「拜爵公朝，謝恩私室，吾不爲也！」一日，會議東閣，公卿見振皆拜，薛獨直立。振先揖之曰：「多罪，多罪。」自是益銜之。會某指揮死，妾有殊色，侄王山欲娶之，嗾妾誣其妻殺夫狀，都察院傅會成獄，大理駁還之，如是者三。中丞王文承振風旨劾瑄受賄，至午門會問，瑄呼文曰：「若安能問我？若爲御史長，自當回避。」文奏：「强囚不服理問。」詔榜西市殺之。門人皆奔送，薛神色自若。會振有老僕，素不預事，是日哭於廚下。振怪，問之。曰：「聞今日薛夫子將刑，故泣。」問：「何以知之？」曰：「鄉人也。」備言其賢。振意解，傳詔赦之。繫逮錦衣獄，終不屈。

魏文靖公驥，直道自持。正統初，爲吏部侍郎。時内侍王振怙寵驕横，每出則部堂尊官亦斂輿避之。一日公遇於崇化門，不爲禮。振銜之，譖公於内。忽一日，上御便殿，召吏部問孰爲侍郎驥，且訊以近日曾有何事。公慷慨言其故，且曰：「臣不足惜，可惜者朝廷名器。」上温旨慰之曰：「爾所言者是。好官！好官！」又方伯陳公選，道學名流。成化中，任河南廉憲。會中官汪直往河南勾當公事，藩臬悚息，公不爲禮。俟其至，盛服自公署中道而入。詰責之。公即密疏其專擅之罪，疏入留中。及直歸，詢以河南好官爲誰，直以選對。因示以疏。夫二公砥抗權倖，風節凛然如出一轍，藉非聖明之知眷，幾何不爲所中哉？

彭司冠公韶，自在郎署即有材名。時外戚周氏言民家占其田土，憲廟命公往訊。公謂未有以平民而敢侵貴室者，悉以田土還之。周訴於上，逮繫詔獄。時李御史琮亦以同事被收，每就鞫，公曰：「差失皆自我，御史無預。」如是者再三。涖詔獄者曰：「爾持正如此，乃君子，吾輩甘爲小人耶？」遂直其事於朝，得還任。噫！孰謂人心無公道哉？

李祭酒時勉先生，忠直敢諫。曩在翰林，朝廷結鼇山一所，士女聚觀。先生行中途拾一墮釵，大書揭於門。其失釵婦乃錦衣千户妻也，物色至先生門，即歸以釵，亦不問其姓氏。久之，千户歸，聞失釵事，亟往叩謝之，將以儀物。先生悉却不受。千户言：「餘物不敢强，第此片藥乃海域所産，初非傷財所得而甚罕貴，公幸受之。」先生問何物。曰：「血竭也。」乃受，付夫人，令識之。既而先生以諫仁廟。怒，命武士以十八斤金瓜擊其脅。脅折，舁至錦衣獄。適此千户宰獄，驚曰：「此李翰林先生也，聖旨故未嘗令死。」因密召良醫視。云：「傷可爲，第須真血竭。」千户亟取曩貺公者，以板夾肋傅之。越一日夜，遂甦焉。

欒清章恭毅公綸，景泰中爲儀制郎中，以諫易儲下獄。數月首生蚤虱，苛癢殊不可耐，苦無櫛具。一日，忽有群雀共銜一牙邊新蓖墜公前，公感荷神貺，謹珍藉之，至今供家廟中。又一日，大雨注床，哀呼獄卒，就移干處。甫離一床之地，磚壁轟然倒矣。公獲免。程生曰：「觀此二公，可見忠臣義士，心貫天日，行合神明，既奮不顧身以忠社稷，天必爲社稷以保乂其身，其周旋默相有以也。特表而異之。」

【按】恭毅公母即《壼懿》所載未成婚而守節扶孤者，書之以見母節子忠云。

兵部職方黄公鞏，素有志節，嘗題其壁云：「茅屋石田，爲生太拙；鴟夷馬革，自許何愚。」後江彬誘武宗南巡，輒抗疏言：「彬首開邊釁，兇狠傲誕，無人臣禮，權傾中外，不亂不止。」彬大怒，必欲置之死。遂下詔廷跪五日，杖百餘，放歸。杜門著述，客至留款，貸米鄉里，日中未舉火，晏如也。嘗曰：「人生仕宦至公卿，大都不過三四十年，惟立身行道千載不朽，世人往往以彼易此，何耶？」

北狩時，袁錦衣彬勞勳特著，世類知之。又有沙狐狸，亦衛士，在彼嘗以乏御膳告也先。也先不解，問譯者，知皇帝飲食稱「御膳」，翻指稱善。乃與之六羊，令自致行在，亦以占沙之强弱智愚也。沙即裂其衣聯革帶爲長條二，各繫其三於肩而行。也先令人尾其後，則見沙始至上前叩頭復命，復出數里外取水，又出數里外取薪稾，往返復命皆如初。也先益奇之，召問其姓名及有無事任，又問：「中國如爾比者幾？」沙曰：「十萬。勝我而雋傑者復若干。」及駕旋，沙不及從。也先授士卒爲酋長，納婦生子，爲富貴大族，亦時帥部曲至朵顔三衛市馬。弘治初，又來訪，得其子，因密輸情於朝，期以明年來歸。至期，果攜胡婦胡兒一家悉至，入見上。上恐其詐，命所司詳驗，時上下莫有識之者。沙曰：「昔先帝嘗賜臣一繡囊，聖諭是周娘娘手製。今囊固在，乞進娘娘驗之。」太皇太后覽畢曰：「此真爺物也。」上乃授以某衛千户，賜宅一區。

楊文公在翰苑日，有新幸近臣欲扳公入其黨，因間語公曰：「君子知微、知彰、知柔、知剛，萬夫之望。」公正色疾聲答曰：「小人不恥、不仁、不畏、不義。」應捷而詞勁，朝論韙之。

楊都憲公繼宗，風節才望，標表天下。爲太守奏最時，張芳洲贈之曰：「公有今人所無者三，古人所少者二，剛直常持之以和易，廉明常持之以含容，勇敢常持之以寬靜。今之郡守孰有如公所存者乎？楊伯起以清白著，猶有可却之金。公治郡久，暮夜無一足敢及門者。蘇子卿以死爲事，史外猶有餘書。公抵官以來，遽遣妻孥獨處，此非古人之所無者哉？」僉稱褒不過溢云。

范公理，天臺人。楊文定公溥當國，其子自石首入京，因述所過州縣迎送饋遺之勤，獨理頗不爲禮。文定因而知之，薦知德安府，其爲縣才八月而已。後升貴州布政使。或勸范宜致書謝，范曰：「宰相爲朝廷用人，非私於我。」及公卒，乃祭而哭之，以報知己。仕終吏部侍郎。程生曰：「世能不以迎送饋遺求人者時有之，然未有汲汲薦拔若文定之於范公者。且世莫不欲求士，今求士於無書政府與不作呈身御史者幾人哉？」

【按】宣德中，魯公穆爲福建僉事，獨持豐采。楊文敏公榮家人有犯，不少貸。文敏薦爲僉都御史。二公真可謂薦賢爲國，有古大臣風哉。

陳元崇使高麗，大振風采，方物侍伎一無所納。國人無以嘗之，因請公撰殿記，叩懇再四，始爲握管。夷王燕謝，獻紫金瓶一枚。公拂去，王强之，公欲毁裂其文乃止。歸朝，或謂公爲太矯。公曰：「造文潤筆，固非無處。第以天朝儒臣爲彼記殿，體勢重矣。受瓶，則吾行爲鬻文也。忽諸？」

西蜀立齋鄒公智，少負才氣，未冠發解。蜀省會試，過三原，謁王公恕，曰：「智此行甲第非所急，所急者扶陽抑陰，此疏不可不上也。」王公微哂而别。抵京見一鄉里達官，謂曰：「某省一解元與子相若，可一訪耶。」鄒以爲同志，亟訪之。其人忽問曰：「子省榜首，坊金視眾舉子增幾何？」鄒大恚憤，拂衣不答而去。及登第，授翰林庶吉士，即上《扶陽抑陰疏》曰：「切照少師萬安，持禄恃寵，殊無厭足。太保劉吉，附下罔上，漫無可否。少保尹直，挾詐懷奸，全無廉恥。世之所謂小人也。願陛下罷黜之。再照兵部致仕王恕，立志忠勤，可任大事。兵部致仕王竑，秉節剛勁，可懲大奸。都御史彭韶，學識醇正，可決大疑。世之所謂君子也。願陛下進用之。」疏奏，謫吏目，卒於嶺南，天下惜之。

李公于鱗視陝西學時，鄉人殷某爲巡撫，刻覈倨傲，嘗下檄于鱗代撰奠章及送行序。于鱗移病乞歸，請曰：「台下但以一介來命，不則尺號見屬，無不應者，似不必檄也。」殷愕然起謝過，有所屬撰，以名刺往。而久之復移檄，于鱗恚曰：「彼豈以我重去官耶？」即上疏乞休，不待報竟歸。家居杜門，自台監以下請見不得，去亦無所報謝。嘗有詩云：「意氣還從我輩生，功名且付兒曹立。」其亢厲守高若此。

【按】古稱文士無行，而我朝以文標赤幟者，稱北地、濟南二公。北地在弘正間忠蓋丕著，乃濟南氣岸若此。孰謂文章節義爲兩途哉？

王給事中徽，在成化間有諫諍名。嘗論巨璫曰：「牛玉之罪固所當誅，而内閣大臣不能無罪。其始不言者，是党牛玉也；其後終不言者，恐牛玉之後復有如牛玉者出而禍己也。」數語甚切至，談者尚之。

何公璨，字景川，以進士爲主客司主政，督會同館。是時，大司馬王公瓊與都御史彭公澤有隙。彭經略哈密，以金幣與土魯番贖城印。土魯番復據哈密，犯肅州。王遂劾彭擅命納幣啟釁，欲殺之，并逮都府李公昆、副使陳公九疇。彭剛毅敢行，屢討流賊有功，時議多右彭者。數日，王遣人持牒會何，曰：「此宋覆轍，事成有顯擢。」何正色曰：「公誤矣！大夫出使於外，苟利國家，專之可也。彭與土魯番檄固在，豈宋屈己和戎比耶？范仲淹嘗與元昊書，寧獨彭？變起倉卒，非陳、李，邊人且爲魚肉，奈何并罪之？公所得幾何？乃助不義！爲謝王公，毋污我，使得罪天下後世。」卒不署牒。彭等得釋，何有力焉。

蘇城集福庵，居尚書吴公匏庵之比，知州施公膚庵之西。弘治中，詔毁淫祠，有司欲爲吴後圃，吴曰：「僧庵，吾世鄰也，不忍其毁，安忍爲吾有耶？」有司復欲爲施别業，施曰：「吴公既不受，吾獨不能爲匏庵耶？」其庵竟存。二公之高古，誠可法矣。奈何有白手據僧舍爲己有，甚至設偶其中爲固蒂計者，視二公何天壤哉！

何吉陽遷，故與黄州庠士某者相友善。吉陽巡撫江西，過家，某青衫來謁，門者不即爲通。因環視壁間懸軸，其首則嚴分宜筆也。遂索前刺，書一絶曰：「椒山已死虹塘謫，天下誰人是介翁？今日華堂誦詩草，始知公度却能容。」遂拂衣去。吉陽得詩自慚，亟遣追之，舟解纜去矣。程生曰：「吉陽染於嚴氏，大爲清議所鄙，惜哉庠士之名不傳也。」

監生石大用，蘇州人。正統甲子，處六館諸生間，恂恂謹飭。會祭酒李忠文公時勉忤權璫，加首木於監門，三日不釋。時炎蒸不能勝，石忿激具疏，懇請自代。謁銀台，銀台懼之以法，石曰：「死生以義，何懼之有？」疏入，蒙并釋。

胡梅林公宗憲，字汝真，績溪人。嘉靖乙卯巡按浙江，會倭夷犯浙吴，猖獗甚，更數閫帥屢挫。時公當入闈校士，辭不入，乃往平賊。戰於平望、王岡涇等處，連奏奇功。尋進兵部尚書，總督江南七省兵馬。賊首王直、徐海最雄桀，公謀直以弋海，因取陳東，縛麻業，收張璉，倭寇悉平，東南賴以乂安。公魁梧修幹，倜儻豪邁，遇敵身先士卒，臨事有成畫。初議受徐海款，衆議洶洶，公毅然行之。及海至，中外戒嚴，諸閫帥失色，公以手摩海頭顱諭之，如擾羊豕，人服其德度。以下膽略。

孔侍郎公鏞，忠信弘毅，事英、憲、孝三朝，咸著聲績。嘗知某州，甫三日，峒獠倉卒犯城。衆議閉門守，公曰：「孤城能支幾日？只應諭以朝廷恩威耳。」即命單騎出，賊遮馬問故，因導俱往。有裸人數輩縛於樹，號呼曰：「我庠序士也，驅迫若此！」公不顧徑入。峒賊露刃出迎，兩旁夾擁如林。公至，坐廬中，語賊曰：「我孔太守也。」賊曰：「豈聖人兒孫耶？」公曰：「然。」賊乃羅拜。公曰：「固知爾曹本良民，迫於凍餓，聚此苟活。我今奉朝廷命來作汝父母，視汝猶子孫，汝等能從我言乎？當宥汝前罪，齎汝穀帛；若不從，當速殺我，後有官軍來問汝罪，汝自當之。」衆復拜曰：「誠如公言，請終公任不復擾犯。」公曰：「我餒矣。」衆治具以進。日晚，公曰：「晚矣。」賊進床褥。詰朝，復語賊曰：「我尚倦行。」又宿。至明日歸，賊控馬送出林間，公顧曰：「此皆良士，汝既效順，可釋之。」賊即解縛，還其巾裾去。公從數十騎抵城，城上見公至，驚懼。公笑語賊：「爾等且退，吾當自出犒汝。」賊唯唯退。公入，命取穀帛從城上投與之，賊拜謝而去，迄終任不復出。

王莊毅公竑，陝西河州人。爲督漕開府淮揚時，清河衛指揮單姓者行不檢，公嘗折抑之。尋公遭煩言免官，歸過清河。揮使祗候於江滸，具餽致殷勤。公嘉其誠，受醯醬數缶。既發用之，則皆糞穢。單盖藉以紓夙恨云。公至徐州，得旨復官，單乃逃遁遐方，詐死發喪。仇家蹤跡，執而訟之公。公竟不較前侮，平其獄而遣之。淮揚間至今稱公不念舊惡云。按王莊毅手捶死馬順於殿陛間，盖矯矯剛方人也，乃德量又能容如此。以下德量。

劉莊襄公天和，麻城人。任三邊總制時，差健卒取其孤孫暨一孤姪來任所拊之。比至華州，其僕夫偶箠門役，門役膚愬於州守。州守怒，弗爲禮，封鎖其門，即薪米不供。二孤饑渴甚，不得已，令從者逾垣走，乞食於素所知交家，微行抵任所，環泣訴公前。嗣州守以事謁制府，家衆鼓足怒目以待，公置不問，後復以賢能薦於朝。

同族劉端簡公采任右司馬時，邑令尚德恒氏，廉直不避貴勢，毁言日至公所。時耿楚侗先生爲御史，一日謁公，意爲之解，而以同年故難於詞。公曰：「然吾故知尚令必廉潔人也，不待公言，何則？凡人有欲則不剛，尚君於吾家童僕懲抑亦不少貸，其操可知已。」耿先生嘆賞。二公休休有容，明決而能自克若此。

吴文定公，忠信弘毅。未達時，家應織人役，徵擾百狀。公見重於有司，其父不勝苛責，欲公一白上官。公曰：「譬我不作秀才，亦已矣！」乃潛入賄吏胥寬其事，父不知也。里儇子以私憾公，伺夫人出，隨詬公於車旁。家人欲較，公召戒弗應而已。又刓去公所爲郡學碑刻名，官追捕急。公曰：「吾文誠不足存，幸無校，官重刻而已。」縣官嘗過聽縛公家人，又事公禮多倨，公悉不介意。明年入計，公正佐銓部，冢宰欲黜此令，公曰：「謂之最，固非；若以黜，則亦未至爾。」冢宰從其言，遷佐别郡，人以故益多公長者。

吴公東洲爲督學時，有士人不率教，懲之。明年其人狀元及第，官翰苑。公以述職抵京，其人設席款之，以新得古奇窑盤盞行酒，且曰：「此器是所寶也！但俗眼不識耳。」蓋以譏吴不知己。吴曰：「以老夫觀之，此器脆薄，容易破綻，終不若良金美玉之爲寶。」其人大慚悔。

長沙有朝士某者還鄉，意氣揚詡，賓至，鼓吹喧闐以迎。一日，有父執來謁之，朝士以近時所吟詠爲問。答曰：「近誦得孫鳳洲《贈歐陽圭齋》一詩，甚有味。」即朗吟之曰：「圭齋原是舊圭齋，不帶些兒官樣回。若使他人居二品，門前簫鼓鬧如雷。」朝士聞之默然。次日，即罷鼓吹。

靖難兵渡江，吏部尚書張公紞自經於部之後堂，一妻、二妾、二子、六奴隸相繼投池中死。此《革除録》載而未備者，今紀之。以下忠烈。

户部侍郎卓公敬，字惟恭，浙瑞安人。博學多能，談論英發。十五六時，讀書寳香山，嘗夜歸，值風雨，路得一牛騎以行，及門縱之，則虎也。洪武戊辰，由進士爲給舍，嘗言諸王服飾逾制，高皇笑而納之。革除初，文廟入朝，卓密奏燕王智勇絶人，酷類先帝，又北平興王之地，宜徙燕封南昌以絶禍萌。建文君得疏大驚，袖入不報。後靖難兵入，有執敬數之曰：「此非前日奏我諸王者耶？」敬厲聲對曰：「若用敬言，王何能至此？」上怒，繫之獄。姚廣孝言：「吴不殺范蠡，而蠡卒滅吴；王衍不殺石勒，而勒終滅衍。」於是斬敬，夷三族。時禮部尚書陳公迪，同時不屈，與子丹山、鳳山等六人同剮於市。文皇命割其子肉塞入迪口，令自啖之，問曰：「好喫否？」迪曰：「這是忠臣孝子底肉，香美好喫。若是亂臣賊子，則臭穢萬世之口矣。」聞者酸楚。迪宣城人。

監察御史曾公鳳韶，江西廬陵人。洪武末，爲御史，彈劾無所避。靖難師起，議使致書請罷兵歸國，無敢行者。公獨請行，至軍前，不納。公取竹通節入書，鼓風達之，亦不報。文皇繼統，嘉其直，以侍郎召。不赴。乃刺血書憤詞於襟曰：「予生居忠節之邦，素負骨鯁之强，仕宧而至繡衣郎。慨一死之得宜，可以含笑於地下，而不愧吾天祥。」囑妻李氏、子公望勿易衣。遂自殺，時年二十九。李亦死節。

遼府長史程公通，字彦亨，績溪人。祖平，業儒。洪武初，謫戍延安，有同謫而旅死者，平遣子以誠負遺骨歸。其家以貧故，不納。又買地葬之。公少有至性，動必遵禮。以縣諸生貢入太學，聞父喪，徒步歸葬。廬墓三年，哀慟毁瘠，妻子至不相識。時祖已老，上書言：「臣壯而無父，祖猶父也。臣祖老而無子，孫猶子也，更相爲命，願代其役。」詞極懇切。上嘆曰：「孝哉！若人。」命兵部除其籍，驛送平還鄉。後舉鄉試，授遼府長史，從王之國。靖難師起，公草上封事數千言進之。後知狀，詔械詣京師，家人戍邊。録其家，僅田數十畝，遺書數十百卷而已。

汪忠愍公一中，歙人。由郎署遷江西按察副使。嘉靖辛酉，閩廣賊入江西，薄太和。公以兵備到任數月，賊至，誓師而進，獲俘者五。明旦復進，諜者謂賊張甚。公叱曰：「虜深入我境，亡能以一矢相加遺，何謂虜張？士死鼓，將死綏，是在今日！」遂鼓行而進，左右軍遇賊皆奔，賊悉赴中軍，乃潰。公意氣勃勃猶闞公，射殺二人，刃一人死。公短脅中槍者二，左臂中刃者三。配淑人程氏，尋亦死烈。詔贈光禄卿，蔭子世襲錦衣百户，給祭葬，立祠賜諡，春秋并祀。太函氏曰：「昔周節湣死華林賊，語在李獻吉紀事中。公後節湣五十年，同官同地，同以閏五月二十六日死。節湣有子，忠湣有妻，殉難相從，則又同歸於節孝。」韙哉！至今令人膾炙也。

兵書華容劉公大夏，吏部撥送雲南。一承差見之，獻點蒼石屏風一面，公不納。承差乃懇言二錢市之，非比重禮，叩頭求受不已。公取而入内，承差喜甚。不數日，呼之曰：「看足矣。」遂歸之。承差大失望而退。以下廉介。

大司馬酈公埜，初任陝西憲副有聲。其父家教至嚴。嘗以俸易一紅褐寄之，父大怒曰：「汝掌一方刑名，不能洗冤澤物，乃以不義之貨污我耶？」亟封還之。埜欲見其父不可得，以父爲教職居閑，因秋闈聘點文衡，冀得覲省。父大怒曰：「此子無知！汝居憲司，吾爲考官，何以防範？」貽書責之。酈一念之孝無所伸，迎書跪誦，泣受其教而已。後爲府尹，爲兵部侍郎，益勵其操，没於土木之難，士林惜之。

于肅愍謙爲兵部侍郎巡撫河南陝西時，一日遇盜劫舟，遍搜行囊，更無貴於腰間金帶者，盜不忍取，棄去。及還朝，并無一物饋送，自作一詩云：「手帕麻菰與綫香，本資民利反爲殃。清風兩袖朝天去，免得閭閻話短長。」公之清節，此見一斑云。

成化間，王端毅公恕巡撫雲南。不挈童僕，惟行竈一，竹食籮一。服無紗羅，日給惟豬肉一斤，豆腐二塊，菜一把，醬醋各有劑量，支取結狀，再無所供。其告示云：「欲攜家僮隨行，恐致子民嗟怨，是以不惜衰老，單身自來，意在潔己奉公，豈肯縱人壞事？」人皆録其辭而焚香禮之。故後居禮部，署於門曰：「有任於朝者以饋遺及門爲恥，受任於外者以苞苴入都爲羞。今動曰『贄儀』而不羞於入，我寧不自恥哉？」其始終一節如此。此所以成光明俊偉之業也。近世惟嶺南海中丞公瑞，廉介剛方，超然塵表，與端毅公後先媲美云。

都御史公軒輗，性廉介。初爲進士，往淮上催糧。時冬寒，舟行忽落水，衣盡濕，以一棉被裹之，不能起。有司急製新衣進之，却不受，直俟舊衣之乾。後爲御史，爲浙廉憲，俸資之外秋毫不取。自著一青袍，無問四時，破則補之。蔬食不厭，午則啖燒餅一枚而已。與僚屬約，三日各以廩俸買肉一斤，僚佐不能堪，有載家屬還故里者。或故舊以公干至，留供一飯，肉一筋，蔬一盂，至厚者爲烹一雞。在任忽報親喪，明日遂行，雖僚屬有未知者。後居台憲，總理南京糧儲，清操愈堅。僚佐設席會飲，獨不赴，饋卓席亦不納，人皆以爲癖。不知狷介之士雖或過中，而有以激貪頑、勵廉恥，使四維益以不廢，豈易得哉？

鄉長老道前令以清操著者有陳公金。嘗夜私行至一民舍，有婦姑夜績，良久，出家釀一缶嚼之，對釀竊笑曰：「陳金老爹。」公不測所謂，旦召詰之。則曰：「民間以公清德，凡釀而清者以公名呼之。時夜闌無他具，僅一清酒奉姑耳。」公後官至少保兼太子太保、左都御史。楚應城人。

劉公仁宅，湖廣華容人，忠宣公父也，永樂庚子貢士。初爲瑞昌令，同邑人嚴某，令高安，同入覲。時其鄉人楊文定公溥執政，遣一介往瞯之，還白文定曰：「嚴丈富貴雅稱官也，劉丈藁席布被瓦盆煤灶，猶然窮人耳。」文定心識之。既嚴賁，劉厚贄先見，文定麾之。劉嗣見，具茗一袋、蜜一缶耳。文定嘉納。尋擢爲御史在京。文定還朝，過華容便造焉。時忠宣年幼，問曰：「汝父在否？」曰：「道中未回。」曰：「汝母安在？」曰：「適鄰家磨面去矣。」因起闞其寢室，見床上惟蒲席布被褥，喜曰：「所操若此，可稱御史職矣。」後劉公回，聞曰：「此必鄉先生楊少保也。其爲人縝密，故觀人於其所忽若此。」劉尋升廣西憲副，歸囊惟七金云。

成化進士董公朴，以差過岳州，聞劉忠宣公宅憂在里，造謁焉。忠宣食以麥糈飯，饌惟糟蝦一碟，無他具。公因感省，持操益勵，由大參致政家居，不以隻字干郡邑。其子三泉公爲蜀别駕，升州守，宦十數年許，僅一青袍，一革靴。赴任時，諸子請曰：「大人平生志節，兒輩能諒，第蜀多美材，大人年高，後事可爲計也。」公曰：

「唯唯。」既致政歸，諸子迎之水次，詢以壽木。公曰：「吾聞杉不如柏。」「大人所具者柏耶？」公莞爾曰：「吾載有柏子在，種之可也。」吁！董公父子與劉忠宣公父子清操一轍。

泰和尹公直曰：士君子未嘗不廉，乃有廉於公而不廉於私，廉於少而不廉於多，皆勉焉者也。唯何廷秀公喬新則不然，初第進士，奉使淮西，巢令閻徽以嘗師其尊公，贈以白金、文綺，公却之。閻曰：「吾以壽吾師，非贈公也。」曰：「子以壽吾父，因他人致之則可，因吾致之則不可。」卒不受。在閩時，典市舶内臣死，鎮守太監分其餘財遺三司，公力辭不獲，則受而輸之公帑。及陞汴藩臬，指揮武成德嘗受公薦閫戎，以犀帶銀器爲贈。笑曰：「我知君，君何不知我？」成慚而退。及致仕，楊宣慰遣使致金銀爲壽，并獻文梓可爲棺者，公一無所納。或言可受，公曰：「戒之在得，正當今日。」由此觀之，廉盖天性也。

杭城王公琦，永樂中以乙榜授汝州學正，擢監察御史，風裁凜然，後以僉事致休。

歷官二十年，清苦如一日。家居貧甚，郡守胡公濬上其事於朝，詔賜百金，公以無功辭，竟餓死。一時藩臬長倡義爲助殮云。又仁和項公麒，景泰七年，由鄉科授銓曹司務，尋升刑部郎。憲皇登極，應詔陳言五事，内指宰輔阿媚、甘心屈膝及中官擅權亂政等語，聞者咋舌。無何以病乞休，家居屢空，僦屋以居。直指吴公某高其節，授屋一椽，固請始受。今褚堂揚清祠，盖督學孔公天胤所建以祀二公云。程生曰：「傲霜之傑，蕭颯愈芳；歲寒之松，雪霰彌勁。觀二公風槩，有具徵矣。况施於有政，作用卓然；抗言朝政，不畏斧鉞，寧獨廉介已耶？」

崔子鍾稱潘司空禮之廉。司空治薪於《易》，潔身而貨門塞，歲省民貲累千。暨歸歸德，有田一夫，躬稼以食。城内無居，四時棲田廬。盜夜掠之，只有粟數升、一敝裘爾。盜驚嘆叩頭曰：「使在位皆若公，我輩安敢爲盜？」又嘆吾鄉程麗川公金罷漢陽歸，僅有田七畝，課童耕之，歲獲不贍饘粥。昔人謂誠齋「清得門如水，貧惟帶有金」，麗川當之矣。

國初東昌通判郭公東，清介有守。一日公出，屬吏之妻以園菜一盒饋其室人，强之再四，勉受。公回，室人告以故，公曰：「汝嘗之乎？」室人曰：「已啖三四枚。」遂命卒市補之，遣還，且囑勿再如此。室人曰：「既還何必補之。」公曰：「所不欺者，心耳，非在物也。」噫！一介取予，尚爾不苟，况其他乎？

卷四下

宣德間，仁和陳公信，以廉能判姑蘇。姑蘇，巖郡也，俗尚侈靡，公獨敦樸，民甚重之。任滿，行李蕭然，吏民沿途饋送，終不受。部民蘇瓊贈詩曰：「南還依舊一寒氈，又却吴民饋贐錢。任使一生貧刺骨，只留清節與人傳。」又正統間，東莞令盧公秉安，蒞任十九年，清操不易。臨行不受一物，惟受市民之詩。乃自詠見志云：「不貪自古人爲寶，今日貪民詩滿囊。十有九年官劇邑，幸無一失掛心腸。」噫！使在位皆二公也，尚何貪墨之患哉？此下廉介。

樂平彭福，字綏之。舉進士，守泰州，直道忤時歸。真率如里人，廉靖自持，足跡不涉城市。里有新登進士者，公具酌邀飲，屬微雨，累速不至，遂遺以詩曰：「倘來名利若遊塵，何事癡兒太認真。咫尺泥途行不得，山陰雪夜是何人？」吁！今之乘堅策肥前呵後擁以過詫閭里者，視此不少愧耶？

胡縣尹壽安，初任信陽尹，調獲鹿。永樂中，令新繁，性清儉，在官未嘗肉食。其子自徽來省，兩月烹一雞，胡怒駡之。三宰大邑，不攜妻子之任。或諷之，胡曰：「吾豈無糟糠之義哉？第念吾輩讀聖賢書，以名節自砥礪，猶恐爲聲色貨利隳志。矧婦人小子，其性猶水，有以金珠錦綺蠱其性而不冒昧貪取也哉？露之則爲禍不小，不露，吾去任後，人必詈笑曰：『胡某外佯廉而内實貪。』以是計之，故不以家累自隨耳。」

學正魏公齡，潮州人。初至，侍祭酒李時勉先生，言：「昨聽選部中，見群衆相語，但問某地方好，某地有出産，不聞一人以施政教方畧爲言者。皆若此，天下安得治？」先生深有味呼其言，語人曰：「新學正有識，能言諸人所不能言也。」魏後復姓李，守官清白，不受諸生贄饋，無負先生許可云。

山陰祝公瀚，字惟容。知南昌日，廉明有威。時逆濠勢漸熾，瀚屢裁抑之，郡賴以稍安。王府有鶴帶牌者，縱於道，民家犬噬之。濠牒府欲捕民抵罪，傾奪其資。瀚批牒曰：「鶴雖帶牌，犬不識字，禽獸相爭，何預人事？」濠卒不能逞。程生曰：「世傳批鶴帶牌以爲奇，而未知其爲祝也。」此下吏治。

潘雪松曰：觀吾劉君自言：官欽州時，廉州周宗武，臨川人。始爲惠州倅，清介絶俗。開府殷石汀公以廉吏稱之，擢守廉州。性頗卞急。合浦丞王世魁者，太和人。一日觀吾同之謁府，周語王曰：「前牒下勾某盜，久稽不解者何？」王曰：「丞固知某者係良民，上誤訪爲盜，因寬之至此。」周艴然曰：「丞奈何與府抗？」王曰：「誣良爲盜，惡在其爲民父母也？死不敢逃罪！」既去，周語觀吾曰：「吉郡故多貞士，適王丞所對大有執持，即抗節忠義事亦能之，鄉丈爲我謝過焉。」王后升名山知縣，以耿特不阿得過州守，左遷静海諭，轉寧波授，罷歸，貧約如故，乃館於篤菴王君家，爲句讀師以自給，而鄉評愈益高之。君子曰：「人知合浦丞之難矣，然非廉州守，又孰能容之？總之，江右多賢，不獨吉也。」

洪武中，福建按察使陶公垕仲，清介自律。時布政薛大方以貪暴被劾，大方詞連陶，逮至京。事白，大方得罪，陶還任。閩人爲之語曰：「陶使再來天有眼，薛公不去地無皮。」陶，寧波人。又聞黄州守盧公濬與繼任曹濂貪廉不同，而黜陟繆盭，亦有爲之對者曰：「盧濬不來天没眼，曹濂重到地無皮。」并記此以見黜陟之公私云。

盧陵李公昌期，永樂進士，由庶吉士累官河南大方伯。工詩文，嘗賦《新安謡》云：

新安野老髮垂肩，説着先朝淚泫然。洪武初年真事少，幾曾輕到縣衙前。

又：

垂老頻逢歲薄收，秋租多欠賣耕牛。縣官不暇憐饑餒，唤我官車上陝州。

又：

當夫當匠子孫忙，田地荒蕪户有糧。昨日拖西番使過，盡驅婦女趕牛羊。

又弘治初，仁和多虎患，邑尹陳公榮命獵擒捕之，搢紳多陳詩誦美，獨軍餘陳珩者賦詩云：

虎告相公聽我歌，相公比我食人多。相公若肯行仁政，我自雙雙去渡河。

噫！永樂、弘治皆極治，猶然有此患，若今觀民風者目擊時變，其不至痛苦流涕長太息也者幾希。

吳縣韓公雍，字永熙，巡按湖廣。有漢陽渡子，霸定載人，餘船俱不敢摻。摇至江心，百端勘勒，少相角，即覆其舟，彼以善泅得不溺，受害者數十年。公一日私行過渡，勘勒仍前。公云：「聞韓爺將到，甚是風厲，盍慎之？」渡子曰：「韓公無蒸人甑、煮人鍋。」必索之其數。公至任輒置以法，民始不病涉，至今賴焉。公按江西，吉之廬陵等縣凶徒乘歲饑劫掠，勢甚熾。公與巡撫楊公寧設法捕賊首二百餘人，悉置重典，地方以寧。升僉都御史。成化乙酉，兩廣蠻兵弗靖，命征大藤峽，出兵令五鼓戰。將領恐遲失事，二更即發，大破之。公賞其功而問以違令之罪，曰：「萬一不用命而敗，奈何？」人謂公得將將之體。由是，戰不逾月，捷聞。升左副都御史，提督兩廣軍務兼巡撫。

績溪胡公光，字文光，由進士授廣州節推。有中貴出鎮，勢張甚，跨市街爲台，設俳優之戲。光曰：「歲方大侵，惡得爲此？」立毀台。召民訟中貴不法十數事，上疏劾中貴，置之法。而胡亦謫白泥驛丞，升灌令。縣多虎患，光禱之城隍，曝神像日中三日，有虎入城者七，居民驚愕。光獨出向虎，虎皆伏，使力士刺之，自是永無虎患。

貴溪徐公九思爲句容令，視民猶子。邑舊有二簿，一典糧，一典馬。糧簿歲啟倉，有例金八百，四百啖判，四百簿自取。公聞，遂自往主收，判、簿毫不得取。馬簿歲視馬九百餘匹，匹例一金。公亦自往視馬，例金遂絶。邑舊募民兵四百，每兵十金，公分兩歲更番，止募二伯，一歲省金二千。邑當吴越之沖，民疲於供億。公令官廒養鵝雞，官池畜魚，閑地爲圃，賓至取供，一不煩里甲，歲省何啻萬計。升司空郎，即解紱歸，卒祀名宦祠。子貞明，登辛未進士，官符卿。公嘗語人曰：「吾昔筮仕句曲，甫入境，邑中蒸黎繦屬遮道迎我。漸近郊坰，迎者漸夥。或趨前擁後，或更番輿我。已而坐堂上，千萬人伏墀下，僉曰爺曰爺。吾殆悚然内省曰：『嗟嗟！是千萬人者，均之員首方趾，横目噉吻，我無以異也。即皤皤黄耉亦相率呼我曰爺曰爺，彼盖謂我爲父母云爾，若何施乃能當茲父母稱哉？』爲之悚息深思者累夕云。」

宣德中，全椒章公惠爲温平陽令，奉公愛民。勾攝不差隸卒，止用粉板，皆繪刻隸卒，甲乙爲次，傳遞勾攝，題其板曰：「不貪不食，與民有益。人隨牌至，庶免譴責。」人咸信服，不敢稽違。由是案牘清簡，囹圄空虚。

程公繩祖，字叔武，休寧人。洪武中，謫湖口令。湖口東曰黄麻潭，潭故陂田，爲豬蛟攻陷五百餘畝，業者虚輸税賦。公齋沐禱於城隍，其蛟白日爲迅雷所斃，屍血浮江，民患以息。復奏豁田税，歲征魚課，民德之。

莆田林司寇公俊爲雲南憲副時，俗崇釋信鬼。鶴慶玄化寺稱有活佛，歲時士女會集，動數萬人，争以金泥其面。公按鶴慶，命焚之。父老言犯之能致雹敗稼，公與約，積薪伺之，果雹即止。已而無驗，遂焚之，得金數百鎰，悉輸官代償逋負者。毁邊方淫祠三百六十餘區，以其材新葺學宮。

祁門謝公潤，字德澤，由進士升浙僉憲。時處州太禪寺僧千餘，遇官商投宿輒殺之沉池中，婦女逼令削髮，衣以伽服。公行部見大蛇俯伏作泣訴狀，曰：「得非冤耶？」遣吏與俱往，蛇入池中不出。公佯議修寺，召僧徒各詣所隸郡縣，密令收繫之。遣人戽池水，骸骨丘積，瘞之。婦人被掠者悉遣歸，遂焚其寺。

時民間有妹生男，姐預通生媼，以女易之。訟於官，莫決。公令抱子入後寢，密取活魚繃裸之如兒狀，投入池。姐貌不少變，妹即跳水泣救，因以子歸之。

臨川王公約，字資博，弘治中爲御史，奉命巡按湖廣。有寧鄉縣行台久爲妖孽所苦，部使者至不敢居，邑令蓋新台居之。公按行是邑，偶經舊台，問之，吏白其由。公即命舁入止宿，惟命一卒執燭，餘令守門坐待之。抵三鼓，俄一美姬前進，持一帕置案上，再拜。公取其帕鎮坐於座，任其體態，不出一語。五鼓將絶，其姬哀告百出，乞還原帕，公執不與，倏然而去。天明諸司來候，公取帕示之，乃狐皮也。即率衆蹤跡其處，見一枯楊，掘下三尺許，始得一穴，見一剥皮老狐死其中。公令火之，其怪遂絶。

樂平彭懶農公福守秦州日，民得罪當道者甚衆。懶農曰：「吾豈愛一官不爲民贖耶？」竟身承其罪，落職家居。縣當大造，其子囑吏書飛税他户。公知之，招吏書飲，戲贈以詩曰：「洛陽城中桃李花，飛來飛去落誰家？」吏書答曰：「舊時王謝堂前燕，飛入尋常百姓家。」公曰：「既不飛上天飛下地，但飛入百姓家，安忍爲此？」乃爲詩謝之曰：「洪水推污塞兩涯，推來推去只交加。誰知二世宫中鹿，走過劉家又李家。」此下恬退。

張全山，官學職，年八十有六，有少容。陳太巖談其爲人：「官雖小，若以爲貴；家雖貧，若以爲富；年老生一子且幼，若以爲衆且壯也。欣然無憂戚之容，固宜其壽矣。」因憶全山對徐存老之言曰：「彼蒼報施，决不差爽。」

楊宗橋，清江敖英同年進士也。任新鄉縣，質古峭直，與人氣不能下。時監臨惡其不遜，勢危如騎虎。一日桂古山過之，宗橋以告，古山曰：「譬如對局，且饒一着；譬如争路，且退一步，便無事矣。」宗橋然謝之，因告改校職。古山，桂文襄萼之兄也。

景泰間，用人多密訪於于少保公謙。時缺祭酒，翰林徐有貞圖之，屬公内姻楊誼者爲請，至再至三，至於公曲意從之。一日，上朝退，召少保諭之曰：「徐有貞雖有詞華，然其存心奸邪，不堪爲祭酒。若從汝用之，使後生秀才被他教壞了心術。」少保不能對，但叩頭謝而已。有貞不知聖意，竟銜少保。天順初，遂誣以重罪。冤矣哉！此與王敦收殺周顗事絶類。以下憸邪。

景泰丙子，順天鄉試，劉文介公儼、吕文懿公原主之。太學士陳循子英、王文子倫下第，二人爲其子稱屈於上，欲罪儼等。上不從，准其子會試。明年二人以罪死於獄，文介名益起。嘉靖間，翟鑾二子登第，時謂「一鑾當道，雙鳳齊鳴」。肅皇内批曰：「鑾在朕左右，二子才如軾轍亦不當并中。」鑾并二子俱削籍。噫！肅皇操柄嚴明若此。乃近日張江陵布置諸子連中一甲，而汰天下學校，大縣儒童選僅十五人。弊政怨府，禍不旋踵，竟爾身亡家破。何其貪而愚至此極耶！

成化間，佞幸汪直坐西廠，九卿交章奏罷，獨御史戴縉奏曰：「直所行皆公，不宜罷。」因置廠如故，縉因得升副都御史。於是，王億效焉，言直所行皆可爲萬世法，億得升副使。吁！一副都，一副使，一時之榮抵何物，乃驅縉紳爲無恥至此哉？

安吉樊知縣毅、王司訓輔，同時士也。二公謝政歸，樊語人曰：「吾自鄒平歸，檢校囊貲僅五千金耳，黄金彩繒不及一千。」王公亦嘗語人曰：「勿謂廣文先生飯不足，吾在沛，積亦六百金。」觀樊之意，似以六千爲少，而王以六百爲多矣。後樊以六千金買田築室，分三子。三子復疑其父有遺藏，輒恚怨不顧其養，樊竟戚戚以歿，後亦零替。王四子諸孫俱兢爽，以遐齡終。程生曰：「觀樊之貪墨，十倍於王，王之休享，視樊亦十倍，而後之賢不肖抑又過之，則蠅營狗苟爲子孫作馬牛者，曷益哉？吁！可鑒矣。」又曰：「狼食不足豹有餘。觀於此，益信。」以下貪墨。

唐益州新昌令夏侯彪，初下車，問里正曰：「雞子一錢幾顆？」曰：「三顆。」

乃出三十千錢，令買三萬顆，謂里正曰：「今未即用，且寄雞母抱之。」遂成雞三萬頭。數月，一雞三十文，却成九十萬。又問：「竹筍一錢幾莖？」曰：「一錢五莖。」又取十千錢付之，得筍五萬莖。又謂：「且寄林中養之。」至秋，每莖十錢，遂至五十萬。其貪猥不道皆此類，而後卒以贓敗。

【按】今之守令，類多廉介。亦有一二長吏，自大户以至屠酤，自叚疋以至孝帽，無一人一物不横取。即以道途丐兒，亦洗沐之以市利焉。不獨夏侯之貪猥已也。噫！

林公俊以劾繼曉下獄，事且不測。内侍懷恩叩頭諍曰：「不可。自古未聞有殺諫官者。我太祖、成祖之時，大開言路，故底盛治。今欲殺諫官，將失百官之心，致天下之怨。」上大怒曰：「汝與俊合謀訕我，不然，彼安知宫中事？」舉所御硯擲之，不中，復僕其桌。恩脱帽解帶於御前號泣不起，上命扶出。至東華門，謂鎮撫司曰：「若等合謀傾俊，俊死，若等可獨生乎？」乃徑歸，臥於家。上悟，命醫調治，使者旁午於道。俊獄得解。時星變，黜傳奉官，御馬監張敏請於上，凡馬房傳奉如故。恩大言曰：「星之示變，專爲我輩，今甫欲正法而先壞法乎？當擊汝首矣！」敏素嬌貴，又老輩也，聞其言，不敢吐氣。歸，憤恚而卒。以下賢璫。

童瑾以寶石得進鎮撫司，命懷恩傳旨。恩曰：「鎮撫掌天下之獄，武臣之美選也，奈何以貨得之？」上曰：「汝違我命乎？」恩曰：「非敢違命，恐違法也。」乃命覃昌傳之。恩念外庭力諍，猶可中止，亟以諷之大司馬俞公子俊，俞謝不敢。遂嘆曰：「外廷可謂無人矣。」時都御史王公恕屢上疏切直，恩力扶之，卒免於禍。每恕疏至，輒嘆曰：「天下忠義，斯人而已。」及弘治初，言路大開，進言者指此輩爲刀鋸之餘。覃昌大怒，恩曰：「吾儕本刑餘之人，又何怒焉？」

初内帑積金凡十窖，凡若干萬，蓋累朝儲之以備邊，未嘗輕費。景泰末，頗事奢侈，亦僅缺一角耳。英廟復辟，旋即補之。至成化中，梁芳、俞興等作奇技淫巧禱祠諸費，十窖俱罄。上以責，梁芳等曰：「臣爲陛下造齊天之福，何謂藏空？」上曰：「後之人必有爲汝計者。」蓋指東宫也。芳等憂懼，勸昭德萬妃也立興王而易皇儲。時懷恩在司禮監，上微示以意，恩免冠叩頭曰：「奴婢死不敢聞，寧陛下殺恩，無使天下人殺恩也。」伏地哭泣不起。上不懌而罷。未幾，詔往鳳陽守陵。恩既去，次及覃昌，昌憂不知所出。内閣萬公、劉公皆循默不敢言。會泰山震，内台奏曰：「泰山東岱，應在東朝，得喜則解。」上曰：「彼亦應天象乎？」曰：「陛下即上帝，東朝，上帝之子也。何爲無應？」上首肯，始詔爲東朝選妃，不易太子矣。

【按】當時有王振、汪直、吉祥諸閹之惡，而適有懷恩之賢，若陰曀中倏現晴云，又如妖魔厲鬼中忽得一勸善大士，誰不快而睹之者？故亟書之，以俟後之傳内豎者採取焉。

錢塘田豫陽汝成有《阿寄傳》，傳淳安徐氏僕也。徐氏昆弟別産而居：伯得一馬，仲得一牛，季寡婦得寄。寄年五十餘矣。寡婦泣曰：「馬則乘，牛則耕，踉蹌老僕，乃費吾藜羹。」阿寄嘆曰：「主謂我力不牛馬若耶？」乃畫策營生，示可用狀。寡婦悉簪珥之屬，得金一十二兩，畀寄。寄則入山販漆，期年而三其息，曆二十年而致産鉅萬。又延師教兩郎，皆輸粟入太學，而寡婦阜然財雄一邑矣。頃之，阿寄病且革，謂寡婦曰：「老奴馬牛之報盡矣。」出枕中二楮，則家計巨細悉均分之，以遺兩郎君。自遺一嫗一兒，僅敝緼掩體而已。又曰：阿寄老矣，見徐氏之族，雖幼必拜。騎而遇諸塗，必控勒將數百武以爲常。見主母不睇視，女雖幼，必傳言，不離立也。若然，則縉紳讀書明義理者，何以加諸？以此心也奉其君親，雖謂之大忠純孝可也。程生曰：「寄之事主母，與李善之報主父何以異？余尤嘉其終始以僕人自居也。三讀斯傳，益令人起敬。」此下義僕。

【按】阿寄之忠盛矣，近閱《諧史》所載四明揚忠能盡力扶持，以匡主伯簡之失；廣陵劉信甫出百死一生，以脱曹氏之厄，與阿寄鼎力而三者，故附志之。

昔有范信者，蘇昆龔泰家奴也。泰後不給，乃鬻信夫婦於常州夏雉濆某家數載。正德初，泰貧甚，夫婦遊食至常州。信遇諸塗，泣拜下地，懇延至新主家。謂新主曰：「此信故主，一旦流落至此，心則曷忍？願夫婦謹身力作以圖資給故主。」新主義而從之。信每值農隙，輒肩販市賣以給故主，久而不懈。嗚呼！信一僕耳，爲主出鬻其身，尤戀戀不忘其義。視爲人子而不顧父母之養，與爲臣而恤私貪賄及欺君賣國者，視此僕當北面泚顙矣。僕誠賢者哉！

卷五

交誼

語曰：「交何戚而不忘。」此言殊有致。夫王陽既登，貢公彈冠稱慶；罕生奄逝，國子扼腕興悲。古之感奮於知己者類若是，寧獨羊左扇徽，鐘牙嗣響，范張、尹班諸人之死生冥契已也。迨世棼澆，風教遞矣。庭闈蹂百順之供，堂陛乏一德之佐，君親尚爾，而况友誼歟？是故五交遞興，三釁繼起，寓朋聚於闤闠，結綢繆於醴甘，媿人情於浮云溪縠，而此義泯矣。翟公、朱穆昌言謝絶，有以矣。雖然，鶯燕於飛，嚶鳴相召，相彼鳥矣，尤求友聲，矧伊人矣，顧爾見刖廢屣而無同心之感乎？故頗採取輓近聞見足爲法戒者著於篇，見今之世，天下尤重交誼哉。

江陰焦某，我太祖高皇舊人，屢召不赴。將使人搜索，焦忽自荷雞酒由御道直入。上喜其至，以物付光祿治具共飲，歡甚。出金、銀、角帶三條，命其自取以官之。焦取其角，因授以千户。數日，徑出高橋門，掛冠帶於樹間而歸。達人事固相類，而帝王恢宏之度實有曠世同符者。焦之直由御道、掛冠都門，與子陵加足帝腹、不拜諫議何異？然狂奴故態，文叔猶踵漢高嫚罵之習，豈若閎德雅度如我太祖之爲哉？紀以昭帝王下士之盛節，而焦之高尚自見。

李徵臣，揚州人，元時翰林待詔。洪武中不可屈，家屬盡死，謫戍寧夏。永樂間，有丁學士某，爲上所重，問曰：「少從誰學？」丁以徵臣對，且言其德學。上即密遣使取至京，入對稱旨，欲官之。徵臣曰：「臣於洪武中既不受官，今日義不得復受。」上曰：「然則若欲何如？」曰：「願還行伍。」曰：「朕既已召卿，何可復從戍？」乃遣還家。曰：「臣已無家，唯吳中一故人曰盛景華，願依之。」景華乃館之家，遣子弟從學。久之，謂景華曰：「吾將與君永訣，何以處我？」景華曰：「先生若不諱，當殯之先人塚傍。」徵臣厲聲曰：「『朋友死』，『於我殯』，謂將歸之也。予已無家，何殯爲？」景華謝曰：「我過矣，當葬君先人之傍。」徵臣曰：「得之矣。」抗手相謝而逝。其塚猶在盛先隴。

吴有織屨者，其姓名不傳。初與姚廣孝結方外之交，嫟甚。既廣孝以靖難功進少師，晝繡吴中，屢訪織屨之家，織屨者多方辭避。廣孝乃微服夜往，織屨者方草索繫腰，坐凳織屨。廣孝曰：「子何拒我之深也？」其人坐凳不起，以鄉音應之曰：「和尚羞哉。」餘無一語，織屨如故。孝快快而去。

喬莊簡公宇年十五時，以父職方公命，偕兄宗從楊文襄公學，分雖師生，情若家人父子。後楊登臺輔，喬以進士歷官大宗伯。悲喜相體，道義相規如一日。楊遭逆瑾之害，喬憂形於色，百方排解。喬轉南兵，楊移書相規曰：「君勿以宦成自滿，當益砥礪。」吁！若二公者，真古道義交哉！

李公秉巡撫宣府，張鵬爲巡按。有武臣私役公卒，公以屬鵬親詣之。鵬不可，曰：「某非公問刑官也。」强之再三，亦不可，乃自爲奏劾之。下御史，鵬始寘於法。無何，鵬與楊瑄俱以言事得罪，謫戍兩廣，朝命錦衣林千户監行。二人同梏，行坐有妨，莫必朝夕。時公巡撫南畿，瑄呇鵬曰：「若少貶損，今日不當李公一顧乎？」言未畢而公至，見二人同梏不能起，命左右釋之。二人不肯，曰：「吾二人死則已矣，其敢累公？」公曰：「何傷？如朝廷有讁，吾自當之。」即前訪林千户，力爲請釋，又自解其帶以貽二人。由是所過州縣皆以公故皆厚給飲食，或饋之贐，安然至戍所。

吴獻臣廷舉，在太學日，與羅景鳴玘友善。景鳴病痢，一僕又先疫死，獻臣親爲煮粥，負之登廁，晝夜十餘反。景鳴瘳，語人曰：「玘，四十年前，父母生我；四十年後，獻臣生我也。」時羅以貲入監，獻臣業舉於鄉矣，後同舉進士。獻臣爲順德令，鄒智謫石城，卒於順德。獻臣爲治辦，護喪歸蜀。方伯劉公大夏至部，廉知，益重獻臣。獻臣後仕至尚書，卒亦無以爲殮，賴都御史姚鏌爲治辦。

陳古庵爲祭酒致仕，與翰林修撰梁裡同里居。裡病，謂其家人曰：「朋遊中，唯同年陳汝同心地好，孤子女可托也。」及病篤，先生往視，已不能言，唯以手指左右。左右具述其語，古庵垂涕諾之。禋卒，凡子女嫁娶事皆先生經紀。女適黄瑜，瑜守肇慶府，以告葉文莊。文莊曰：「友道雕喪久矣，如陳古庵，何可多得也！」

吴狀元匏庵公寬，長洲人。未第時，與友施伯煥同應鄉舉。施中式赴鹿鳴，而公在寓待之。施出，喜曰：「吾度兄策高橋之騎，遵崇化之塗矣，而顧尚在斯耶？」公曰：「同行無踈伴。」候施公擄事畢，并轡而回。及登第爲修撰，時有年友解元賀思者寢疾，將易簀，托於公之旁廡。公即掃室請遷。及卒，殮於中堂，使子纕衣以答吊者，家人爲衣麻送櫬登舟。又故人子有事於京，以書靳公爲主。久之，子嬰疾卒，公厚爲棺殮。及廉知其子有輸官繦錢若干盡喪於花酒，悉如數償之，護送歸葬焉。

嘉靖中，椒山楊公繼盛劾嚴氏論死，一時夙交如汪公宗伊、周公冕皆避去，獨户書繼津王公遴肝膽相許，且以幼女字楊少子。受杖時，西石王公之誥饋以蚺蛇膽及酒，楊只飲酒一甌，曰：「椒山自有膽，無須也。」談笑赴杖。後下錦衣獄及死，繼津保護特至，女卒歸楊氏。隆慶間，今兵書東泉石公星爲給舍，上書，詔杖一百，罷爲民。友人穆文熙時爲部郎，解官調護之歸。議者以王公比范式之不負張邵，穆君比左伯桃之急難羊角云。

何椒丘喬新，故冢宰東園公仲子，嘗記其《庭訓》曰：「吾守東甌得隱君子二人焉，曰虞先生原璩、季先生德基，其清峻之操，如東漢《獨行傳》中人，其雅淡之詩可與魏野、林逋伯仲。」虞在文皇帝時嘗兩承徵聘，號徵士。一夕，何公乘小艇訪之，坐久索飲，云：「無酒話不長。」村落間苦無所覓，公復笑：「雖酸醨亦可也。」乃出新酒一瓶共酌，劇談竟夕而別。時稱「何虞醋交」。

前輩趙司成公永，京師人。一日過魯公鐸邸，曰：「今日爲西涯先生誕辰，某將往壽。」魯公曰：「吾當與公偕，公以何爲贄？」司成曰：「帕二方也。」魯公曰：「吾贄亦如之。」入啟笥，索帕無有。踟躕良久，憶里中曾饋有枯魚，令家人取之，已食其半。魯公度家無餘物，即載其半與趙公俱往李所。李烹魚沽酒以飲二公，歡甚，即事倡和而罷。噫！二公風節高曠如此，事業安得不偉然，人品安得不傑出哉？

維揚秦君昭，妙年遊京師，其摯友鄧，載酒祖餞。俄而昇一殊色小鬟至前，曰：「此爲某部主事某所買妾也。幸君便航，可以附達。」秦弗敢諾，鄧作色曰：「縱君自得之，不過二千五百緡耳。」秦强勉從命。迤逶至清源，夜多嘬蝸可畏，納之賬中同寢，直抵都下。持書往見，主事問曰：「足下與家屬來耶？」曰：「無有。」主事意極不悦，勉以小車取歸。踰三日，謁謝曰：「足下長者也，昨已作柬報鄧君，使知足下果能不負所托矣！」遂相與痛飲，結交而別。程生曰：「柳下惠坐懷不亂，顏叔子執燭達明，千古以爲美事。今秦之於女子相從數千里，飲食起居與共。非若二公造次顛沛之比，而所守卒若此，其爲厚德可勝道載？」後秦子孫咸至顯宦。

宋韓忠獻億，布衣時與李靖康若穀爲友，俱貧。同試京師，共有一席一氈，割而分之。每出謁，更爲僕。李先登第，授許州長社縣主簿，韓爲負一箱，將至縣，謂曰：「縣將近矣，恐長社吏卒至。」啟篋中只有錢六百文，將半與韓，相持大哭而別。

後韓亦登第，仕皆至參政。韓以長女嫁李子，而第七解州君娶李女，婚姻奕世不絶。

歐陽文忠公，生平篤於友誼。如尹師魯、梅聖俞、孫明復既卒，其家貧甚，公力經營之，使皆得以自給。又表其孤於朝，悉録以官，由是三族賴公之力復振。

太常少卿陳公某輕財好施，尤篤於友。少與蜀人宋輔遊，輔卒於京，母老子少。公養其母終身，而以女妻其孤端平，使與諸子遊學，卒與子沈同登進士。

李狀元旻與王公華同庚而長三十五日。李爲錢塘人，王爲餘姚人，二公俱有時名，相友善。庚子大比，主司已入棘院，而李尚不得應試，至鷺鷀橋，迎監臨謝侍御輿，呼曰：「解元尚未入場！」謝惡其狂言，命賦《鷺鷀詩》。李應聲曰：「鷺鷀橋下鷺鷀飛，意欲窺魚下步遲。」謝不覺擊節。遂續曰：「一拍不知歸何處，翻身跳入鳳凰池。」謝大稱賞，送應試。華亦以白衣入場，時考官取華爲解首，謝嫌白衣，乃置第六，而更首旻。時場中有一舉中雙元之梦。辛丑、甲辰，二公果相繼狀元及第，至今人艷稱云。

廣陵董體仁，累舉不第，以特恩授州助教。紹興丁卯秋試，諸生强挽入舉。過臨江，謁郡守彭合，鄉人也，視其刺，嗤曰：「老榜官耳，何足道？」是歲預鄉薦，明年廷試，奏名第一，時年五十三。授簽書判，歸次臨江。彭守遣價迎候，董批紙尾曰：「黄榜初開墨未乾，君恩重喜拜金鑾。故鄉知己來相迓，便是從前老榜官。」彭慚悔，自是不敢出仕。後數年，董執政，遂行相事，起彭爲廣東使者，人善其能損怨云。

余客京口，聞有閔仲達、陳子方者，幼同學，長同籍杭城吏。循次録敘則陳在先，閔乃以計先之，陳處之怡然。適陳有故人攜之京，鼎貴交薦，遽陟浙西僉憲。閔適爲憲掾，聞陳來，嘆曰：「何面目見之。」稱疾不出。陳下車，亟問知狀，曰：「非疾，憚我也。我將見之。」及其門，閔惶懼出肅。陳曰：「吾與君交至深，君昔先我而吏郡者，命也，非此，吾所就寧遽至是耶？今幸同地，苟有未至，方賴於君，何稱疾爲？」閔感激從事，相好如初。《東園友聞》

吴太宰公嶽，汶上人。爲廬陽守時，與同年中丞南明王公遇於鎮江。王時爲姑蘇守，公折柬徼王爲金山之遊，載酒一瓶、米數合、肉斤許、蔬一束與俱。王公熟視其具，嘆曰：「兄具刺延款我，止是耶？」公曰：「足吾兩人用可矣，多費何爲？」比至，公命庖丁即所載酒肉治具，相與論心話舊，或趺坐磯頭，或倚徙水際，盡歡竟日而還。廬人又記：公自廬陽宅憂歸，值陰雨，持公署一傘，歸即寄還，屬貯庫。後爲吏書，公勤廉介，意味清絶，皆匪夷所及云。

鞠詠爲進士，以文受知於王公化基。及王公知杭州，鞠擢第，釋褐爲仁和尹。將之官，先以書及所作詩寄王公，冀以舊知蒙新眷。王公不答。及至任，略不加禮，課其職事甚急。鞠大失望。後王公入爲參知政事，首以鞠薦。人問故，答曰：「鞠詠之才，不患不奮。所憂者，氣俊而驕，我故抑之，以成其德耳。」鞠聞，始知王公爲真相知也。

蘇文忠公云：慶曆中，有李京者爲小官，吴鼎臣在侍從，二人相與通家。一日，京薦其友人於吴，吴即繳其書奏之，京坐貶。將行，京妻謁吴妻爲别，吴妻慚不出。京妻坐廳事，召其幹僕語曰：「此來既爲往還之久，欲求一别。亦爲乃公嘗有數帖與吾夫禱私事，恐汝家終以爲疑。」索火焚之而去。程生曰：「觀此則鼎臣爲反覆小人，而京之夫婦不失爲交誼之厚矣。」

泰和曾狀元鶴齡，沉潛簡默。永樂辛丑會試，與浙數友同舟。他友皆輕狂士，互舉書中疑義問之，曾遜謝不知。衆皆嘆曰：「凡夫也，偶然預薦耳。」遂以「曾偶然」呼之。既而衆俱下第，曾占榜首，寄詩曰：「捧領鄉書謁九天，偶然趁得浙江船。世間固有偶然事，豈意偶然又偶然。」此與瞌睡漢中狀元事絶類，記之以爲輕狂嘲謔者戒云。

楊大年，弱冠與周翰、朱昂同在禁掖，二公皤然老矣。大年每詢事，則侮之曰：「二老翁以爲何如？」翰久不能堪，謂之曰：「君莫欺我老，老終留與君。」昂曰：

「無留與他，免得後人欺他也。」後大年果未四旬而卒。司馬氏曰：「大年弱冠登朝，一旦盛氣猶然，鮮克有終。矧後生小子，青衿甫加，輒爾恣溢，目老成爲迂儒，視業師爲贅疣乎？」語云：「多少少年人，要白白不得。」吾於此有重慨矣。

華容劉尚書公大夏，既致仕，逆瑾知其受知先朝，常欲搜致於法。又同年焦芳、劉宇忌嫉公甚，乃以公與潘蕃先年遷徙夷人岑猛事逮至京，欲寘重辟。諸大臣不敢吐一語，獨屠都御史滽言公無罪狀。瑾怒，罵屠，遂發公戍肅州衛。公赴肅時，故舊皆避不來會，獨鄉人嚴仲宏贈詩和答之。《過六盤山寄李閣老》有云：「寄語同年老知己，天涯孤客幾時還。」後逆瑾敗，歸自六盤，和前韻云：「憑誰寄語中州子，前度劉郎今已還。」中州，了指芳、宇也。

成化間，羅一峰公倫以諫李文達公賢父喪奪情謫市舶。人或以彥博薦唐介事風之，李曰：「吾委不能爲文潞公。」未逾年，李死，其爲李畫策貶羅學士陳文者亦死。時山陰薛侍御公綱挽詩曰：「學士先生早蓋棺，薤歌聲里路人歡。填門客散名猶在，負郭田多死亦安。鹽井已非今日利，冰山不似舊時寒。九原若見南陽李，爲道羅倫已復官。」噫！以此爲諷輓。近猶有蹈覆轍如張江陵者，又有保留褒頌至降謫言官、矯詔廷杖者。噫！何忍哉。

新會鄺達禮，恩平縣學生，事母伍氏以孝聞。嘉靖初，友人何希淵爲流盜所擄，達禮自備金三兩、銀十四兩往賊所贖之。賊見達禮，以爲奇士也，欲脅爲亂。達禮不從而死。提學魏公校遣人往吊，僉事王公大用扁其門。程生曰：「鄺生不幸以贖友死，然其義自貫天日也。」

漳之鎮海有汪一清者，嘉靖辛酉，廣東張連倡亂，犯漳郡諸城。汪以諸生爲所獲，已而賊執一婦人至，汪視之，則同學友人妻也。因紿賊：「此吾妹氏，請無污之以待贖，不則吾與妹俱碎首於此，若曹何利焉？」賊因并汪與婦人閉置一室，昏夕相對，凡匝月，始贖歸。

王尚義芳，蘇州太倉人。嘗訪友小直沽，適慈溪費生廷槐病臥旅舍。與之語而嘆曰：「奇士！奇士！胡自困頓塵土乎？」移至寓所，時其饑飽寒煖而將護之。明春攜與同舟南還，夜梦生墜橋下，拯之不得。晨起焚香，爲生祈請。病漸劇，便溺狼藉。市瓷缶親爲滌除，所需藥物果餌無不備。生感泣曰：「吾何以報先生！」至吕城，疾革，涕泣謂芳曰：「生平心事，百無一申，奈何！」言脱而逝，雙眸炯然。芳枕其首而撫之曰：「四海一家，誰非兄弟？骨肉弗面，命也。如何？君有四弟兩兒，親養有托，毋更戚戚也。」目乃瞑。匿尸三日，抵虎丘，營棺衾，手浴含殮，厝半塘僧舍而訃其家。逾月而父至。於時環寺門觀者咸嘖嘖嘆曰：「不意今人中復得古人。」有蘇蘇隕涕者。論者曰：「昔郭仲祥負吴保安之骨，歸葬故坵；范巨卿梦張元伯之喪，素服追挽。彼皆久要，猶然千載誦義。乃王君之於費生，萍水相逢，遂成死友，千里維持，半塘輓送，其艱辛骯髒，雖至親猶難，名爲尚義，豈虛也哉？」此嘉靖癸亥三月間事也。

萬曆丁亥，歲大侵，斗米至百錢。新建有人窘甚，家止一木桶，易錢三十文。計無所復之，乃以二十文鬻米，十文市信石，誓妻孥共食而死。炊方熟，會里役及門索丁錢，無有也。里役遠至，饑，欲得一飯，又無有也。既見其所炊飯，怒之。其人謝曰：「此非君所食也。」里役益怒。始流涕言狀。里役大駭，亟坎其飯而掩之，曰：「若何遽至此，吾家尚有五斗穀，可隨我歸取之。」其人感而相隨，歸出穀，則五十金在焉。其人亦駭曰：「此必里役所藏以償官者，亟挈還之。」里役曰：「吾貧人，安得有此？此殆天以賜若。」其人遜謝不受，遂各中分而別。兩家從此饒益。嗚呼！孰謂天難諶哉？

鄒侍郎守愚志：鄭居士舟中遇賊，時眾怖而避，居士獨留不動。俟賊至，解橐中數金予之，曰：「吾金盡在是。」賊信而不問。當是時，鄉人附金百金潛匿於坐下，獨得完。而同舟者倉皇走，遺橐金居士側，居士遽以蒲席覆之，亦免於賊。賊去，同舟失金方號哭，居士笑曰：「無憂也，汝金固在。」失金者拜而謝曰：「此非天之賜，公之賜也。」洎歸，悉還所寄金。寄者曰：「聞居士金業已與賊矣，某奈何獨得完？請中分之。」居士曰：「吾自失金，君自完金，若分之，則吾失於賊，君失於我矣。其間何能以寸？」程生曰：「居士非獨有還金之義已也。於解裝予賊，可以觀智；衆竄匿而獨留，衆號咷而獨笑，可以觀量。」

柳公仲益，吴縣人，憲副柳彦輝子也。天順中，父初任監察御史，曾貸嘉興陸公潞五十金。父故，適閩寇作，朝廷坐其父以不武之罪，仲益謫戍遼東。遇赦歸吴，而公潞已作古人矣。仲益生殖僅存贏餘，欲償其物。或曰：「既無文券，又無取索，何固也？」仲益曰：「先君負此，吾知之矣，知而不償，則先君何以見公潞泉下，而吾他日何以見先君乎？」遂覓公潞子偕詣其墓，奠畢歸金，其子亦力辭。仲益乃訴嘉興郡，盡以金營理其墓焉。士論韙之。

程瓊，休寧人，寓安吉北門外，列肆宿客。有歸安宗定者，攜百金來州市絲，絲未出，既賃其馬下梅溪，以百金縛馬後。中途金墜地，爲馬奴所得，窖道傍竹園中，宗不知也。至梅溪始覺，復馳至程肆，且榜諸途曰：「得金者願平分。」程視馬奴色動，密誘之，得其實，急押奴至竹園挈還之。宗定以其半爲謝，辭不受。減至二十金，亦不受。然程之拾遺不取，亦非一矣。陳棟塘曰：「今人兢刀錐之利，至忍心害理而弗顧，况百金哉？昔柳子作《吏商》，譏官之賄者即商也。乃斯人者，商也，而所爲若是，恐爲士者或不及，故目之曰『士商』。」而吾鄉潘公亦曰：「程瓊非商也，直棲棲一旅肆耳。行賈者且下視之，况士人乎？而孰知其高出士人之上如此也。」

都公文信，吴人，父賢與徐右善。賢且死，右使人日存問之，曰：「若生子，當妻以女。」已而生信。右取信豢之，長歸以女。洪武初，右坐事抵死，信請代。右義不可，曰：「而父以息托我，奈何今不嗣？」事亦尋解。後以他見逮，信曰：「今幸有子，可以報矣。」右復不可。信潛冒其名死於獄。右感之，竟弗育子。

荊溪有二人，髫丱交也，壯而豊窶不同。窶子無他技，獨微解書數，其妻美而晳。豊子乃詭言：「若困甚，某山某甲饒於貲，乏主計史，若才正應此任。吾爲若圖之，何如？」窶者感謝。豊子即具舟，并載其妻以去。將抵山，乃言：「吾故未嘗有夙約，奈何偕若夫婦突往？」遂止婦舟中，而與窶者行登山。豊子宛轉引行險惡溪林中，至寂極處，乃蹴而委之地，出腰鉞斫之隕絶。豐子謂死矣，哭下山，謂其妻曰：「若夫噬於虎矣。可若何？」婦大哭，願隨豐子往覓夫屍。豊子又婉轉引以別險惡溪林中，至極寂處，擁而求淫。婦未答，忽虎出叢柯間，咆哮奮前，齧豊子去。婦驚定，心念吾夫果不免虎口矣，乃轉身歸，迷故途，忽遇一人導至舟中而滅，盖神云。婦登舟，莫知所爲。俄而山中又一人哭而來，遥察知厥夫也。婦疑駭其夫爲鬼，夫亦疑婦爲賊載歸，既相逼，果夫果妻也。相攜大慟，絶而蘇，各道故。夫曰：「彼圖淫若，竟未淫若；圖死我，我固未死，我尚何憾？」婦曰：「我苦若死，若固不死；圖報賊，固自得報矣，我憾亦何可不置？」於是，更悲爲喜，偕歸閭里。祝京兆允明爲作《義虎傳》，且曰：「使婦不遇虎，待理於人而後報賊，報且未必遂，遂且未必若此快也。故曰『義虎』。」

杭城某子甲，機户也，懦而黄，婦有姿色。有某子乙溷名「臭臘肉」者，貪其色，僞交於甲，往來親狎，與婦私有年矣。其婦又私隣一少年，甲絶不知，而乙知之，妬甚，乃以其事語甲，而翼甲遷居遠之，實欲己之獨專其奸也。無何，少年又蹤跡至，乙大違所願，遂以言怒甲，而偕甲市一匕首，伺少年至共殺之。甲攜匕首以事暫渡江，而乙乘甲未至，縱酒抵家與婦私。比甲返，扣扉，則婦倉皇披衣起，而乙醉寢矣。甲疑爲少年，拔刀叱曰：「登床者誰？」婦急應曰：「某叔。」甲方垂刃而下，忽悟乙之汲汲欲殺少年，乃實自爲己地，今又公臥不起，憤慚殊甚，遂以刀斷其頸，而并斷婦頸以聞官焉。程生曰：「甚哉！某子乙之無良也。始爲其婦而故交其夫，既奸其婦而思去其姤，爲謀不可謂不巧。詎意天網恢恢，謀鄰之命適以自謀其命，而所推之刃即己所市之刃。可異也夫！可畏也夫！」此余得之子弟之客武林者。

張伯起記：里中有丁姓者，戍籍也。客遊燕市，途遇一壯士，與之結爲死友。未幾其人以盜敗繫獄，丁往省之。盜云：「我有數百金藏某所，君取來營救我，給我衣食，死則葬我，餘金任君取之。」丁利其滅口也，以金賄獄吏，斃之獄。越三年，丁自燕歸，舟中忽倒，已大叫，自言是盜，大罵丁并述爲丁所害故。同舟人始知丁有負心事，相與跪拜，祈緩丁死，毋累我輩。鬼曰：「唯。」及家甫三日，忽復大叫如前，取搥自落齒，家人奪之，則揚刀自傷其胸，又奪之，則以指自抉其目。觀者填道，予亦往觀。或問云：「汝既有冤欲報，何待三年？」鬼云：「向我繫獄，近得赦書乃出耳。」已而丁竟死。所謂赦書，是隆慶改元赦書也。

陳棟塘記曰：予昔參楚藩，以分守行縣，至公安。有白教諭某，儀觀修偉，獨鼻樑間橫黑一縷，如墨書者然，蓋晦色也。教諭會試入京，有太和山田道姑來縣募緣，聞其妻素好施，徑造其衙。予銀一兩，以教諭出名題疏，仍與彩緞一丈繡旛。甫去，而同僚之妻過訪，言及，乃駭然曰：「此疏簿本道上司抄題者脱見之，不謂儒官與道姑來往乎？」白妻亟遣人追尋不獲，遂信以爲其夫之官自此休矣，日夕怏怏於心。比教諭下第歸，取此緞製衣，却又剪損。其妻益不自安，遂經以死。予聞震悼。後撫院林二山公名大輅，莆人，會議賢否册，對予曰：「公安白教諭奸學吏之妻，其妻有言，遂勒縊死，此首宜劾去者。」予訝而告之。公沉吟間，予曰：「不識前言得之何等人？果君子耶，不應造謗，苟非其人，請更訪之。」公乃翻然擊几曰：「是矣！是矣！」即奮筆抹去其考語，後白升國子助教。予轉官閩臬，見二山公於莆，公指鄰家謂予曰：「此吴姓者，向與白教諭同官而謗之者是已。生平狡刻，余因君言頓悟，渠後升萍鄉教諭，亦爲同僚所譖罷歸，過鄱陽舟覆，僅以身免，今且無聊矣。」

遂昌士人劉合舉言：鄰有三人臨渡，值水驟漲，而舟在彼岸。中一人素愚癡，二人乃誘使脱衣泅過取舟。其人往來湍流間，幾至滅頂，僅得撐舟來渡二人。三人同登舟，愚者忽腹痛欲泄，不可禁，亟跳而登岸。二人遽發舟，一發，舟横抵岸，二人俱覆溺，而愚者在岸自若。異哉！

湖湘二生，一程姓，一鄭姓，密友也。程先登第，授咸陽令。鄭貧，貸錢訪之，至則嚴下令戒門下勿與通，狼狽而歸。後鄭中二甲，除差直隸公幹。程以事調獲鹿丞，又被告贓，鄭前來按部，程乃遠迎敍舊，引「蘇章二天」等語。鄭笑而不答。至晚，命演戲宴程。酒中，戲子扮二虎，一虎先銜一羊自食，旁有餓虎踞地視之，虎怒吼，銜羊而去。少選，餓虎得一鹿來，前虎欲分食，乃扮山神出判之曰：「昔日銜羊不采揪，今朝獲鹿敢來求。縱然掏盡湘江水，難洗當初一面羞。」程遂解組而歸。噫！程幸先雋，不念同窗之誼，固爲可罪。迺鄭始貧不能自守，既貴復少涵容，誠所謂「紛紛輕薄何足數」者。録之以警末俗云。

大德荊南有九人山行遇雨，共避一巖中。忽有虎蹲踞在前，僉謂虎不得其人不去，共排一呆者出。其人甫出而巖石忽崩，八人皆斃，虎亦驚逸，獨呆者得生。噫！以八人之智害一呆，其用意非不險，孰知天之默祐正在若人哉？亦異矣。《聞中野語》

鎮江一商人會飲酒肆，有友竊以餕餘之物戲置帽顛，商竟不覺。及將渡，適一鷹攫其帽而去，其人沿岸覓帽，舟不及待，遂發。發至江心，風作舟覆，商人竟免禍。吁！觀此則商人之命實繫友人之戲，而又孰非冥漠以主之哉？信知死生之不易也。

卷六

壼懿

妃匹之際，人道之始，萬化之原。古之御家邦、承宗祏、詠既醉而賦草蟲者，惟此爲兢兢。豈不以乾元知始，尚籍坤成之功；堯德則天，不廢翊亮之佐。地道、臣道且爾，而况妻道乎？若稽諸古，劉中壘傳列女，首《母儀》而終《辨通》，備矣。後有百世，若淑宗，若母範，若婦儀、女烈，後先輝映，疇有能越斯軌者。余獨怪死生之際最重，中壘詮品烈女，置節義於賢智之後，而班惠姬之七篇，誠卑弱，誠曲從，而節義無聞焉。豈以從容慷慨，可望之烈節之丈夫，而無當於中冓笄幃耶？無亦以惟天下之至磏爲能勇，而捐軀致命，要亦自柔順正志中得之也。先正有言：「居常無共順自守之士，臨難有直節死義之夫難矣！」

唐李尚書景讓少孤，母夫人性嚴明。居東都，家貧子幼。雨久牆壞，命僮奴修築，忽見一船槽，實之以錢。夫人曰：「吾聞不勤而獲猶謂之災，士君子所慎者，非常之得也。若夫天實以先君餘慶施及未亡人，當令諸孤問學成立，他日爲俸錢入吾家，此未敢取！」乃令覆如故。其子景温、景莊皆進士擢第，并有重名，位至方鎮。夫人性嚴重，訓諸子必以禮。雖貴達，稍怠於辭旨，猶杖之。景讓在浙西時，左押衙因應對有失杖死，既而軍中洶洶，將爲亂。太夫人坐廳中，叱景讓立廳下，曰：「天子以方鎮命汝，安得輕用刑？如衆心不寧，非惟上負天子，而令垂白之母羞辱而死，使吾何面目見汝先人於地下！」左右皆感泣。命杖其背。賓客大將拜泣乞之，良久乃許。軍中遂息。大中間，公卿置酒，蔣公在坐忽酌一杯而言曰：「座上有孝於家，忠於國，名重於時者，飲此爵。」衆莫敢舉。李公景讓起引飲之，蔣大以爲然。程生曰：「不有此母，不生此子。」又曰：「母嚴則子孝，諒哉。」

崔刑部李夫人，太尉西平王晟之女也。晟生日，中堂大宴。方食，有小婢附崔氏女耳語，久之復來。晟曰：「何事？」女對曰：「大家昨夜小不安，適使人往候。」晟怒曰：「此大奇事！汝爲人婦，豈有阿家病不檢校湯藥，而與父作生日？」遽遣走簷子歸。身亦續至崔氏家問疾，且拜請教訓子不至。晟治家肅整，貴賤皆不許時世粧梳，勳臣之家稱「西平禮法」。

天順初，陳檢討公繼幼孤。母節婦，守義甚堅，教公嚴篤。郡邑上其事，朝命巡按御史廉覈之。御史微行，潛窺鄰家樓上，則節婦方率子灌園，節婦前行，檢討抱盎隨，步趨整肅，若朝廷然。已而同灌。少頃，節婦入内，手取二甌來，檢討遥望見，遽擲盎趨前，跪捧一甌起飲之。御史不覺動容。上聞嘉嘆，即日旌異焉。

樂清章文寶，聘某氏，未成婚。納妾包氏，有娠，而寶嬰疾殊死。某氏聞，請往視，父母謂未成婚尚可别議，不許。某氏堅欲往，寶一見而即逝。某氏爲棺斂之，撫妾守喪。妾生子綸，親教讀書，通四書大義後遣就外傅，竟第進士，官至禮部侍郎。時欲疏請復立舊太子，恐貽母憂，未果。母聞，謂之曰：「吾平日教爾何爲？汝能諫死職，我雖爲官婢，無所恨也。」綸遂以疏入，忤旨，謫戍某地，某氏怡然。後綸復官，終養。某氏嘗自爲詩見志曰：「誰云妾無夫，妾猶及見夫方殂。誰云妾無子，側室生兒與夫似。兒讀書，妾辟纑，空房夜夜聞啼烏。兒能成名妾不嫁，良人瞑目黄泉下。」

【按】未成婚而撫孤守節，乃章恭毅公綸母，而傳奇謬爲商公輅母。無奈閣黎飯後鐘，乃段文昌事，而傳奇謬爲吕蒙正事。「不雜人間種，恐遭天上殃」，乃王狀元佐父俊彦，而傳奇謬爲馮狀元父商。玉簫兩世姻緣，乃某帥某人，而傳奇謬爲川帥韋皋。緣好事者欲成人之美，故掇拾其事以風世，不知襲其美於此，則没其善於彼矣。世俗訛傳，諸如此類，不可勝計，姑舉一二以考信云。

章郇公得象，建州人。仕王氏爲刺史，號章太傅。其夫人練氏，智識過人。太傅嘗出兵，有二將後期，欲斬之。夫人置酒，飾美姬以進太傅，密授二將使亡去。後二將爲南唐將兵攻建州，破之。時太傅已死，二將遣使厚以金帛遺夫人，且以一白旗授之，曰：「吾將屠此城，夫人植旗於門，令戒士卒無犯也。」夫人反其金帛，并旗弗受，曰：「君幸思舊德，願全此城之人，必欲屠之，吾家與衆俱死耳，不願獨生。」二將感其言，遂止不屠。太傅十三子，其八子，夫人所生也。及宋興，子孫及第至達官者甚衆。

秦母柴氏，秦閏夫繼室也。生一子，與前妻一子俱幼。閏夫病且死，以前妻子囑之，柴氏鞠育無異心。至正中，有惡少殺張福家屬者，福訴於官，連柴氏長子，法當誅。柴氏引次子詣官，泣訴曰：「殺人者，吾次子，非長子也。」次子曰：「我之罪，可加於兄乎？」鞠之，至死不易辭。官反疑次子非柴氏所出，訊之他囚，始得其情。官義柴氏之行，嘆曰：「妻割愛以從夫言，子趨死以成母志，天理人情之至也。」遂俱釋之。事聞，詔復其家。

楊誠齋夫人羅氏，年七十餘，寒月黎旦，躬行廚作粥，遍食奴婢而後驅役，曰：「際此隆寒，忍使其枵腹供役乎？」其子東山先生曰：「夫人老矣，何爲倒行逆施？」夫人曰：「我自樂此，不知寒也。」東山守吴，夫人嘗於郡圃茹苧，躬紡緝以爲衣服，時年八十餘矣。一日忽小疾，既愈，出所積月俸曰：「此長物也，自吾積此，意忽忽不樂，今宜悉以謝醫，則吾無事矣。」平居首服不鏤金，身服不絢采，生四子三女，躬親乳哺，曰：「饑人之子，以哺吾子，是誠何心哉？」初，誠齋將漕江東，有俸給萬緡，留庫中，棄之而歸。東山帥五羊，亦以俸錢七千緡，代下户輸租。其家采椽土階如田舍翁，三世無增飾。東山病且死，無殮具，適廣西帥趙季仁饋纈絹數端，東山曰：「此賢者之賜也，衾襚無憂矣。」史良叔守廬陵來訪，入門升堂，目所擊見無一非可師法者，亟命畫工圖之而去。程生曰：「誠齋父子清德，固自天性，乃羅夫人之懿躅，其所助不既多乎？文伯之母恐不得專美於前矣。」

羅憲副公循，夫人某氏，念庵先生之母也。幼有賢行，雅爲妯娌所敬式。在任與諸僚閫人宴集，布衣荊簪介於珠翠之間，或勸之加飾，曰：「素樸乃吾性也。」

【按】念庵先生魁天下時，年才弱冠耳。時外父棘卿趣報先生曰：「且喜賢婿，乃今幹此大事。」先生慙恧，面項發赤，曰：「丈夫事業不知更有多少在，此等三年遞一人耳。」是日，猶自袖米偕同志論學蕭寺。世咸以是爲先生膾炙，而不知稟之父雙泉公、母夫人之賢不誣云。

沈澤之，年二十五即棄書營利。妻石氏勸之學，不聽。請於舅姑曰：「吾姑姊妹皆嫁爲士人婦，而沈郎獨廢學，吾歸寧媿甚。幸舅姑擇嚴師教之，吾當解粧爲贄饋。」舅姑大然之，擇師課督五年，沈果舉進士，仕爲部正郎。吁！賢矣哉！

吴庠妻謝氏，其子名賀。賀與賓客言及人之長短，夫人屏間竊聽之，怒笞一百。或勸之曰：「臧否士之常，忍笞之若是？」夫人曰：「愛其女者，必取三復白圭之士妻之。今獨産一子，使知義命，而出語忘親，豈可久之道哉？」因涕泣不食。賀由是恐懼謹默。

劉氏，真定新樂人，韓太初妻。太初故元時爲知印，洪武七年，例遷和州，挈家以行。劉事姑寧甚謹，姑在道遇疾，劉刺臂血和湯以進。至瓜州復病，亦如之。比至和州而太初卒矣，劉種蔬以奉姑。又二年，姑患風疾，不能起。時盛暑，劉晝夜侍姑側驅蚊蠅。姑體腐，蛆生席間，又爲嗡蛆，蛆不復生。及姑疾篤，嗡劉指與之訣。劉嚎呼神明，刲股肉以進，姑復甦，越月而卒。事聞，太祖遣中使賜劉氏衣一襲，鈔二十錠，官爲送其姑喪歸葬，尋詔復其家。

常州一村嫗，老而盲，家惟一子一婦。婦一日方炊未熟，而其子呼之田所，囑姑爲畢其炊。嫗盲無所覩，飯成，捫溺器貯之。婦歸不敢言，先取其當中潔者食姑，次以餉夫，其親器臭惡者乃以自食。良久，天忽晝暝，覿面不相覩，其婦暗中若爲人攝去，俄頃開明，身乃在近舍林中。懷掖間得小布囊，貯米三四升，適足供朝晡，明旦視囊，米復如故。寶之至今。

祥符民袁海，景泰初從募戍邊。母病於家，婦徐封股餌之即愈。後復病，婦禱於玄帝，愿進香武當以謝。姑即梦神予藥一粒，吞之尋愈。及夫還，語之故，夫與母、妻偕往。至南崖宮，徐始言「向姑危時，妾實請捐軀代姑」事。姑及夫愕然，方止之。宛轉間，徐已潛至飛升臺，投身萬仞之崖，留鞋崖畔以示。夫見鞋慟絶。俄與母持香上殿，遥見一人在殿下禮拜，即徐也，駭問之。徐言方捐軀而下，忽若衆擁持之，不覺已在此也。遂同歸。

唐李希烈陷汴州，復遣兵數千人狥項城。县令李侃不知所爲，其妻楊氏曰：「君，縣令也，寇至當御，力不足死焉，職也。」侃曰：「奈兵與食何？」楊曰：「倉廩皆積也，府庫皆財也，百姓皆戰士也，重賞罰以令士，其必有濟。」乃招民吏於庭，哭諭之曰：「縣令，民主也，然歲滿則遷去，非若爾等父母坟墓所存，盍相致死以守？」众感泣唯命。乃誓曰：「以瓦石中賊者予千錢，以兵刃中賊者予萬錢。」得數百人。侃率之以登城，楊氏亲爨以食之，无少長必周而均。須臾，賊至城下，侃手誤中流矢歸。楊曰：「君不在，誰固守？與其死於家，盍若死於戰。」侃裹伤復登城，適有弱弓射中希烈壻者，賊遂散去，項城得以保完。程生曰：「婦德之貞，奉舅姑，順夫子，和聽柔婉，則賢矣。守土保民，忠誠勇烈之道，此公卿大臣之難事，而楊氏婦優爲之，可勝羡哉？孔子曰：『仁者必有勇。』楊氏以之。」

臨川王氏婦，嫁數月，元兵至。與夫約曰：「吾遇兵必死，義不受辱。若後娶當告我。」頃之被掠，千户强使之從。婦紿曰：「夫在前不忍，乞歸之而後可。」千户以金帛歸其夫，又與一矢以却後兵。約行十餘里，千户即之，婦拒罵被殺。其後夫謀更娶，禱告王氏，忽梦曰：「我死後生某氏家，今十歲矣，後七年當復爲君妻。」夫如言往聘之，詢其生與婦死同月日，遂成兩世姻眷。

烈婦汪氏德金，邑兖山人。十八歸新渡方可堯，婉娩有婦道。歸甫六月，以母疾歸寧，忽報夫病，急舁歸，而夫死矣。汪撫屍號慟欲死殉，躬視殮畢，遂徧拜姑嫜，并遥拜父母。因絶粒不食，積至旬日而卒。時萬曆戊戌中秋也。邑候魯公聞，旌爲貞烈。

儀真樸樹灣小民妻張二姑，性至孝。姑患心痛，醫禱百方不效。一日，有道姑掀門謂曰：「若姑疾惟人肝可療。」二姑應諾，潛入室焚香祝天，取刀就乳傍割肉剜肝不得，復剖，得肝一片。亟以布裹所剖處而自煮奉姑，煮時肉香滿室。姑食之，痛良愈。方二姑割肝時，朦朧見一白兔在其前，初不知痛，亦不出血。及持午膳餉夫田間歸，始不能支，痛作，僕席蓐，血流被體。姑視知狀，驚救鄰里，則一道人授夫以藥令敷患處，血與痛俱止。事聞，朝廷爲立棹楔曰：「剖腹活姑」，又曰：「愚婦行孝」。仍月給米糧以旌異焉。時萬曆丁酉夏也。

烈婦戴新娘，年十八，歸休率口程道育。道育患痘居巢殁，告死者至，烈婦慟絶，欲自盡，既寤然曰：「旦暮地下人，孰若侍夫櫬之至并殡以爲安。」遂稍进饘粥。后舅姑爲營葬地，得朱塘兆吉，遂潛制厠牏、穷絝、鞋裳藏之，以黑緶随，曰：「吾當与此同命。」明年，道育櫬歸，烈婦匍匐哭迎。至夜分，闔户紉縫衣自绖以死。部使者聞，亟移檄旌勵，賜錢帀恤其家。烈婦時年二十二。詳具《張洗馬春臺公傳》。

石瓊秀，興國豐樂里人，諸生石漢女。自少性剛烈，抗志自好。嘉靖甲寅聘州人張經世，乙卯經世病卒。瓊秀聞訃悲咽，毅然欲奔喪，父母力挽之，不可。比至經世家，一哭几絶。徐强起拜舅姑，曰：「不幸不及事吾夫，犹得爲吾夫事舅姑。」因留喪次不去。其後父母屢迎之，舅姑亦勸之歸，并以死誓弗聽。稍迫之，輒引刀自刎以見志。張氏故貧甚，經世父復喪，瓊秀獨與其姑自相吊，即并日而食不言饑，易衣而起不言寒，竟癯然骨立，至庚申三月嘔血死。

陳壽，分宜人，聘某氏。未成婚而寿得癩疾，其父令媒辞絶。女泣不從，竟歸壽。三年，壽念久疾負其婦，不如死，乃私市砒毒欲自盡。婦覘知之，竊飲其半，冀與偕亡。壽服砒大吐，而癩頓愈，婦一吐亦不死，夫婦偕老，連举三子，家日昌遂。人咸以婦貞烈之报。安成李翰爲余言之如此。

吾邑月潭朱一龍婦黄氏，性孝謹。歸一龍逾年，姑黄寢疾，婦朝夕扶持不懈。姑殁，願以所遺筐篋旌新婦勞。固謝不受。閲二年，一龍嬰疾危，烈婦使保母告二昆，願治雙櫬以侍，又請宗老以倫次立侄爲嗣。一龍垂死，輒引刀自刎，保母奪刀，不獲死。乃以巾裹所傷，匍匐出視殮，飯含必親，疾呼曰：「侍我！侍我！」殮畢，以釵横抉刀口，血淋漓濺衣。眾驚扶入内死。嗚呼！烈矣。明年，天子允直指奏，命有司賜錢幣爲立棹楔以風勵焉。時萬曆壬午十月，年二十三歲。

安福張寅，字敬立，以事出亡之冀。冀人憐其才，館穀之，補州庠弟子。成化甲子，領順天鄉薦。冀人欲妻之，曰：「寅嘗聘邑人康氏女，今即南北間阻，何可有負？」明年會試不第歸。則康父母先已議改適女，姑亦勉從，獨女自經以誓，凜凜不可奪。至是夫義婦貞，遂偕伉儷。後寅登進士，令涉縣，有廉名，擢南太僕丞，而康氏封安人，燁然爲萬口美談矣。

順德龍津婦馮氏，歐公池妻。其夫嫡子也，兩兄皆庶。舅欲厚嫡子，馮請曰：「嫡庶爲父母服有差等乎？」舅曰：「無。」馮曰：「三子皆君舅子，服無差等，奈何欲差其産？」舅欣嘆而從之。

龍頭人婦徐氏，其夫與惡少謀爲盜。徐聞之，一日飲食其夫，夫辭醉飽，徐曰：「斗酒隻雞之不盡，何苦舍生爲？」夫感悟而止。事覺，夫獨存。程生曰：「兩婦事至微細而關係門户最重。」

潘雪松曰：癸未冬，余抵杭城，謁兩臺，邂逅張起潛先生，談故蘇松兵憲吴公相者，刑臺人，爲御史。其父故艱嗣，妻妾同禱於泰山。司香通判某行廊下見兩婦祈禱甚懇，持豆一石，拜盡其豆之數，口嘈嘈對神不休。使人覘之，則一婦人祝曰：「吾夫素善，獨吾獲譴，不得育子，願神胙子於妾身。」一婦人祝曰：「吾夫、主母皆善人，願胙主母子，妾身微，不敢當神貺。」覘者以告，通府擊節曰：「婦人未有不妬者，兩婦人遞相祝如此，斯果夫之善報乎？」叩其名拜之，曰：「是必得神賜佳兒無疑也。」後吴公之生爲神默相，故名吴相云。

肇慶諸生程衡妻潘氏，曾受寄訓導陳紀召銀二百兩。召遷諭文昌，五載不聞其問。後召與衡皆死，家又犯盜，或説之可因而爲利，潘曰：「利人之有不義，敗夫之名不仁。」待紀召子思忠至，乃舉還之，封識如故。事在隆慶庚午年。程生曰：「非有學問之素而廉操自其天性，閨閫之内，幽獨之守，亦從心之安耳。」

京有鬻菜傭，鬻豆芽菜。一婦人用錢買菜求益，傭不與，婦人引手自取之，而袖中銀一錠亦隨落其筥。傭持歸，謂妻曰：「吾今可弛負擔矣。」妻略不視曰：「爾得而喜，彼失而戚矣。且吾今將孕，彼戚而致死，詛咒及吾，吾亦且死矣。縱得十錠何益？」夫感其言，馳至其家，則婦爲夫所咎將自經，見傭挈還，喜不自勝，相與勞而謝之。其夕，賣菜婦生一男，夜見一白衣人從地中出，長尺許，光影照室，驚怪，以衣蒙之即没。次早，就其處掘之，得銀一缶。其失銀婦是年亦産一女，歸於其男，世世婚姻不絶。程生曰：「嗟！嗟！孰謂斯人也而有斯婦。」

信州周才美，有子婦賢德有幹才。才美令理家政，授以斗斛、稱、尺、石兩，諭其出納輕重、大小、長短，其婦不悦，告辭。才美問故，婦曰：「翁所爲逆天罔人，他日必罹禍，生子必不肖，故爾拜辭。如必欲留，請以小斗入，以大斗出；小秤、短尺買，大秤、長尺賣，酬前歷年欺人之數而後可。」才美感悟，從之。後婦生二子皆登第。夫周氏一婦人，其識度乃爾。彼富翁宦豪，執牙籌則昕夕不輟，行借貸則預虧母錢，箕斂則鐘庾必浮，更費則鐘庾必約，甚且百計以謀人，多方以掩取，若狼虎蛇虺焉，視周婦何如哉？

慶曆中，貝賊王則倡亂，知城中女子無如趙氏美，致金帛聘爲妻，且曰：「不從且族滅。」父母不敢違，獨女不可，曰：「吾雖女子，戴天子天、履天子土十九年矣，縱不能執兵討賊，奈何妻之？」泣涕不食。父母族人守之，以所得后服衣之。女曰：「賊妻，何后也？」家人掩其口，卒逼以往。女登車自殘於輿中。賊聞報皆失色，而賊之親信懼爲賊所魚肉，或自殺，或縋城走，賊焰自此漸衰，以至於敗。程生曰：「嗚呼！識去就，知廉恥，仗節死義者，世皆望之士大夫，而不以是望衆庶；亦以是望奇男子，而不以是望婦人。今趙氏一編氓女耳，表表之節如是，可謂出於人所甚難而天下之所未嘗望者。彼士君子號爲丈夫者，觀之寧不有媿於心耶？」

東流七里灘有二烈女，不詳其氏族。萬曆丁酉，山水驟漲，居民没溺。有二女，一援大木，一抱一箱。其援木者爲居民所出，見其姿色，即抱持欲犯之。女撫膺呼天曰：「與吾受污辱而生，孰與赴洪濤而死乎？」遂復躍入水没矣。一抱箱，見近岸有人，疾呼曰：「救我者與中分筐箱。」岸人知箱中有寶，遂擠女子於水而鈎取其箱，初不知女即其所聘之婦，而箱即其婦之裝資也。女逐水出没不二里許，爲舟人所拯。問其家，則盡室而溺矣。詢其所字，知爲某族某人子，即往送之門。女見所抱箱淋漓在堂，遂愕然驚，既微睨其夫即擠己之人，益艴然怒，而誓不與同衾裯之志已翻然決矣。然猶以拯己之恩未報，乃佯爲不知也者而語姑曰：「筐箱乃吾故物，假令不信，請指箱中所有，啟鑰以爲驗。」既啟，良然。因語姑曰：「婦之身，舟人所活之身也，願傾筐箱謝之。」姑有難色，女執益堅。姑不得已，謝以少許。向晚即欲命其子成婚。女復紿以擇日而醮不後，夜半遂自經以死。程生曰：「二女一垂死人耳，猶然以禮義自範。一不失身於非偶，一不托身於無良。雖慷慨從容不同，其決死生於危迫而與日月爭光一矣。表而紀之，所以風世之失節晏安與委身匪人者。」此都諫石林祝老師爲余道，士林多爲詩文張侈其事。

烈女方氏名勝，歙北山方渭女。甫二歲，從母黨許聘稠墅汪鳳時。後十五年，鳳時死，女輒斷髮絕粒誓從鳳時死。父母諭女百端，不聽。鳳時母遣女奴勞女，女謂奴曰：「毋多言，我生死則汪氏婦也。」詰朝，姑至，諭女如父母言。女拜且泣曰：「大義勝恩，姑毋父母以也。願姑逆婦，使得臨夫墓、執夫喪，即奉姑以終天年，我死不後。」姑察其不可奪也，遣車逆之。比至墓，姑搴帷視車中，已經死矣。遂合葬。時隆慶改元二月也。

王氏女，贛縣人，幼許聘於萬安陳公清。後陳父母連歿，家落。王父母遂渝盟更聘貴室。女默指天自誓，陳固無如之何也。比及歸，妝奩載道，女謂侍從老嫗曰：「此行經陳氏之門否？」嫗曰：「正經其門。」女即以飾厚賂嫗，約見陳郎。比登輿抵陳所，嫗呼陳出見，相持大哭。盡出所帶金飾，囑陳曰：「期以死報。」比及貴族，則女已經死車中矣。衆皆驚愕。景泰庚午，陳膺鄉薦，終身不娶，畜一妾以存嗣。後爲廣東四會令，始疏於朝，旌其門。

汪氏永娘，邑洋湖汪從事世高女，幼從所善許臨溪吴文袞。從事罷岳陽歸，與故所善有郤，欲渝盟。女聲言曰：「盟可渝，宗廟可無享乎？」從事壯其言，乃止。行有期矣，先一月，文袞病溲卒。女聞訃，衰服請臨喪，父黨母黨交阻之。女正色曰：「能行，我則死吾家；不行，則死吾室。等死，室不賢於家。」遂退入於房，就湢而紉縗衣，陰繫組八尺爲内絰，出徧拜母及宗屬畢，登車臨文袞柩，焚香哭奠悉如禮。姑持女手，就文袞故寢，歷視室皇、櫳寮，爽然自失曰：「吾嘗梦及此者三，兆皆不終，自分死者三年矣。」時女信宿絶粒，夕饗至，第飲白水二杯。寢至中夜，屋震極者三聲，若濤起，舉室驚視，紅光隱隱燭天，啟門視之，則自經矣。時年僅十有七。萬曆壬午八月也。詳見汪司馬公傳。

貞女萊者，閩縣林參政允中子也。與長樂陳中丞公并仕於浙，中丞因以其子長源聘焉，時男女俱五歲。既參政守南安時，則女已涉《孝經》《列女傳》諸書。性又孝謹，有志操。母嘗病目，女即不遑寢食，每晨起，輒抱母餂之，至愈乃矣。後長源補邑弟子員，未幾病卒。女聞之驚，痛不自勝，徐解簪易服，謁家廟，斷髮自誓曰：「妾不幸，不得爲陳氏兒捧匜盥，願以身試蟻螘地下，靈神是鑒。」諸林宗婦日慰解之。女正色曰：「如若所言，則未醮之女將得視其夫路人乎？」日泣請於父：「幸告舅氏，早治兩壙以待。」參政如其旨以詒中丞，中丞悲咽復曰：「婦志誠美，顧余既不德，致天降罰吾子，奈何不自悔禍而以及人之子，敢辭。」後女請益堅，中丞辭益力。女乃拊膺大慟，與父訣曰：「舅氏所不忍於兒者，死耳。乃兒初以死誓，地下人已知之，知之而輒負之，雖生之謂何？」言訖，閉閤絶食七日，嘔血死。中丞迎其喪，與子合葬焉。嗟乎！古今傳列女而有烈如林女者哉？

方、王二貞女者，吾休坑口方氏、合陽王氏女也。方字留口李宗敏，未醮而宗敏歿。方堅欲臨喪守制而父母不能止，遂聽舅姑迎之歸。歸則哭踊如禮。比及葬，即坐臥一小樓，不下樓者三十年。以善刺繡文爲閨中女師，朝夕與俱，及諸女已嫁而反一寒暄外即辭而別。舅姑歿後，齎用屢空，資針綫以衣食。所繡《杏壇圖》尤極工巧，邑侯爲詩詠之。歿年五十有□。王許聘榆村程思，思幼從父賈外，母搆危疾，强迎王視疾。王善事姑，姑尋愈，而思之訃至矣。王竟矢志死守。家奇窮，辟纑以奉尊章，歿後黽勉襄事。歲薦饑，斗米數百錢，王并日而食，族有憐而周之者，悉謝不受。年五十卒。諸生後先上其事，邑侯祝公各爲製贊，合祠城東，曰「方王二貞女祠」。時萬曆癸巳事也。

艾姬者，蜀之什邡人，楚綿竹令陶弼姬也。初陶娶於黄，無子而妬，嘗納吴氏姬，生子。數歲，黄復爲陶納兄之女分吴寵。陶令綿竹時，二黄果酖死其子而逐吴爲農家婦。陶以故納艾姬。艾年才十七，端好寡言笑。後陶遷姚安别駕，坐事貶閩閫參軍，獨攜艾姬往。黄不能平，嗾其兄子往制之。比至，則艾退處一室，曰：「寧絶吾進御，毋寧使官廨有惡聲，玷吾夫名。」是時陶老無子，而復爲妒婦悍妾所厄，欝欝疾殁。黄姬恬不爲意，盡括囊中資爲再適計，獨艾抱屍撫棺，七日夜不食而死。死時屬從者曰：「吾從夫子地下無恨矣。幸焚吾屍，裹吾骨，袝夫柩旁葬焉。」從者如其言至家，黄大駡曰：「婢子安得袝夫主？」遂瘗其骨壞垣下而不爲立塚，乃黄則不待期改適矣。嗟哉！悲乎！艾事陶未久且非正室也，乃能慷慨以殉，若是可不謂貞乎？彼婦之妒，不有其夫而忍於斬其嗣，又何有於一小姬？後三年，黄以惡疾死。又二年，郡牧楊公仁甫始遷艾姬與陶合葬而爲文奠焉。

國初，蜀保寧城中有韓氏女，年十七，遭明氏兵亂，慮爲所掠，乃僞爲男子服混處民間。既而果被虜，居兵伍中七年，莫知其爲女子也。後從王珍兵掠雲南還，邂逅其叔父，贖之歸成都，以適尹氏。同時從軍者皆驚異，成都人稱爲「韓貞女」，此可配古之木蘭矣。

【按】木蘭乃女子，代父征戍十年而歸，不受封爵，故杜牧之有《題木蘭廟》詩，其事固奇。考五代王蜀時有崇嘏者，本臨邛女子黄氏。蜀相周庠在臨邛，嘏以詩上謁，庠薦攝府掾，吏事明敏。欲妻以女，嘏以詩辭曰：「一辭拾翠碧江淮，貧守蓬茅但賦詩。自服藍衫居郡掾，永抛鸞鏡畫蛾眉。立身卓矣青松操，挺志堅然白璧姿。幕府若容爲坦腹，願天速變作男兒。」庠大驚，召問本末，乃黄使君之女，元未從人，惟老嫗同居。此事尤奇。

張氏二難者，孟仁妻鄭妙安、仲義妻徐妙圓也。徐富而鄭貧，皆敦義睦。貧者不諂，富者不驕，恒於一室紡績，斗粟尺布不入私房。徐婦家時有所饋，必納於姑，所用則請而取之，不問孰爲己物也。鄭婦歸寧，徐乳其子，徐婦歸寧，鄭乳其兒，不問孰爲己子也。雖諸兒亦不知孰爲己母也。家畜一貓一犬，貓爲人所竊，犬取貓子乳之，人以爲和氣所感。太平間，表其門爲「二難」。程生曰：「昔氾毓字孤，家無常子，人嘗以爲難，乃今以娣姒而能若此，難之難矣。」

楊昌平俊、范都督廣爲石亭所構，棄市，臨刑，英氣不挫。俄有一婦人縞而來，乃一娼也。楊故狎之，顧謂曰：「若來何爲？」娼曰：「來事公死。」因大呼曰：「天乎！忠良死矣！」觀者駭然。楊止之曰：「已矣。無益於我，更累若耳。」娼曰：「我已辦矣，公先往，妾隨至。」楊挺然趣行刑者。既落首，娼慟哭吮其頸血，以針綫紉接着於項，顧楊氏家人曰：「可收葬。」即自取練經於傍。程生曰：「楊范誣逮，吾無論矣。乃娼一蒲柳質耳，惟人攀折，隨風傾倒，而慷慨激烈，引義以死，有古貞婦烈女之所難而娼之所易。始知向之鳴琴利屣，目挑心招，不擇老少者，術使然耳，乃其一念至性固自在也。嗚呼！孰謂娼妓無良心哉？

【按】高郵妓有毛惜惜者，爲反寇李全所掠，不服趨侍，曰：「妾雖賤妓，不曾伏事反臣。」爲全所斬。方秋厓爲作《義娼傳》，與此婦相頡頏，因附書之。

八兒者，楚富口人莊寧女。寧父祖三世爲莊家奴，遂冒莊姓。八兒年十六嫁劉學良，學良亦人奴子，越一歲病卒，葬舍傍。八兒執喪甚哀，日舉案進食，哭奠於墓。久之，爲舅姑所厭，欲嫁之。會有少年傭耕者求爲贅婿，舅姑業已納其聘。八兒自度不能抗，佯許焉。至期八兒與其姒方晨春，曰：「明日不相舂矣。」少選，又與姒易簪曰：「他日見簪勿相忘也。」姒頗疑之。至暮忽改新妝出拜舅姑，舅姑以爲將受婿而喜之，不虞其他。無何，閤室自經死矣。夫八兒以人奴子爲人奴婦，至微賤矣，又少年質弱，即依違其舅姑，非有門閥可點、保訓可辱也。顧獨視再適爲污，甘死若飴，可不謂烈烈丈夫哉？彼以富人子而有文君，名人子而有文姬，豈得與八兒論貴賤哉？語云：「金生沙礫，珠出污泥。」信矣！信矣！

唐柳僕射仲賢鎮西川日，嘗怒一婢，出之，鬻於大校盖巨源宅。一日見盖臨街呼鬻縑者，親揣厚薄與之論直，婢遂失聲而僕，因是送還女儈。儈詰之，曰：「某故無病，竊念某曾爲柳家婢，今日寧能事此賣絹牙郎乎？夫昆山餘礫，玉性猶存，彼市駔暴貴，未忘鄙事，故不如清門臧獲猶動知禮則也。」程生曰：「婢妾，賤人也，猶然恥事非主。彼丈夫具鬚眉稱雋傑者，一當權倖遂奴顏婢膝，甘心諂事，如所謂于謙妾、王振兒者，其視柳婢果何如哉？」

石崇以《明妃曲》教緑珠，而緑珠爲崇死；喬知之以《緑珠詞》寄碧玉，而碧玉爲知之死；趙象以緑珠碧玉事調非煙，而非煙爲象死。自古婢妾賤人，感概致死者非一，故并紀之以礪世云。

解大紳嘗吊友人喪妻，入門曰：「恭喜！」繼曰：「四德俱無，七出咸備。嗚呼哀哉！大吉大利。」聞者絶倒。以其妻悍也。余因憶崔冢宰之妻李尤悍，崔慄慄畏順，至怒輒跪拜起謝以冀免。蓋恐傳笑於外，益養成其惡。崔後至冢宰，李病將死，猶聽候省視不敢違。及卒，妾始專房，生二子。豈非大吉大利之明驗耶？

姑蘇馮氏兄弟三人甚相愛，其季娶婦未逾年，輒諷其夫使分異。夫怒曰：「吾家同居三世矣，汝欲敗吾素業耶？」婦乃不復言。其仲每對親朋切齒謂：「破吾家者，此婦也。」一日，其婦向夫悲泣求去。固問之。曰：「妾父母以君家兄弟篤實，故以妾歸君。今仲常欲私我，我不敢從，每恚怒欲令君逐我。向勸君别居，其實慮此，非有他也。」季怒，遂逼其兄析居，而孝友衰矣。《遁齋閑覽》。

婦人之妬，有尤甚者。有湖南倅某，妻生一子，已周歲，夫婦甚愛憐之。一日有過客至，倅代郡守開宴命妓。妓中有一秀慧者立侍倅側，倅顧與語及戲爲酒令。笑語方酣，忽鈴吏持生肉二盤置賓主前。倅愕問其故，則愛子肉也。蓋妻忿夫與妓語，乃手刃其子，刲肉以獻，其毒忍一至此。程生曰：「《述異記》并州有妬女泉，段成式《雜俎》亦載臨濟有妬婦津，則妬娼固婦人所時有，然未有妬其夫於笑眄間而遽殺其子者。特書之以見世有此惡孽云。」

洪武中，京師一校尉與鄰婦通。一晨校瞰夫出，即入門登床。夫復歸，校伏床下。婦問夫曰：「何故復回？」夫曰：「見天寒，思爾熟寢，足露衾外，恐傷冷，來添被耳。」乃加覆而去。校復念彼愛妻至此，而猶忍負之，即取佩刀殺婦而逃。有賣菜翁常供蔬婦家，至是入門無人，既出。鄰人執以聞官，翁被考掠誣服。臨刑，校出呼曰：「殺其妻者我也，奈何逮及無辜？」遂具述所由，願賜死。上嘆曰：「殺一不義，生一無辜，可嘉也。」即釋之。

嘉靖初，浙江人陳古崕瀛知福之漳浦縣。境内有衛氏者，妯娌三人皆不孝甚。一日雷震一聲，化爲牛、羊、犬三物，惟頭面不變。雷神立於空中，良久後隱。三物見人不能言，惟垂淚。陳乃圖形刻板述其事以散四方。

張文貴之妻葉氏，素不孝公姑，忤逆大小，無一善狀。忽一日天地黑暗風雨晦冥，葉氏已化爲驢，三蹄，惟有一手一頭未化。問言無答，流涕而已。不逾月卒。

昔有逆人出外經商，獨婦侍母於家。婦每炊姑以麥飯，而自食膏粱。姑稍與忤，輒唾罵，并麥飯亦不進。一日，婦往鄰家，有僧至門乞飯。姑曰：「我自不飽，安得齋若？」僧指廚中白飯。姑曰：「此我兒媳七嫂膳也，我不敢與，必欲索食，當出餉午麥飯進之。」僧未答。七嫂外歸，見僧，大怒曰：「若欲得我白飯，可脱袈裟來换。」僧脱授之，忽不見。袈裟着婦身，旋化爲牛，牢不可脱，胸間生牛毛，漸變頭與足，居然成全牛矣。

卷七

分定

孔子罕稱命，盖難言之也。何後世言運命、言致命、言辨命，論説不一？始猶意其人負珪璋特秀之質，有高才而無貴位，故一歸之命，以舒其憤惋不平之氣云耳。及讀夫子有命之言，與當世窮通修短之跡，始信分有前定，數非適然，鬼神莫能預，聖哲不能謀，觸山之力無以抗，倒日之誠弗能感。短則不可緩之於寸陰，長則不可急之於箭漏，如孝標輩所云者矣。迺人顧汲汲遑遑維日不足者，毋乃越於分而忤於命乎？是不然，人定可以勝天，人盡可以言命，自古修德格天，履錯致咎，或先號後笑，或始吉終凶，若糾纆也者藉比，而可曰分定乎哉？固知諉命非分，立命爲分；安分非定，盡分爲定。

宋嘉祐中，劉幾在國學驟創怪嶮之語，號「太學體」。歐陽公主文柄，刻意懲之。得一卷，曰：「此必劉幾也。」以朱筆橫抹之，謂之紅勒帛，判「大紕繆」字，榜之。果幾也。後三年，公爲御試考官，曰：「除惡務本，今必痛斥浮薄以還雅道。」得一怪嶮卷，喜曰：「吾已得劉幾矣。」既黜，乃吴人蕭稷也。是時試《堯舜性仁賦》，場中鮮有當意者，最後得一卷，歐公大稱賞，擢第一。及唱名，乃劉幾易名劉輝。公愕然久之。

宋鄭獬有雋才，自謂必魁天下。國子試第五，怏怏不自得，謝啟云：「李廣才氣自謂無雙，杜牧文章止得第五。」又云：「騏驥已老，甘駑馬以先之；巨鼇不靈，因頑石之在上。」主司深銜之。及廷試，主司復知貢舉，必欲黜落以報其不遜。有試卷似獬者多遭擯斥，廼獬真卷主司已定冠場矣。比登第唱名，獬爲第一，主司憮然自失。

蘇軾知貢舉，先數日以封簡送其友李廌。會廌他出，其僕受簡置几上。適章惇二子持援來訪，取簡竊觀，乃《楊雄優於劉向論》，潛攜以去。廌歸，悵惋不敢言，竟下

第。二章果登魁選。蘇初疑廌輕泄，後聞故大嘆恨。其母亦曰：「蘇君知貢舉，而汝不成名，復何望？」抑欝而卒。

淳熙中，起汪應辰爲大宗伯，以書約一友會於富陽蕭寺中，屏人密語曰：「某或典貢舉，《易》義冒子可用三古字以爲驗。」及汪知舉，搜冒子用三古字者置前列。既拆卷，非其友人也。讓之。友人指天誓曰：「某以暴疾幾死，不能就試，何敢泄於人？」未幾，用三古字者來謁，公微詢之。曰：「某就試時，假宿富陽之某寺，閑步廡下，見一柩塵埃漫漶，心輒動念。是夕梦一女子謂余曰：『官人赴省試，頭場冒中可用三古字，必登高科，但毋相忘，使妾得早入土，幸甚！』余用其言，遂蒙甄録，近已往寺中葬之矣。」程生曰：「按此四事，益信功名富貴各有分定。有則主司雖欲閼抑而不能，無則親知雖欲牢籠而不得。當其得，則神牖其衷；當其失，則天奪之鑒。主舉司之，雖主舉亦莫自必者，而可役役營營哉？」

包誼，江浙人，下第遊漢南，與劉太真辨難。劉詞屈，責其不遜，誼擲杯中其額。

後太真爲禮部侍郎，誼應舉。太真於包侍郎家見一卷，甚奇之，及視其名，乃包誼也，遂默然。至出榜時，宰相欲有更易，面問太真以相識。太真平時親識滿目，至是一無所記，惟記誼之姓名，遽言之。遂中第。君子曰：「有命。」

祥符壬子，西蜀二文人應試北上，至劍門英顯王廟已昏黑，就寢廡下。忽見廟中燈燭如晝，肴俎甚盛，俄傳導岳瀆諸神至，就席飲酒。一神曰：「帝命吾儕作來歲狀元賦，當議題。」一神曰：「以『鑄鼎象物』爲題。」既而諸神撰就且删潤確當，遂朗然誦之，曰：「召作狀元者魂魄授之。」二子默喜，私相謂曰：「此正爲吾二人發。」將曉，諸神各去。二子盡記其賦，亟寫於篋，一無遺字。至京御試，二子坐東西廊，果出《鑄鼎象物賦》，韻脚盡同。東廊者下筆，思廟中所書，一字不能上口，間關過西廊問之，西廊者望其來，迎謂之曰：「我正欲問子也。」於是二人交相怒詈而去。各據案草草信筆而出。及唱名，二子皆被黜，狀元乃徐奭也。其試文與廟中所記無一字異。益信魂魄之召不虚。異哉！《雋永録》。

洪武戊辰，任狀元亨泰赴試前夕問響卜，木杓指北。行聞有病内熱者覆醫人曰：「昨服第一鐘甚亨泰。」即回，曰：「吾已得兆矣。」果及第第一。

永樂壬辰，馬公鐸與林公志俱閩長樂人。志負雋才，鐸自以爲不及。鄉會皆志第一，比廷試，自謂必魁天下。傳臚之夕，忽梦有馬奪其首，心始懷疑。既而馬果第一，林第二，甚怏怏不服，每欺馬爲没學問狀元。一日，互争於廷，上曰：「朕面試一對，佳者即真狀元矣。」其對題曰：「風吹不響鈴兒草。」馬應聲曰：「雨打無聲鼓子花。」帝大稱許，林幾不能對，遂愧服。盖上夜梦至狀元家，有此二句聯榜，而鐸幼時亦嘗梦「雨打無聲鼓子花」之句，若天設然。誰謂狀元可偶致哉？

正統丙辰廷試，狀頭未定，楊文貞公士奇將進讀卷，問同事者曰：「有識周旋否？其儀表如何？」浙人有誤聽者，答曰：「面白而偉。」盖所問者温人周旋而所對者則淳安周瑄也。及登第唱名，則面黑而侵，輿論愕然。天順間，曹欽被逮，捕其党馮益損之甚急。一星士亦名馮益，同逮棄市。盖二人皆寧波人且同名，故有此誤。夫周之不求而獲福，馮之無妄而罹禍，一吉一凶，數之適然如此，非定分也夫？

臨朐渡口有人夜聞渡口鬼揶揄曰：「明日午時，我輩得替矣，可托生也。」其人明午伺驗之，見一舟載五六十人，解纜鼓枻，忽一婦求渡，舟子挽舟載之渡，竟無他。至夜復聞鬼泣曰：「却被馬丞相救此一船人，我輩苦也。」土人跡其婦，乃馬某之妻，正懷娠。後生子曰愉，宣德丁未狀元，拜相。

真定曹公鼐，幼有遐志。起諸生，鄉舉第二，明年以乙榜授代州學正。上言年少寡學，願授募職，遂除泰和典史，孳孳篤學。邑尹常誚之曰：「汝欲作狀元耶？」鼐曰：「非此不了一生也。」宣德壬子，督部工匠赴闕，乞入省試，中第二，廷試遂以典史魁天下。前代所未有也。

魯公鐸，湖廣景陵人。康公海，陝西武功人。弘治壬戌春，京師有善占天文者，人詰以魁所在，曰：「文星在楚，魁當出湖廣。」逾月復命占之，訝曰：「文星入楚淺，入秦深，魁當出陜西。」後魯中會元，康中狀元。人事之上應天象如此。

韓公應龍在餘姚庠，爲邑令丘公養浩所奇，既而久不偶。會推府陳解元讓與丘同邑，薦冠多士，遂得應試，連掇鄉會。廷試策題聖意以「法天法祖」立意，惟輔臣知之，而韓策冒首發其旨。宗伯夏公言見卷，微哂曰：「可用心做。」既而進呈，果第一。又公爲諸生時，每醉酒昏夜步歸，輒前有二燈照之而行，且曰：「送狀元。」及舉於鄉，有司以禮賀之，有遺荔枝龍眼於地者，不數日，發生成樹，衆咸異之。

唐小漁公汝楫，太宰公龍之季子也。乙酉鄉試，卷在魁選，後拆封見爲太宰之子，遂與某監生卷同委於地，而唐卷獨懸几端。監臨異之，抑置榜後。及會試，掌科鄭廷鵠取冠本房，主考有難色，鄭堅執以「本房寧一人不中，必不可遺此卷」，乃填第十。鄭請刻其策，亦以嫌弗果。唐聞，笑曰：「零碎文字不必刻，只刻一篇大文字可矣。」及廷試之前，諸同年集於其寓寫家狀。唐方舉筆，忽屋上有聲如榷裂之狀。衆驚視，則手中筆裂而爲四，僉稱爲異兆，而臚唱果首選焉。程生曰：「吾於是益知狀元自有真也。真則以太宰之故，屢欲黜抑而弗克；僞則以江陵之焰，始雖倖得而終失。何益哉？」

儲静夫巏，泰州人，嘗以魁解形於梦卜。而先是江北實未有發解者，成化癸卯，儲聞江南時名有戴章甫、唐勉仁者，紹介與交。比入場，儲與戴同號。第四道錢鈔策，儲不省。戴前一日熟誦《保齋策》數四，且不同經，遂録以畀之。次日，戴以違式帖，儲中解元，其策若爲儲具者，事不偶然也。儲明年中會元，以二甲二名及第。

三山蘇大章，戊午就鄉舉，梦人告之曰：「公與薦在四十一名。」覺而喜，言於朋友，遂傳播其事。有同經生忌之，投牒於州，言蘇與主司有私，預謀中式。時樞使葉公羽監試，填榜至四十一卷，乃出士子牒，示考官云：「此卷且勿填，當公衆取一卷易之。」佥以爲然。及取補恰得蘇卷，衆大驚異，益信得失前定云。次年，大章登春榜第一。

解元葉公琦，祁門人。初應試白下，與業師同寓。出街見群兒以竹竿拽起衣裾戲曰：「解元拽旗！解元拽旗！」葉驟聞，喜告師曰：「今日出街，群兒皆言『解元葉琦』，人情賢於梦卜矣。」師遽止之，曰：「此兒童常戲耳。」次日復聞，又復言之親友。其師懼以誕妄招禍，遂另僦居，而葉亦他徙。其所徙之邸，尚年死一學子，常出爲祟，而葉不之知也。臨晚，第見一儒生來相接，具道姓名甚悉。次日葉投刺報問，絶無人跡。至晚復來，葉怪而問之，儒生曰：「吾非爲君禍者，吾有魁解之才，而年不待。今見君器宇非凡，可望發解，故來報君初場題目及旨意，君幸記之，勿輕泄也。」葉入場，一如所言，至二場三場，皆如之。試畢，儒生忽告别，葉曰：「方思報德，君何遽辭？」儒生曰：「吾與君本隔幽明，此志未泯，故思一效之君。君如不忘鄙人乎，願撤鹿鳴宴席酹我足矣。」言訖竟去。榜揭，葉果發解南畿。悉移鹿鳴宴席，酹酒奠祭，仍齎禮遣吊其家。

隆慶庚午，浙中式有諸葛一鳴者。先是，當盛暑，讀書杭城外大寺。偶於佛殿後蹲地斷藕自食，見一金裝戎服自内出，大驚，以爲武官。其人曰：「某非武官，乃天帝遣放秋榜者。」諸葛問：「榜有某名乎？」其人曰：「汝名在來科。」諸葛懇請再四，其人曰：「今所與相較一卷，本系汝親，汝能遲三年，更爲汝福。」猶懇，乃諾之。因與約曰：「揭曉之朝，即焚紙錢十萬以謝，慎勿負！」叮嚀而去。其年，諸葛試卷在備列，與一卷正相比，忽御史耳畔有語云：「一鳴中！一鳴中！」適睹諸葛名與語合，因置某而録諸葛。既揭榜，則諸葛固忘前與神約矣。晚始覺，將以遲明酧願。而是夜梦前金裝戎服者被髮身血淋漓，倉皇指諸葛罵曰：「汝何爽約害我？今亦害汝！」憤忿而去。明年，諸葛會試，以懷挾荷校棘闈前。而浙省來科某適中其名數，實諸葛懿親也。此聞之張蓮洲公天德。

余初聞揭天榜之説，略不之信，及觀傳記所載，往往有之。第天機終不盡泄，故狀元本「馮京」而謬云「馬涼」，本「梁克家」而謬云「梁十兄家」。王拱壽，御改王拱辰，而先是道士云：「王姓，雙名，下一字塗抹而旁復注者。」元豐中，陳瑩中戲問僧曰：「我作狀元否？」僧曰：「無時可得。」復問，對復如前。而是年時彦作狀頭，陳第二。非「無時可得」之明徵耶？此益知天榜不誣矣。

近讀《金史》：海陵時，有護衛二人私語，一曰「富貴在天」；一曰「由君所賜」。海陵竊聞之，詔授言「由君所賜」者以五品職，其人竟以疾歿，不及授。言「富貴在天」者，職屢升。又金宣宗聞温敦太平卒，謂宰執曰：「朕屢欲授太平以職，每以事阻，今僅授之，未數日而亡，豈非天耶？」章宗聞張萬公卒，嘆曰：「朕回將拜萬公相，而遂不起，命也！」夫觀此，則操一世予奪之柄者，亦不能回人之所無以爲有矣，何有於主司？又何有於銓部？

夏桂洲公言，嘉靖中爲首相。一日五鼓至朝房，燈火儀從甚設。有山東一吏員初抵京辦事，問人曰：「此爲何官？」答以「夏閣下」。則走前長揖。夏怪問之，則曰：「某州某縣辦事吏員某。」夏聽之，掀髯大笑。諸閣下及六部問故，公方言「某州某縣辦事吏員名某」，而忽報上且臨御，遂群起朝恭，不及終其語。銓部意公屬意是人，遂擇一善地選之，遣吏馳報。夏公又發一大笑曰：「前程信有定分哉！」終不言其意。吏還報，銓部以得當夏公意，益喜。不半歲一擢，比及三年，由府縣屬遷藩司，終始具得善地，雖吏員亦莫知所以也。程生曰：「觀此，固見吏員遭際之偶，而公之厚德大度，庶幾哉可稱相量矣。」

宣德間，詔京官各舉其鄉之才而未達者。廬陵戴某，善聲詩，簫公光宇、胡公起先交表之。征至內閣，試春日詩。戴得題如癡，竟日無一字。及罷就邸，奇思傑句沖口溢發，追恨無已。戴既放還，簫、胡亦坐薦舉非人被譴。人之窮達，有莫之爲而爲者如此。

彭公時曰：天順改元，徐、李被黜。有負權寵者語人曰：「我欲薦彭某人入閣，因未與接識未果。」其人傳語，促予一見。予對曰：「往歲當諸公合謀時，有沈司歷者三來邀，予避匿不敢見。即簫郎中聰亦謂予『毋貽後悔』。予曰：『本無他望，何悔之有？』且去年當競進時既能自守，今可詭遇求獲耶？」是時李宜人亦言曰：「官自來者爲好，不然，雖登極品，亦無是榮。」余甚重其言。及入閣之命下，始知顯晦自有時，固無假人力也。

漳浦唐公文燦家食時，嘗移宅左土地祠於右偏。一日齋頭獨坐，忽一老者拄闖入，呼唐號語之曰：「鑒江，吾向未知爾前程事，今乃知之。爾官不過某省僉事，而漫移我數十年故居耶？」唐方錯愕顧眄間，遂失所在。既登第，以員外出爲雲南僉事。任一年，以京考謫。復由部郎轉廣西僉事，無何，以大察除名。官竟止僉事。

龍西溪僉憲霓語陳公良謨曰：往余在京師，有年家某行人一日過余邸謀曰：「吾欲注門藉幾日以避湖廣差，何如？」凡京官俱書名簿一置長安門，謂之「門籍」，有病注「病」字於名下，免朝參。西溪問故，行人曰：「聞吏部將選科道，若承此差，則不得與選，今且稱疾，則楊子山當行。」子山諱良，乃次某行人者。遂稱病注門籍。越數日，吏部遽開選，楊子山以次補吏科給事中，某行人徒閉門嘆恨而已。京師閧然謂某行人爲好從事而亟失時，識者則謂冥漠有主云。

杭城朱朝宗京，有聲黌校。陸水村公憲副浙時，延以課子，甚敬禮之。後朝宗膺正德癸酉鄉薦，累舉弗第，謁選銓部。時陸公爲冢宰，得朝宗名，訝曰：「子何就是耶？」朝宗具告不獲已之故。公嘆息良久，復顧左右二卿盛贊譽焉。既出，同選生咸稱賀。比榜揭，獨得北地最僻陋縣，衆莫測所以。時同里金羡之珞方館於陸公之第，一日共飯，言及朝宗選官之所，公投箸嘆曰：「是余之過也。夫我初實欲語文選而偶忘之，今爲我謝朝宗，當圖一善地調之。」無何，陸公坐宸濠事謫戍，朝宗竟卒於官。咄！咄！既爲冢宰所知而不得一廣文善地，豈非命耶？先正有言：「雖宰相豈能陶鑄我？」信哉！

江浦李君某，閣老西涯公裔也。初爲太學生，寓居維揚，閑雅能詩，乃祖門生故人及貴遊子往來南北多造焉。萬曆初，以選授某州倅，州當孔道，搢紳先生行過其地者，多致聲問。會張江陵奪情留京，信使往來甚横，郡邑患苦。適二論祭官至，州守以問李，李對以無相識。及二使至，廷參畢，忽一使進李至中堂，語諸大老致聲狀。蓋李本不識此兩人，而兩人亦致他官之命云爾。乃州守則以李爲賣己，大肆詬駡。李百口訴雪，終不聽，竟以大察注下下。甫升山東益府審理，卒以州倅去官。李罷居六七載，寠甚。會錢秀峰公岱巡按山東，奏言王府官多逃匿不赴任，檄令所屬各府，自萬曆某年起，未赴者移文督就任，已赴者屬巡按考察，與郡邑佐同。時李名亦在取中，而實非顓爲李地，亦未知李以大察去官也。一日益府遣官某至徐府通問，夜宿江浦，道其事於逆旅主人，且促李君詣京一見。李知狀，亟假冠帶至京訪之。其人具述其由，且假五十金爲備衣物、充途費，又爲作一書於典倖者，俟至郡即支倖金俾辦禮儀以進殿下。李感謝，治裝以行，迄今曳裾王門云。此江浦韓洌泉鋹爲余道。

正德中，安吉州倅熊公佐，無意及民，民亦忘之。後其子北原公爲冢宰，州人丘某以例貢將謁選，乃獨爲州倅公立去思碑。求文勒石，募榻裝演，所費不貲，將執此以紹介冢宰。及抵京，一疾遽歿，而此碑爲長物矣。適同鄉有施某者候選在京，亟以微貲購之，持獻焉。未幾，北原公以事去，代者至始就選，乃得滇南安寧州吏目，竟流落罷歸。夫爲其父立不朽之名，爲之子者孰不忻喜？丘之爲計非不巧，詎意命之弗延，乃爲他人所有。他人得之，而竟不能及時以選，命也夫！命也夫！諺云：「落得做君子，枉了做小人。」有味乎其言之也。

莆田楊汝惠，初在庠時，其友林君生孫云同，抱出見楊，笑曰：「他日仕途有相遇處。」楊曰：「若待相遇，吾老歸休矣。」至嘉靖初，楊以貢司訓廣西永福，時年六十餘。林公云同以主事典廣西試，楊以例入試獲中式。噫！仕途之相遇固不偶然，一時之戲竟爾不爽，豈非前定歟？

吾族有程山壽者，天順中爲縣掾。嘗乘馬抵家，夜至屯市尾，有乞丐數輩臥廁傍。近廁數十步有塚累累，群鬼呼謔揶揄。俄聽程乘馬至，一鬼戒曰：「勿言！山壽驛使至。」馬臨廁傍，丐呼曰：「汝非山壽驛使耶？」鬼伺程去遠，輒以土擲諸丐，曰：「汝何敢泄吾言！」後山壽果授湖湘驛使。觀此，則知一命之微亦有定分，非偶而已也。

歸安省祭孫邦華，與姐婿葉某者謁選於京。葉掾得山西太原府倉官，孫以選期未及，乃與偕歸。葉至衛河暴卒，孫固黠人也，竊語甥曰：「若父死矣，牒無所用，我冒汝父名，持牒赴任，所得貨賄，分而有之，不猶愈於全棄乎？」葉子喜，遂同赴任，人莫識也。比考滿則得白金七百有奇，乃共分之。孫沾沾喜得計，乃脱身入京謁選，適得前太原府倉官，遂不敢赴，棄其牒而歸。鄉人知者大笑詫曰：「人固巧於爲謀，天却巧於爲報。何物孫掾，雖黠桀，其能違天乎哉？」郡人王承祖説此。

國朝親王未之國者，例擇翰林官二員出閣講讀，後之國，遂改升長史以從，以故人多不悦就。宣德中，周文襄公忱自刑部主事升越府長史，欝欝不樂。未幾，越國絶，遂升侍郎，巡撫南畿。正統中，推郕府講讀官，東里楊公欲舉侍郎儀銘，義銘見憾，乃以故人侍講楊公翥同舉。後郕王嗣大統，銘等皆從龍起，官至宫保尚書。人之官職，内外、大小、升沉，固自有定，豈人之所能爲哉？

正德末，湖廣石首有兩甲科，一爲袁公宗皋，一爲某公。兩人稱相得，且爲姻婭。而某險刻人也，以縣令擢吏部，即百計害袁公於同曹，授以興獻王府長史，某公欣欣爲得計。未幾，武宗上賓，世廟嗣服，藩府僚屬悉隨駕入，首擢袁公知翰林院事，尋入内閣機密，榮寵無比。時某持服家居，見袁公騾躐樞要，皆己沮抑所致，遂憤惋愧悔而卒。吾邑練溪汪公，今爲石首令，具語其詳如此。

寧波郡庠生王録臨貢，其次爲李循模，舞智人也，以計攘得之。抵京謁選，夤緣入首相之門，求順天司訓。未及揭榜，輒洋洋至順天府學，徘徊縱觀。齋夫輩呵之。遂大聲罵曰：「吾不數日當坐於此，鼠輩敢無狀耶？」語聞，文選大駭，亟易以廣西一小縣學。李怏怏去。未幾，身及一子一僕俱死於彼。明年王應貢就選，恰得順天學職。程生曰：「二公均一廣文耳，藉令當時李以夤緣而中更，王選他所而遠任，亦無足異。今多智者無上事而自貽伊戚，樸實者無成心而適得善地，且今之所任，即昔擠我者之所謀，若持左券以付焉。豈非鬼神故示予奪之意，以彰善惡之報哉？」此聞之鄞縣士友云。

知府鄧公繼曾，四川資縣人，云給事時，其親某曰：「君方入仕，切忌苟得。余巡按雲南時，至一地，身如芒刺不可睡，意恐有冤欲訴，秉燭獨坐。突有一人在前。

叱之。曰：『我非人，爲君守財神也，待君久矣。』余曰：『金何在？』神指座下。視之，果有白金千兩，因語之曰：『能與我送之歸乎？』神曰：『但要鄉貫票帖耳。』如言寫帖焚之，神忽不見。復命時，有同年某主事丁内艱，因以保舉一官爲言，曰：『謝金五百，先奉二百兩爲信。』余辭弗獲，受之歸。數日，辦三牲，夜静將禱前事，則原神復至，出其金，止八百兩。余問之，則曰：『前某主事金是也。』悚然愧謝，未嘗告人。今年八十，爲君泄此以見定分有數云。」時嘉靖戊戌年也。此與尉遲公微時書券事同。

劉次公道渠鄉近事：泰和郭某者，爲邵武巡司罷歸，易稟粟得百餘金，橐之。俄而遂亡其金，因索諸雷神。雷告曰：「此汝邵武時所多攜物，今復化去耳。然汝有竈神，尚留十金在。」乃夷竈，掘土三尺，果得金，故物也。鄉里兢訝之。程生曰：「君子以裒多益寡，多不自裒，神將抑之；取非其有，物必去之。」

唐李嶠，幼有清才，昆弟五人皆年不過三十而卒，唯嶠尚存。母憂之，以問袁天綱。袁曰：「郎君神氣清秀，壽亦不出三十。」一日，與嶠同宿書齋，嶠熟睡，袁視嶠無喘息，以手候之，鼻下氣絶。初大驚怪，良久，偵候出入息，乃在耳中，是龜息也。袁起賀其母曰：「郎君必大貴壽，第不富耳。」後嶠則天朝拜相，而家常貧。帝幸其第，見嶠臥清絁帳，嘆曰：「國相如是，乖國家之體。」賜御用繡羅帳焉。嶠寢其中，達曉不安，覺體生疾，遂自奏曰：「臣少被相人云不當華腴，故寢不安。」帝嘆息久之，任意用舊者。噫！此可觀人之受用亦有定分矣。

太倉陸孟昭諱泉，爲秋官郎時好客，就邸第外隙地構屋數楹，匾曰：「清風館」。朝士迎送，必假之爲宴樂。孟昭復益以餚酒不靳。一日風雨大作，平地水深三尺，館爲之傾。客嘲以詩曰：「昨日清風館，今朝白水村。」水退，孟昭復修築，方落成，遂擢閩省參藩，其居轉僦侍郎滕某，滕盖白水村人也。夫即一館舍、一時戲語，有數存焉，而况大於此者乎？

漢嚴遵賣卜成都市，富人羅沖勸其仕，爲具車馬衣糧。遵曰：「吾病耳，非不足也。我有餘而子不足，奈何以不足奉有餘！」沖曰：「吾有萬金，子無擔石，乃云有餘，不亦謬乎？」遵曰：「不然，吾前宿子家，人定而後未息，晝夜汲汲，未嘗有足。今我以卜爲業，不下床而錢自至，尚餘數百，塵埃厚寸，不知所用。此爲我有餘而子不足也。」沖大慙。遵曰：「益我貨者損我神，生我名者殺我身。」竟不仕。程生曰：「名理之言，千載永鑒。」

劉先生者，居衡紫盖峰下，間至縣市從人丐，得錢則市鹽酪歸，盡則更出。一富人貽以一袍，劉欣謝而去。越數日，無有也。問之，顰顣曰：「吾幾爲子所累。吾嘗日出，庵門不掩，即歸就寢，門亦不扃。自得袍之後，不衣而出，則心繫念，因市一鎖，出則鎖之。夜臥牢關以備，營營竟日。適偶衣出，遇一人過前，既脱與之，心方坦然。不然，幾爲子累矣！」此非益貨損神之明徵耶？

南郡臨沮鄧差，大富人也。道逢估人，初不相識，路傍相對共食。鄧見其饌過侈，諷之。估人曰：「人生熙熙攘攘，止爲身口耳，一旦溘先朝露，即欲食，得乎？終不如臨沮鄧生，平生不用，爲守財虜尔也。」差大慚，至家宰鵝食，動筋咬骨，哽其喉而死。

天寶中，相州王叟，家鄴城，富財積粟，而夫婦儉嗇特甚。一日，見莊客方食，盤饗頗盛。叟怪問之，其人云：「唯有本五千，逐日食利，但存其本，不望有餘，故知足得常足耳。」叟遂大悟，歸語其妻，發倉庫、市珍玩，恣其食味。不數日，夫婦俱梦爲神所録，云：「何得妄破軍糧？」既寤，夫婦驚駭，益務纖嗇。後數載，官軍圍安慶緒於相州，盡發其廩以供焉。程生曰：「觀此二事，豈第損神殺身，且知分有前定，一飲啄亦不得過矣。有味哉！君平之言也。」

安吉諸生郎士英傑、劉鳴遠釗，二人過鉛干廟，就籬旁溺，見粗紙一團棄地上，即戲以溺餘瀝灑之。已乃坐於廟門。少頃，一丐者過，亟以所拄杖戳所見紙處。郎問故。曰：「有小蛇蟠此，故戳之耳。」少選，見一少年騎馬過，輒勒馬下，俯地探入袖中。郎趨問之，少年曰：「誰遺一荷包耳。」因出示之，乃舊紵絲荷包，一面溺灑猶濕，又有戳痕五六處，其中止銀四五分耳。三人相顧嗟異。夫此一物也，郎、劉見之爲粗紙，丐者見爲蛇，騎馬者爲荷包，可見一錢寸帛不可妄得。余既記此事，適族姪一球在坐，矍然曰：「信然哉！往姪倫員東流時，以事自張家灘抵邑，道經薛家灘，遥於馬上見松下遺金，余回顧蒼頭尚遠，偶汪親家一僕名福童者在馬後，命取之，果得銀七錢。姪思此必行道所遺，囑僕曰：『途有認遺金者，還之；無，則汝可自取。』後吾羈邑旬餘歸，見僕蓬首黄臉臥於地，泣曰：『公知非分之不可得，而以其禍嫁之吾。吾儕小人，取非其有，瘧痢交作，日尋巫覡禳祝，今金且盡矣。』姪笑謂曰：『金盡則疾瘳矣。』越日，僕果起。」

余因有感宋劉留臺還遺金之言曰：「平生賦分止合如此，若掩他人物以爲己有，必獲災禍。且彼數年營辦，一旦失去，或不得還鄉，死於非命，其害有不可言者，吾是以還之，唯安分以畢餘生耳。」旨哉言乎。

有士人貧甚，夜則露香祈天甚虔，一夕忽聞空中語曰：「帝憫汝誠，使我問汝所欲。」士曰：「某所欲甚微，但願此生衣食稍足，逍遥山水間以終其身足矣。」空中之神大笑曰：「此上界神仙之樂，何可易得？若求富貴，則可矣。」因觀古今人或躋崇顯歸，或欲歸而不得，或戀戀不能歸，朱門空宅者多矣，豈清樂上天所靳惜，反重於功名爵禄耶？達人觀此，可熄念矣。

浙諸楊伯僩曰：嘉興有一賈人，積銀數百，内貯以磁甕，以金釵二股置其上，瘞地中。其子窺見之，伺其賈外，竊發之，僅清水一甕耳。以手投攪之，無有也。遂封識如故。父歸，啟甕出金，覆其數不減，而次置攪亂，訊其妻曰：「誰爲發甕中之藏耶？」妻不敢言，而鄰知者則藉藉曰：「以父之財，子猶不得而有，況可非分覬耶？」

昆山朱藩臬公觀嘗言：其家塾之父楊姓者，一日坐於門，見一婦人過，墜一銀簪於街，鏗然有聲。伺其去遠，遍求不獲，止見一蚯蚓在石罅間。俄一男子過，徑俯手拾之，楊乃疾聲曰：「此吾所墜簪也！」其人知其僞，徑去。隨牽其裾不釋。其人乃取銀二星，以一買魚一尾，以一付之，曰：「老者休纏，將此銀沽酒烹魚，食之可矣。」楊沽酒歸，置魚釜上。家人將炊間，忽鄰貓突跳釜上，家人以杖撲貓，貓竟啣魚去，因覆其酒而并瓶碎焉。人皆憐而笑之曰：「楊老楊老，簪化爲蚓已足悟矣，而猶强索之，其能食乎？」吁嗟乎，貪夫哉！吁嗟乎，薄命之人哉！

湖州儀鳳橋宣氏三兄弟，家微無名字，人只以宣大、宣二、宣三呼之。宣大稍樸實，二弟則儇劣貧甚。其所居地，價僅值十金，鄰有倪知縣作宦歸，臢欲展拓堂室，乃以百金買之。三人均分焉。宣大買田務農，僅僅温飽。宣二糴豆過太湖，舟覆死焉。宣三則喪心發狂，持刀殺人，舉火燎闤闠，眾以鏈鎖橋柱。其妻徧謁神祠，禳禱紛紛，起視床頭，所餘值亦已罄矣，而橋上之人豁然復常。人訊之，則曰：「吾不知也。」

鄒定四，余母黨親也。掘地得窖銀頗多，於是盡力營造，輪奐一新。一日木工偶與其子戲，墜地死。訟於官，官知其多藏，索之殆盡，訟始息。而新舊房屋回禄，又一夕毁之矣。蘇東坡曰：「無故而得千金，不有大福，必有大禍。」今以宣、鄒二事觀之，則薄命之人豈待千金，雖數十金，有禍矣。吁！可妄求乎哉？

永康周實夫文光嘗語余曰：「人不但窮通得喪有數，雖一衣一食亦有數定焉。吾家住邑市，門有小樓，諸生肄業其上。一夕，梦一鄉友來訪，余乃戴一塵垢冬帽出見，各啜粥兩盂而出。時夏月，且巾而不帽，而遠客至絶無啜粥者。晨寤，方與室人道前梦，而女奴忽報某舉人來訪，已登諸生樓矣。吾遂披衣起盥櫛，再三索所戴馬尾巾不獲，室人遂於架上取一舊紵絲帽笑覆吾首，推出見客。斯已異矣。然啜粥與否在我，梦其如之何？因命庖人殺雞爲黍。不意此友之兄繫獄患病，屬其弟與某同見邑尹求放釋，且尹方欲他出，催促甚急，不能待酒飯之至。會諸生有粥在缶，乃笑而請曰：『此有粥，姑啜之以應梦，何如？』吾二人只煞各啜兩盂而去。程生曰：「觀此則一衣一食且有定數，况其他乎？今人蠅營狗苟至老死而不知止者，何如哉？」」數項出《紀訓》。

媎某者，忘其名，海寧衛前所軍士也。景泰初，鄧茂七反於台州，媎某實從征焉。戰敗被傷而逃，自匿於積屍之下。夜半見燈火熒煌，呵道而至，乃一神官也。據簿點名驗屍，至媎某，曰：「此人乃板閘之數，豈應死此？」遂去。後十餘年，運糧至淮安板閘，墜水死焉。

【按】此與《水東日記》所言軍人非此處人，乃豆腐閘兒人。又《博異志》載李愬與吴元濟戰，夜來按簿稱點僵屍一一皆符事同。乃知人之生死亦有宿命，寧獨富貴賤貧哉？

錢塘八月十五日觀潮前二夕，有聞空中語曰：「有兇人數百，當死此橋下。其有名未至者，宜促之。不與此藉，牖之去。」次夕跨浦橋畔數家，皆梦人説明日勿登橋。詰朝觀潮，橋上人皆滿，須臾橋壞，數百人盡溺死。訪之，皆平日凶淫爲患者。空中之言良信。

卷八

梦徵

唐人著《梦書》，言梦有徵。如熊羆蛇虺之梦，相應之徵也；哭泣飲酒之梦，相反之徵也；臭腐富貴之梦，相反而相應之徵也。夫人往往能道之。至如富貴榮顯，事未至而梦先徵，此曷以故？《造化權輿》曰：「形接爲事，神交爲梦。」人之神集於目，見不越百里，神限之也。集於梦則逾萬里、通百世、周天壤，形不得累之也。故徵在數十載之後而梦在當年，徵在千百里之遠而梦在瞬息。或假帝以效靈，或憑人以著兆，若此者，精有往來，神者先告也。彼或有肆而隱、曲而中、遠而近，影響附合在彼，而徵應符驗在此，此又天帝鼓舞之玄機，而何害於梦徵哉？雖然，人與人皆梦也，人生之梦覺皆徵也。烏知其爲梦？烏知其非梦？又烏知今之談梦者，非梦中之診夢耶？

昔文潞公彦博少時，隨父赴州幕官。過成都，潞公入江瀆廟，則祠官執禮甚恭，且言：「夜來夢神言：『明日有宰相遊此。』其是而公耶？」潞公曰：「宰相非所望，若他日知成都，當令廟宇一新。」慶曆中，公以樞密直知益州，方思葺新殿宇，江中忽漲大木數千章蔽流而下，盡取以爲材，鳩工營造，以雄麗甲天下。信乎事有前定，而鬼神能窺其幾也。

蔡忠懷公確，蔡黄裳子也。少年夢有告之者曰：「汝當執政，汝父作狀元斯其時也。」覺而笑曰：「鬼物乃相戲如此乎，吾父耄矣，甯有作狀元之理？」後確以元豐二年參知政事，其父殁已五年。三月，確侍殿上，聽唱進士名，南劍州黄裳居首，確始驚悟其名與父同。

定襄伯郭登，有文武才略。英廟愛之，特授勳尉。郭感激，思欲立功。一夕夢至嶽祠，見二人擔水，什荷前揖。郭問爲誰。對曰：「吾二人鄰居某某，乃不識耶？」因至嶽神前叩問功名，則神目一僧下握其手，同至方丈待茶。僧一手有六指，貌亦奇怪，參罷告曰：「公之功名自此始矣，必列五等。」既寤，以叩家人，則鄰近果有二人前夕死矣，然莫解「功名自此始」之説。未幾，詔征麓川，公爲參將分駐，欲安置，則公廨悉爲巡蒞重臣所據。守臣不得已，延館於寺。一僧出茶，六指宛然，嶽祠僧也。公乃悟前梦，勵志深入，以功升都指揮都督，爵列五等焉。

某紉匠夜梦神語之曰：「明日有五品大夫請汝作襴衫，可往也。」詰朝匠伺於家，則楊怙號丹泉者，方遊泮宮，召之。匠往，即陳其梦。不數年，楊舉進士，且有才華，殊不以梦爲意。選爲某州知州，入爲工副郎，升僉憲，薦剡且交上，不日少參矣。偶慢一貴公，貴公入任吏部，謫知州，仍入爲刑副，至正郎竟卒，終身不脱五品。

豐城涂副使爲諸生時，祈梦於九里湖。梦入古寺，花木映簾，泉聲滿户，壁間有唐詩一絶云：「月華星彩坐來收，岳色江聲暗結愁。半夜燈前十年事，一時和雨到心頭。」既覺悵然，自分科目絶望矣。越數載，登進士，爲侍御，後爲廣東副使，巡海至古寺，風景依然如梦，仰見梦詩濃墨大字書於壁，惕然達旦不寐。次日遂得罷官之報。

進士吴維新鼎，聽選京師，梦錢江樓中丞宏飯維新於孔子家。時錢公爲山東副使，維新曰：「吾必得兗州屬縣矣。」及出榜，乃臨淮知縣。迨赴任，過臨清，適錢公候武宗大駕於彼，駐節學宫。維新入謁，遂留飯，正在文廟夾室也。於是追憶前梦，適符合云。昔人有言：「明朝一飯先書藉。」由此觀之，雖一年後飯亦先定之矣。

溪亭嚴公謁選銓曹，名次已在知縣推官之列，但不知何地。一夕梦其家僮與其兄之僮同舟篙泥相争，盖湖人篙以壅桑地者，公急乘一采菱圓木桶浮至其所，各量取泥一半而覺。比出榜，乃袁州分宜縣也。人間靈梦極多，如分宜之梦至巧而神，故特記之。

湖州范藻軒洪有文名，父兄以遠大期之。其母一夕梦人報先生中舉，須臾鼓吹旗纛導送一彩幛至其家，中書一「兵」字如車輪大，諦視漸小，至如盤盂而止。其父一夕亦梦人報曰：「爾子選官矣。」亟趨視榜，見先生名下注「指揮」二字，覺而曰：「文官惡有是銜，得非總制以指揮三軍之徵耶？」又與前「兵」字梦相合，心喜之。其後累試不第，由貢選南京兵馬司指揮，始知先生之官三十年前已定矣。或曰：「若然，胡今人往往以智計取尊顯乎？」曰：「亦命也。雖然，詭遇獲禽，君子不爲。」

吾邑臨溪有吴世珣者，爲諸生時，臨督學試，梦趣裝至河，候舟往府。初遇一舟，載庠友戴章甫數輩。公急呼之，不應。再遇一舟，載同學吴成等，亦不應。正徘徊間，忽梦一友峩冠緑衣迎之，曰：「君毋怒，此皆非君等輩，吾當與君同濟。」延入其家，舉首見「集賢堂」三字。俄南向坐，門内左槐右柳植於庭，相與飲茶而寤。是科吴不利於場屋，而戴連舉進士，吴亦鄉舉，始知「非我等輩」之言。遂鬱鬱入南太學，而峩冠緑衣之祥，則未解也。後入京選，得處州府經歷。一家人負篋胠策蹇而前，有「處州吴封」四字。行至濟寧，過一牆院，忽有峩冠緑衣者見而止之。吴亟下車，若目所素習者，而初不詳其爲梦也。比延入，見堂上匾與庭中二木，始驚悟。其人曰：

「吾前經歷處州，今見公封條有處州字，故請一見。」因述處之民情風土及寄謝鄉士大，飲茶而别，一一如梦。程生曰：「噫嘻！方吴爲諸生時，去此殆三十餘年，而微末曲折，一一不爽如此。孰謂前程非分定哉？吁！亦異矣。」

東坡云：予昔爲館閣校勘時，同年丁元珍梦與予同舟泝江，入一廟中，拜詔堂下，予班元珍下。既出門，見一馬隻耳，覺而語余，固莫識也。已而元珍除陕州判官，余貶夷陵令，同泝峽，謁黄牛廟，入門惘然皆梦中所見。予爲縣，固班元珍下，而門外鐫石爲馬，缺一耳，相視大驚，乃留詩廟中，所謂「石馬繫祠門」者，盖私識其事也。

商閣老輅，字弘載，會試累不第，卒業太學。歲乙丑，梦至嶽祠，祈問前程。神目判官閲藉云：「皆有。」商喜，趨出，廊下見神吏械數人來，内一人乃從遊於太學儒士餘姚潘叔榮也，呼之不應而泣，商遂驚寤。及禮部廷試，商皆第一，潘中二榜，授陕訓導，未任而卒。壽夭窮通皆有定數如此。

狀元孫賢與同邑徐紳同領景泰庚午鄉薦，比會試，宿彰德驛，驛丞盛設待之，二人疑怪。驛丞曰：「昨夜梦神人建大旗驛門，旗上有『狀元』字，今此設蓋待狀元也。」二人竊喜，而是年皆不遇，過其驛不敢入。至甲戌，孫果傳臚第一。班中一人歡曰：「前定！前定！」則陝西刑簡，二科前嘗梦中孫遇賢榜進士，今雖無孫遇賢名而獲遇孫賢榜，非明徵耶？

【按】孫當廷試日，上偶行至其處，問其姓名，對曰孫賢，上因誦「但願子孫賢」之句。廷臣遂疑上注意於賢，舉狀元。

彭公時筆記曰：丁卯冬，湖廣永濟縣尹在途梦開黄榜，第一名彭時，國子監生。至京，遞相傳聞。予曰：「梦中事何足信？」又一人謂岳正曰：「吾昨夜梦兄魁多士。」正曰：「若梦可信，則已有人梦彭時矣。」其人戲曰：「今年有兩魁首，各占其一可矣。」已而果然，彭公爲正統戊辰狀元。先是童謡云：「衆人知不知，今年狀元是彭時。」

羅一峰公倫，江西永豐人。嘗讀書樓中，有一處女往從之，先生毅然拒絶，使不得近。後領鄉薦，赴春闈，道經蘇州，謁范文正公祠。是夕，宿舟中，梦文正揖之坐曰：「子明春榜首也。」先生退然不敢當。文正曰：「子不記樓上處女之事乎？上帝因是以子爲榜首。」臨别復遺之詩曰：「賜帶横腰重，宫花壓帽斜。勸君少飲酒，不久臥煙霞。」先生覺後自念此事雖妻子亦未知，今乃形之梦耶？次年成化丙戌，果狀元及第。

吾郡唐狀元爲諸生時，梦人語之曰：「汝登第，與里人鄭佐同榜。」徧訪里中無其人。越數年，里有鄭翁晚而舉子名鄭佐。唐赴湯餅會，聞其名，私念曰：「時昔之梦豈是兒耶？果爾，其何能待耶？」後唐正德甲戌及第，雙溪鄭公佐果登其榜，以是益信宋人葫蘆之梦不虚云。

又宋蜀人嚴儲始應舉，其鄉人蘇協生子易簡。甫三日，宴客，有日者同席。儲以年月詢之。日者曰：「君當俟蘇君之子爲狀元乃成名。」坐客皆笑。後屢舉不第，太平興國五年，始登易簡榜。其事與唐公絶類，且以見星術之驗云。

泰和曾公彦，少有時名，每科試輒梦袖中龍頭筆一枝，以手取之，則筆入内弗得。至成化戊戌，梦取此筆出之，文采焜燿，儼一龍在手，果狀元及第。

寧遠劉良中，景泰丙子湖廣鄉薦，既而十上春官不第，人皆鄙之。嘗自詫曰：「進士吾所自有，第須時耳。」每會試，必訪天下舉人費宏者，久不得。成化丁未，聞鉛山費公名，亟造之，謂曰：「今科狀元必君，吾附君榜，梦有先徵矣。」逮廷試，費果首選，劉登三甲八名。計劉梦時，費尚未生，而天榜已定，誰謂功名可倖致哉？

【按】費公鄉薦時，年纔一十六，考官閲其卷，恍惚見總角童子曰：「此少年狀元也。」及赴鹿鳴，宛如梦中所見。

王公華《瑞梦堂記畧》曰：成化甲午秋試，督學張時敏公首以華與謝公遷同薦，其年謝發解，華見黜。明年，謝公狀元及第。華時以方伯寧公良延課其子竑於梅莊書屋，夜梦歸家，如童稚時逐眾看迎春狀。眾舁白色土牛一，覆以赭盖，旌纛幡節，鼓吹前導，方伯昌黎杜公肩輿隨，自東門入，至予家而止。既寤，與竑語之。竑曰：「牛，一元大武也。春，歲之首而試之期也。狀元亦謂春元也。金白色，其神爲辛，牛之神，丑也，中之歲其辛丑乎？鼓吹前導者何？所謂華盖儀從送歸第者也。送歸第而以杜公從，意者是歲京兆尹其杜公乎？」余笑曰：「噫！有是哉？子之言殆隍中之鹿也。」及歲庚子始領鄉薦，辛丑傳臚第一，承制送歸私第者果杜公。始信梦之不誣，遂易「梅莊書屋」爲「瑞梦堂」，而操觚爲之記。

永樂初，有士人赴舉祈梦，神有告之：「禮樂征伐，自天子出。」士人擬爲義爲論以待。及聯捷鄉、會，皆不驗。後官膳部郎，文廟與群臣宴，出對曰：「流連荒亡，爲諸侯憂。」群臣無有應者，士人進曰：「禮樂征伐，自天子出。」上大悦，即擢禮部侍郎。夫一對之間而官階超擢又預定如此，彼勞心營營以求獲者，曷益哉？

吾邑汪仁峰先生循曰：余赴成化癸卯試時，弟某夜梦三貴人遊里中，因詭訊曰：

「家兄前程若何？」曰：「好太守之職。」因問曰：「竹竿上鯉魚，汝曉得否？」弟謬應之曰：「好。」曰：「可知道好也。」及余下第歸，聞梦，深以緣木求魚爲憂。後戊申，余見小女持一油扇，繪劉文龍拜鯉魚上竹故事，傍有一婦一士人，乃宋忠也，甚丑俚。怪而藏之。因憶宋政和間，吉水士人楊某赴舉，梦神告曰：「汝欲求舉，須待張果老撐鐵船時。」楊憂甚。後建炎間試士，棘闈未備，吉州就試能仁寺。楊坐定，舉目見壁間畫有張果老撐鐵船故事，遂領鄉薦。余因是竊喜之。己酉果鄉舉第四人，以應太守四品之職也。

閩人劉世揚會試入京，梦神告之曰：「今年狀元名國裳。」劉即以己名易之。及揭榜，劉僅取進士，而狀元乃舒芬，僉以爲不驗，不知舒之字則「國裳」也。事有前定，惟鬼神能知之。

【按】《狀元録》：蕭侍御鳴鳳精於星命，丁丑廷試，士人雜以年月質之，蕭獨揭芬八字曰：「此爲狀元。」詢以後事，則曰：「功名、壽數、始終，皆羅一峰。」舒瞿然曰：「止此乎？」曰：「忠孝狀元足矣。」後果如其言，今配享一峰祠。

顧文康公鼎臣父五十餘始生鼎臣，既壯，每夜焚香表祈父壽。一夕，梦黄鶴從天飛來，近視之，即焚表也，末硃筆批曰：「自此以後，田單火牛，通行無滯。」盖己丑之兆也。公初名仝，遊泮之夕，即梦宋狀元衛涇以及第篆文圖書貺之，後有一人假宿其祠，聞神語云：「明日顧鼎臣狀元來。」庠中實無名此者，忽見顧至，語以故。曰：「吾正欲易此名也。」

宋清漳楊汝南，以鄉貢試臨安，待榜旅邸。夜梦一人以油沃其首，驚而寤，被放者三。最後將揭榜，懼其復梦也，招同邸明燭縱酒達旦。至四鼓，忽僕劉五者梦中大呼曰：「油沃主人頭矣！」楊聞大慟曰：「二千里遠役，今復已矣。」同邸咸爲嘆咤。及榜揭，楊儼然登第，但油漬其名上，盖書榜時，吏誤以燈碗覆其上，不能易也。

昔王沂公父雖不學問，而酷好儒術，每遇故紙，必掇拾滌以香水收之。常發願曰：「願我子孫以文學顯。」一夕，梦宣聖推其背曰：「汝敬吾教何其勤也，當遣曾參來生汝家。」晚年得沂公，因名曾，果狀元及第。

正德辛巳狀元楊公惟聰，順天固安人。幼隨父和任長史，在塾讀書，每膳具輒至。母張訝問之。曰：「恒聞耳邊呼曰：『狀元可食飯。』」及長在京，梦人升一辛巳狀元牌曰：「送與固安楊秀才。」覺而自喜，但疑是歲非試期。及己卯、庚辰連捷，會武宗南巡未歸，至明年辛巳，楊始狀元及第。非天定乎？

嘉靖壬辰，宗伯夏公言知貢舉，申飭文體。及廷試，復命受卷官偏諭諸士，策對毋立異。既都御史汪公鋐得一卷，大詫曰：「怪哉！安有策對無冒語者。」張公孚敬取閱一過，曰：「是雖破格，然文字明快，可備御覽。」及進呈，擢無冒者第一。啟之，乃林大欽也。夏公大駭，訊之。林曰：「某次日方領卷，實不聞此言，聞之豈敢違哉？」因嘆榮進有數，人固莫能沮矣。

嘉靖壬子，福建陳公謹舉於鄉，時御史曾公佩監試。揭曉後，群士謁佩。佩曰：「今早榜出，吾少假寐，見龔公用卿來訪，諸士中必有繼龔狀元者矣。」明年，陳公果廷試第一人。又陳公嘗梦有蓮花兩朵自空中墜於庭，有仙童玉女隨蓮花而下，請陳及夫人登之，直入云端。豈非聯科大捷之兆乎？

黄公度，字師憲，自莆田赴省試，過建安黎山李侯廟謁神。梦神告曰：「不必吾言，只見陳俊卿所説是已。」黄至臨安與陳會，詢以科場得失，陳不對。黄固問之，陳大聲曰：「讓師憲做第一人，俊卿居其次足矣！」黄喜，謝之。暨榜揭，悉如其言。

此與吾歙庚子科吴公守教事同。吴夜梦神語曰：「汝今年中之名第在某友口中。」次早，遇諸塗。吴未及問，而此友先戲之曰：「我昨晚梦兄中式第十一。」吴亟稱謝，衆哄然笑之。吴後果符其言。

黟縣舒侍御公遷，在諸生日，候試郡城黄肆。及案出，同寓三四人俱與選，獨舒不得與，鬱甚。其夜，店主梦神語之曰：「汝樓上今年中一真武。」及寤，不解所梦。晨登樓，諸與選者咸踴躍起櫛沐，獨舒公以失意未起，諸友促之，則徐起，擁衾而坐，髮松然下垂。一友笑曰：「君好似真武坐壇。」主人暗識曰：「兆應是公矣。」及别，主人私慶曰：「君今科必中，勿以小挫爲慮。」其年舒果以遺才中鄉舉，後登進士云。

沈狀元少林公未第時，嘗梦朝廷召賜袍笏及狀元匾額。比入謝，遥見殿上一少年黄服者。既萬曆丁丑，皇上以幼沖蒞祚，非與梦協乎？又公嘗梦騎一大牛，而群牛數百隨其後，回首見焦從吾公亦騎一牛而群牛隨之。後果登丁丑榜首，而焦爲己丑狀頭。非梦有先徵哉？

嘉靖中，福建一士人祈梦於九里湖，梦一神曰：「汝前程在某僉憲口中。」士如其言伺某僉憲出，跪告以神言。時廉憲鄭公肩輿在前，僉憲拱揖曰：「我不足法，學鄭大人就是。」其人拜謝而去，常以廉憲自擬，即同袍亦以是期之。後累舉不第，以貢授州學正。閑與同僚雜坐，有言九里湖梦之驗者，其人不然之，且以往梦告。同僚笑曰：「大驗！大驗！彼謂『學鄭大人』，今非『學正大人』耶？『正』與『鄭』音孰别耶？」僉拊掌一噱。

時又有三人同祈梦者，夜梦神高歌曰：「金馬玉堂三學士。」三人晨起，各言梦合，舉欣欣色喜。其一人果聯登，彼二人益喜曰：「不過輸彼一等耳。」後二人屢舉不第，而一人者官至玉堂學士。二人心頗疑之，復祈於神，則梦前歌者云：「金馬玉堂三學士，清風明月兩閑人。」二人始愕然自失曰：「何物造化，調弄人若此！」遂投書去，不復應舉。程生曰：「觀此二梦，一見玄化秘密之機，一見造化鼓舞之柄。」

餘姚陳省齋公克宅，爲湖廣方伯，嘗云初入學之夕，太夫人梦天降一龍於其家，急呼人取盛稻之桶盛之。嗣後十七八年，當弘治甲子鄉試，其封公之梦亦與尊堂合。龍固奇物可喜，但不識稻桶爲何祥也。是年，江西楊月湖先生主考，發策以「何黄金許相承道統」爲問。省齋公嘗設帳於金華，閲四先生家乘最詳，因敷對倍悉。楊喜批曰：「道統一策，具見究心理學。」取之。至是始知稻桶之應云。

世廟時，鄢公懋卿巡按四川，主秋試，卷閲已定。鄢方假寐，則梦一舊皂青衣人跪門曰：「陰陽生報時。」公遽起見。時尚早，復臥，復報如前。公寤曰：「得無滄海有遺珠耶？」急起，撿一落卷視之。其文義粗通而七結多用《大學序》，鄢已疑之。及觀二三場，則純用序文湊合成篇。鄢怒曰：「此必主司關節。」置卷袖中。會諸公齊至，鄢出袖中卷以示憲長，方欲言狀，而陰陽生忽報時至，請填榜。鄢未及言而諸公急持卷出，填至二十名。憲長即以此卷登之，意是卷爲鄢所屬意，而實不知也。及宴時，問此卷安在。對曰：「已中之矣。」公愕然道故，乃召本生至，詰責之。其人曰：「某初赴試時，祖見梦曰：『汝入場行文多寫《大學序》，可保必録。』某覺，且信且疑，故頭場只寫於結中，二三場祖復申命，遂悉録之。」鄢曰：「汝祖何如人？」曰：「邑陰陽生。」「有何善狀？」曰：「在衙門專以方便人爲事，不闌取人一錢，死無爲殮，遂自服其青皂舊服而終。」鄢驚曰：「即向所梦報時陰陽生是已。」因顧諸公，嗟異良久。此余得之會友曹北海云。

長興臧損齋應奎，少時母舅宦閩，託祈梦於九里湖。其舅齋祓往，梦神語之曰：「正去採絲瓜，忽見赤羊三隻在園中吃草。」覺而述其言以復，然莫可詳解也。迨正德丙子，損齋偕其弟應璧赴試於杭，俟舟回回墳傍，有廢圃一區，中有絲瓜棚，瓜離離下垂。損齋方欲採之，轉眼間，忽見三隻羊繫籓，毛色皆赤。損齋乃大驚詫，呼其弟曰：「昔梦云云，今果驗矣。」弟不知是何祥也。是歲，損齋中鄉舉，明年登進士。

正德丁卯，吉安王君伋，元旦梦一官府門牆若掛舉人榜者，其第一名乃同學章景，餘不悉記。榜尾盡官士僧道各色人像，青紅燦爛，莫得其解。及府試遺才，五學共取九十人，而景果第一。適有相士畫圖一幅懸諸榜後，相接無間，始知昔梦之驗也。余緣茲二事，每謂臧之中、章之取，數固有定。乃瓜之采、羊之繫，與其數之三、色之赤，榜文畫圖懸掛之處，皆一一冥合，真有莫可窮詰者。嗟！異哉！

毗陵許知可，嘗獲鄉薦，屢黜於禮闈。歸及吴江平望，夜梦白衣人曰：「汝無陰德，何以及第？」知可曰：「某家故貧，何能濟人？」白衣曰：「何不學醫？吾助汝智慧。」知可寤，歸踐其言，果以盧扁之術全活人無數。後赴春官，艤舟平望，復梦白衣人以詩贈曰：「施藥功大，陳樓間處。殿上呼盧，換六作五。」知可不悟。後紹興壬子，以第六人登，因上名不禄，遂升第五，其上則陳祖言，其下則樓材。方省前梦也。

趙文憲者，廣西舉人也。嘗司教於常之靖江，與江陰孝廉沈天麟善。嘉靖戊子秋，趙梦已中式，居第九，沈中第十二。沈亦梦己登第，送一綵帳至家，大書一「利」字於上。覺以相語，驩甚。既而己丑會試，趙以初九日失格被斥，沈以十二日失格。盖二場論題出「人臣懷仁義以事君」，誤寫作「懷利以事君」也。且在隔歲之前，而所斥之日，所命之題，鬼神已先知之，謂非定數矣乎？

吾邑商山吴某，儒生也，娶某氏。當合巹夕，婦梦一金龍旋繞其帳。詰旦聞之人，僉擬爲吉祥。即吴某亦以此自負，下帷發憤，竟以勞成疾卒。後婦改適里人金龍，始知其梦之徵應在彼。此與薄太后爲魏王豹姬時日者言其當有貴徵事類，故記之。

業師雲岡先生程序，作教蘄州回，云楚中一縣尹宴客，從士夫家假銀鐘一對觴客。客去，失一鐘，大索累日不得。邑有善爲箕下神者，叩之，則書：「久旱逢甘雨，他鄉遇故知。洞房花燭夜，金榜掛名時。」詩四句，餘無所言。令不解其旨，復梦神語之曰：「可問諸廣文。」次日以詩質之學師，師亦不解，但徐應曰：「此四喜詩也。」尹即豁然有悟於其言，歸呼女奴名四喜者拷訊之，鐘立出。

退之嘗言：少時梦人與丹篆一卷，令强吞之，傍一人撫掌而笑。覺後亦似胸中如物噎狀。後一遇孟郊若素識者，熟思之，即梦中傍笑人也，遂爾相契。又翼城人尹知章，幼愚懵，梦一赤衣人持巨鑿破其腹若內草茹於心，痛甚，驚寤。自後聰敏爲流輩所尊。噫！自古文章之士，梦吞日梦授筆，夥矣。特記此一二，以見天授之不偶云。

卷九

諭冥

常人語之以倫常，則翻然忽；語之以迷幻，則悚然懼。與之過黌序，則相率掉臂；與之過梵刹，則相顧頂禮。此豈古聖之彝教曾一異端之弗若哉？無亦以簡忽所見，駭異所聞，有生恒常，而況見且聞者又復出於鬼神之靈異，徵應之不爽，與夫輪回因果之説，見謂能逃憲網而不能逃天網，可逭當世而不可逭没世，然後怠者或以奮，狠者或以懼，冥者或以思而奮且懼也。余有見於此，因頗採取耳目所逮及歷歷有徵者録之。其言雖若涉誕，而實兩間公共之理；其事雖若不常，而實報施一定之致；其道雖若不經，而實無詭於害盈福謙之訓。表而紀之，豈曰效顰《齊諧》，要以風世諭冥云爾。

大觀間，一官員買靴於京師，見一靴甚大，乃其父送葬者。問所由來，答云：「一官員攜來修整。」少頃，果見其父下馬留錢取靴。其子拜，不顧，後乘馬去。其子追至二三里許，父始曰：「世間人，冥司閻羅及城隍皆設像焚香禮拜之，學此人足矣。」其人時爲鎮江太守，往告之，且問何以見重冥司。答云：「學葛繁。」問：「葛何人？」曰：「予始者日行一利人事，其次行二事，又其次三四事至十事，於今四十年矣，未嘗一日廢。」問：「何以利人？」葛指坐間脚踏子云：「此物若置之不正，則蹙人足，予爲人正之，亦利人事也。人有恐懼安慰之，有危困解救之，有謀爲成全之，善則揚之，過則掩之。隨事隨時，隨分隨念，必利人而後已。上自公卿，下至乞丐，皆可以行，最簡最便，但不要當面蹉過耳。」其子拜而退。厥後葛以高壽坐化，子孫累世公卿，富貴不絶。

楊旬，唐大曆中任夔州推司，累積陰功。子年二十三，將應試，夜梦神告曰：「汝陰騭有感，子後必貴，若應試，須改名楊椿納卷，場屋中助子筆也。」旬子如言，遂鄉舉第六。次年赴省試，椿梦神謂曰：「今年省題乃『行王道而王』，汝可留心焉。」試日果如其梦，得雋，廷試大魁天下。夔州使君聞，請旬賜坐，令旬解推司職。旬曰：「某奉公四十年，家無資産，維積陰德，留得三個慳囊，乞台旨取來當廳開看。第一箇，有三十九文當三錢。第二箇，有四千餘文折二錢。第三箇，計萬餘小錢。」使君不悟。旬曰：「每詳讞罪囚，但遇吏胥入輕作重，有徒死罪爲流罪，即投一當三錢；有徒流罪爲杖罪，即投一折二錢；有徒杖罪者，量其輕而决放，便投一小錢。又效周箎行《太上感應篇》十種益利：一、收街市遺棄嬰孩，倩人看養。使年十五，願識認者，還歸父母。二、每逢十一月初三日爲始，收六十已上十五以下乞丐貧人入本家養濟院。每日給米一升，錢十五文，至來年期日，令其自便求趨。三、普施應驗湯藥，救人疾苦。四、施棺木周急乏。五、女使長大，不計身錢，量給衣資適人。六、專一戒殺，救護眾生。遇有飛走物，命買贖放生。七、每遇荒歉，其糧食貴糴賤賣，賑濟貧民。八、應有寺觀損壞者，修理之；聖像剥落者，裝飾之；橋樑道路溝渠不通者，咸爲治焉。九、遠鄉遊宦客旅流落者，酌量遠近賑助之，使得還鄉。十、居推司，凡遇冤枉，必與辨明。旬之男幸叨一第，皆旬平日奉公行善所致，敢捨宫廷職任而求安逸耶？」

張文懿爲射洪令時，出城過村，寺僧祇迎甚謹，邂逅過之，亦必出迎。文懿怪而問之，僧曰：「長官來，則山神夜梦曰：『相公至矣。』」一日復往而僧不出，文懿怪問之，僧謝曰：「神不我告也。」文懿以爲誕，使僧問其所以。夜梦告曰：「長官誤斷殺牛事，天符已下，不復相矣。」文懿驚悟，遂復改正。明日再過寺，僧復出曰：「昨夕山神言：『長官復爲相矣，明日當來，但減算爾。』」後果三入中書。程生曰：「『昊天曰明，及爾出王。昊天曰旦，及爾遊衍。』其文懿公之謂乎？」

學士吉水解公大紳，總角時在庠序齋宿。夜寒甚，同舍生欲飲，無可貰者，因謂公曰：「汝年少當往。」公趨至糟房叩門，貰酒一罈歸。明日公歸其直，糟主謝不受，因曰：「君他日當作宰相。」公問何據。對曰：「我妻難產三日矣，公叩門時，聞暗中語云：『丞相到來，我輩可放手罷。』妻遂產一男。方擬報謝，何敢受直？」夫人之顯貴，即童稚時已定，豈偶然哉？

宋紹興狀元王佐，父俊彦，任鎮江教授，娶葉氏，無子。一日過獄司前，見美婦供囚飯，扣其由，則以冤告。俊彦憐之，與主刑者言，獲脱罪。其夫感德，欲以妻納之爲妾。俊彦見婦入室，即避居他處，夜起寫云：「不雜人間種，恐遭天上殃。」令妻葉遣還，方歸家。未幾，葉得孕生佐。後佐當廷對時，初以董德元爲首，既而御筆取佐第一。時怳聞神言「不雜人間種，恐遭天上殃」之語，帝即詢佐：「此語載在何典？」佐備陳父事。上大悦，御書「狀元坊」三字賜之。

土木之難，張益以學士從死焉。後四十餘年，其子某印馬北邊，道出土木，設祭悲泣。是夜，梦其父衣冠來曰：「以紅沙馬與我。」既覺，未甚異之。忽從者報云：「後隊一紅沙馬暴死。」始異之。及詢之父老，益初從駕乘紅沙馬云。

張開爲荊州刺史，至郡界，風雨冥晦，不辨面目，惟聞空中有喝唱之聲。遥見衣紫披甲胄者十數人，開問其故，對曰：「某荊州内外所主之神，久仰使君令名，故相率祇迎耳。」李杲遷洛陽令，大彰威信，民吏畏服。時有進士劉兼赴舉上都，舍於村邸，至夜聞户外籍籍相語曰：「李令君今古正人也。吾輩見其行事咸破膽，此中不可久居，宜別求血食也。」兼潛啟户，寂無所見，方知乃邑之妖神也。遂書贊一首於壁曰：「狡吏畏威，縣妖破膽。好録政聲，聞於御覽。」程生曰：「觀此二公，則知正人在位，豈徒君子彈冠、小人斂跡已哉，即正神亦因以歡迎，邪神且因以遠避矣。於乎！誰謂神人有二道也？」

毘陵胡忠安公濙未第時，從姑家受徒，往來道經三官堂，堂有巫師梦神告曰：「有宰相早晚過此，我實不安，可作牆垣屏之。」公知之，随堂後趨走。是夕，巫復梦其神曰：「牆不必作，宰相從後行矣。」公後果登臺鼎，立朝有聲。神之先知敬畏如此云。

宋舊制沙門島有定額，過三百額則取其人投之海中。馬默處厚知登州，建言朝廷：「既貸其生矣，即投之海中，非朝廷本意。今後溢額，乞選年深自至配所不作過人移登州。」神宗允其奏，詔爲定制，自是多全活者。未幾，馬坐堂上，忽見一人乘空來，如世間所畫符使，左右挾一男一女，至前大呼曰：「馬默本無嗣，以移沙門島罪人事，上帝特命賜男女各一。」遂置二童，乘云而去。後果如其言，位極品。

玉華盛先生端明，南海人也。提學浙中，通政南畿，累著政績，尤精於醫。自言嘗集方書一千卷。家不殺牲，雖會客，惟鬻諸市，自奉白粥柏子湯而已，茶亦不用也。嘗自云：「諸君不信輪回盖忘之耳，若某自生時即能記憶。前生乃廣東一軍卒也，不欲言其名，父早喪，獨與母妻俱，專任百户芻牧之事，今母妻之容與繫馬之樹宛然在目。」又自述今生之父以貢選苦寒邊方司訓，年五十餘無子，因學中缺鄉賢祠，言於縣尹而圖之。既得地矣，期以明日啟土。夜梦一朝服者曰：「此吾宅也，公能存之，當使公生貴子。」明旦破土，得一碑誌曰：「端明殿學士某之墓。」遂不動，爲之封而樹之。逾年而得先生，因以爲名云。

浙廉憲周公新，南海人。永樂二年爲監察御史，彈劾不避權要。貴戚皆憚之，目爲冷寒鐵。擢雲南按察使，尋改浙江，浙民咸喜曰：「冷面寒鐵公來，吾生矣。」公至，發奸擿伏如神，務持大體恤小民。嘗濬西湖以備旱潦，使豪貴不得專壅湖利。後竟以峭直忤權奸，排擠誣死，臨危呼曰：「某生爲直臣，死當做直鬼。」文皇帝尋知其枉。一日臨御，若有人被朱袍立庭中，上問爲誰。曰：「臣周新也。上帝以臣剛直，命爲浙江城隍，爲陛下治奸臣貪吏。」言已不見。歲五月十七日實公生辰，杭人祀之，凡祈禱皆驗云。

洛中營西内門甚急，宋昇以轉運使董其役。其屬李寔、韓溶最用事，宫室、樑柱、闌檻、窗牖，皆用灰布，竭洛陽内外豬羊牛骨不充用。韓溶議掘漏澤園人骨以充，昇欣然從之。一日，李寔暴死復生，具言冥官初追證以骨灰事，有數百人訟於庭，寔言議出韓溶。冥官曰：「若然，君當還，然宋都運亦不免。」寔見牒下有「滅門」二字。後三日，溶與三子相繼死。昇時爲殿中監，未幾亦死。孰謂冥漠無知云。

岐陽王最好學，其子景隆亦喜儒者，故門下多奇士。某聞其家有張三豐所留蓑笠，過而求觀焉。其簑垂鬚已秃，但餘繩半結，披之及膝；笠已無箬，獨篾胎耳。其孫曰：「張臨別告先祖曰：『公家不出千日，當有橫禍絶粒。予感公相待之厚，故留此二物，急難時可披簑頂笠，走園而呼我也。』」去二載而大興獄，遂全家幽於本府，不給以糧。糧垂絶，乃依所言呼之。俄前後圃中及隙地内皆生穀米，不逾月而熟，因得不死。穀甫盡而朝廷始議給米。其後呼之，不生矣。異哉！

逆瑾時，文臣被關木之刑者，不令坐臥，不數日輒死。山西劉御史澤被刑時，夜有金甲神來伏於地，令坐其背上，又嘗以藥啖之。邏校多有見者。劉獨得生，後起知揚州。

【按】逆瑾初懼無以懲言者，大學士焦芳言：「文臣所懼惟杖責耳。」遂嚴加首木笞箠之法。嗚呼！孰謂縉紳有若人哉！

尚霦爲巫山令，邑尉李鑄感疾，病至困劇。霦憐之，因請所托。尉拭淚以老母少女對。及卒，霦爲割俸送其母及其函骨歸河東，爲嫁其女於士族。一夕夢尉如生，拜且泣曰：「公本無子，感公之恩，已爲力請於帝，今得爲公子矣。」是月霦妻果孕，明年解官歸，生子，因名曰穎。及長，敦厚篤孝，官至大理丞。

元周司，事前輩如父母，待同輩如兄弟。一日過江，風浪大作，船幾覆，及登岸，漁翁始云：「我昨夜梦神言：『明早當覆一舟，溺人二十。但有周不同在上，不可壞此好人。』」今見周司來附舟，故敢行。以「司」字少一直，不成「同」字也。諸人始知周司之庇，聲謝而去。又唐客師袁天綱，嘗與一書生同渡江，舟將發復登岸，謂曰：「吾觀舟中數十人，皆鼻下黑氣，大厄不久，豈可從之？」少頃，見一丈夫神色高朗，跛一足，負擔驅驢登舟。客師乃謂侶曰：「貴人在内，吾儕無憂矣。」登舟而發，至中澪，風濤忽起，危懼雖甚，終濟焉。詢驅驢人，乃婁師德也，後位至納言。

真陽縣民張五者數輩盗牛，里人胡達、朱圭、張運等率保伍追捕之，擊殺張五。盗不得志，反以被劫告於縣。縣令吴邈欲邀功，盡下圭等十二人於獄，劾以强盗殺人死罪。圭、運二人尋卒。既上府，府司理文規詳鞫得其情，反罪盗牛輩而以杖决胡達等。時元祐七年也。邈計不行，恚忿嘔血死。文規後遷臨川丞，忽疾，沉困彌月。一日漸蘇，乃言方病時，聞人呼云：「英州下文字。」即出，見公吏三四輩，曰：「攝官人。」遂與俱往。至一大官府，殿上垂簾問吳邈事，文規一一以實對。主者曰：「吾亦詳知矣，然必卿至結正方服其心。」遥見吳邈荷校於前，而朱圭、張運立其傍。吏抱所判文書出紙尾示文規，有「添一紀」三字，文規遂寤。後以通直郎致仕，年七十八矣，梦羽人云：「向增壽一紀，今且盡矣，冥司以公在英州嘗權司法，斷婦人曾氏斬罪降絞，又添半紀。」果年八十三卒。此與越州楊提舉辨明保長殺賊事同。詳具《爲善陰騭》。

峽州程夷伯，年二十九。一夕梦其父謂曰：「汝今年當死，可問覺海。」一日，遇蜀慧僧名覺海者，告之故。僧覓水一杯，呵氣入水中，令夷伯飲之，曰：「今晚可得告梦。」即梦至一官府，左廊下男婦衣冠嚴整，皆相欣悦；右廊下盡枷鎖縲絏之人，哀號涕泗。傍有人云：「左廊是修橋捨路人，右是壞毁橋路人，爾若求福壽可自擇取。」夷伯梦覺即發心，凡橋樑道路，捐資修創。覺海復來云：「汝力行善，壽可永延。」果享年九十有二，五世京昌。

蜀張文錦者，都憲張公佳胤父也。時父守拙翁感異鳥之祥而生公，生五歲不能言。一日，忽指家所奉像而問父曰：「此何像也？」翁曰：「而大王父也。」公笑曰：「何所從田舍翁服而不具冠帶爲？」翁心異之。洎長，豪宕多大節。鄉有度正侍郎者，仕宋爲名臣，墓蝕於寺。公蹤跡得之，謂寺僧曰：「以侍郎墓故置守寺，若輩乃以寺泯墓耶？」亟命僧立碑復墓，而自祀以少牢。是夕，梦有冠而袍笏者謝曰：「微公，吾鬼遂餒，敢報公以白馬黄牛。」公不解。後都憲公成進士，令滑，迎太恭人就養。至黄牛峽，舟幾覆，若有引之傅岸以免。滑大盗劫令，令自拔騈鎩間，卒擒賊。滑，古白馬地也。人始知度公報德之言，更以一少牢謝焉。按公之先，楚孝感人，有張天性者避元寇入蜀，舟宿黄陵廟，聞有呼者曰：「吕奉里，宜孫子。」三呼而以黄土投舟中。天性起奉土而趨至銅梁，愛其山川之勝，詢之土人，曰：「此吕奉里也。」以土色驗之，良然，遂家吕奉而生都憲。人咸稱奇焉。

王梅溪公十朋自言：幼時一鄉僧見之，謂曰：「此郎嚴伯威後身也。」予不諭。

後訪諸叔父寶印大師，乃曰：「嚴伯威，汝祖母賈之兄也，博學工詩，戒行甚修，汝父母以無子禱求甚力。政和壬辰正月，伯威卒，汝祖一夕梦伯威至其家，手集衆花結成一大毬遺之，曰：『君家求此久矣，吾是以來。』是月，汝母有脤，至十月而生汝。眉目嗜好多與伯威類。僧言良然。」《王十朋集》。

馮大參京，嘗患傷寒已死，家人哭之。已忽甦云：「適往五臺山，見昔爲僧時室中之物皆在，有言我俗緣未盡，故遣歸。」因倣文章記之，屬其子他日勿載墓誌。

毘陵胡忠安公濙，生而髮白，彌月方黑。生之夕，母梦一僧持花以遺之，覺而生公。居數日，有吴僧至其家索觀，公見僧即笑。父問之。曰：「此吾師天池高僧後身也。先師嘗示梦，今生汝家，後當顯，遂命我來見，以一笑爲記，今果然也。」夫高僧修行至於轉世而又自知，覺則覺矣，豈其意念有所注而墮此耶？不然，道行高妙者自成正果，不落輪回矣。程生曰：「胡公爲國朝名臣，寧須假此？第記之以見世有此輪回事耳。」

成化辛丑，長洲瓜涇小民王敬病死，一日復生。問之，云：「初病篤，有冥吏追之，見主者坐殿上，判官方與吏胥算運。敬潛聽吏算訖覆云：『大學士公尚有數月，小學士只有月餘。』既而引敬見訊，主者驚曰：『非此王敬，急放回！』敬竊問旁人殿上主者謂誰。曰：『閻羅王也。』問何姓。曰：『蘇州參政范仲淹也。』」遂寤。時商公父子俱無恙，既而學士良臣公病死，久之，閣老乃卒。審其時無爽云。

江右張水部公克文，與弟欽甫計偕。弟患痢，抵桃源，同舟友人不能待，乃移弟同在蕭寺，奄然逝矣。己卯七月二十八日也。肌消骨立，脊腹相貼。爲治具就木矣，獨以暑月無屍氣爲疑，弗忍斂。又十八日而復生，言關公差往治水諸事。調攝月餘，偕北上，水部即以明春登第。後萬曆癸未，欽甫成進士，尹涇縣。詳具《回生傳》。夫死而復生，世亦聞有，至十八日更生，此亙古所無者，紀之以徵異云。欽甫諱堯文，新淦人。

常德龍公德孚，郡理一所公膺父也。居常持齋佞佛，後起家二守寧波，謁觀音大士於南海，誤坐一經櫃，倏忽僕死於地。一時僧徒咸驚懼，莫知所爲，中一僧亦慒地，良久甦曰：「適佛天命我云：『同府公雖名好佛，而信道不篤，常時既食牛肉，今又坐我經櫃，吾是以降罰之。若歸語同府，速改則可，不然者罪且無赦。』」須臾龍公亦甦，所言一一與僧合，衆復驚異。於是龍公齋祓拜表，懺悔謝罪，終身不復食丑。仍書其事，刋布四方，以示勸云。

新安衛揮使某者，蚤艱嗣，屢禱白嶽山神弗應。後年艾，禱甚力，梦神告之曰：「若家世襲金紫，非其人弗克享。吾爲若徧訪弗獲，脱有之，陽數尚未盡，今始得城東一鬻屨老人，當以畀若。」是後妾果有身。揮使微服步城東，見一老者，面微疤，捆屨以爲食。詢之，則曰：「吾業屨有年矣，諸見同業者率爲二制，捆屨則以售居人，濫惡則以欺行旅。晴則平價而鬻，雨則倍價而售。吾之織有巨細而無精粗，又天霽則平其直，雨雪則減其直，以雨雪泥淖載途，其屨易敝，故必減其直也。」揮使有味乎其言，私喜而歸。至期當産，命健兒覘視，則老人織屨如故。迨日下舂，老人忽扣屨經斷，僕地而逝。健兒奔告，而家已産一子矣，面有微疤，是其證也。程生曰：「老人非處士之屨，却能當貧窶之中，平心應物，不因時加直，而反減之，其一念之善有足採者，是宜神明鑒之，誕降世胄，以食厚享於無垠也。彼以小善爲無益而弗爲者，何其無見此哉！」

俞時福者，廣東人也。美豐容、善聲律。娶同郡一女，相得甚，誓不再婚娶。亡何，妻得疾瀕死，謂其夫曰：「始吾以從夫子於皓齒也，故爲盟誓以固君。乃今修短命矣，願早圖繼室以昌厥後，是渝盟而賢於遵盟也。」福唯唯。婦遂出玉戒指二，一以授福，而自手其一以殉。福痛憊不欲生，族人勸之娶，輒唯唯。逾年，友人余文教攜之京，薦居分宜氏門下。時分宜有友張某者，窶甚來謁。分宜憐之，以醫薦於吕公南渠等，一日而得萬金。明年還家，挈妻并一女來京。其女一日睡去，梦見嫁一士人，與夫甚相得，臨死不忍别，带玉戒指一枚，醒來戒指仍在手。大呼其夫姓名，舉家驚愕莫應。時福同張在分宜門下，素相善，急趨視之。則見女呼之曰：「吾夫在此！吾夫在此！」福驚訝反走。女即近身與福敘分隔，出戒指與福合，且道疇往事甚詳。福曰：「是也。」於是遽言之分宜，分宜遂爲媾，以女歸福。時張未有子，貲悉歸福。後女舉子二人，後先成進士。

河南府龍門南有婦人曰司牡丹，爲夫蹴死。越三年，同鄉有袁馬頭死而復生，自言：「我司牡丹也。」召其家人驗之，語音良是。云死後其魂徑往薄姬廟中爲侍婢，得袁死乃借其屍還魂。所言甚詳。時懿文太子自陝西還，以其事聞於上，遣中使召至，面問確實，賜鈔帛遣還，召兩家同給養之。事在洪武廿四年八月也。

吴人張伯起記：孝廉張越吾者，三輔人也。失其名，侍試輦下，中煤毒暴死。張無子，一女曰喜姐，聘同鄉李上舍子，未行。死之日，李在北雍，因經紀其喪，閲篋中裝，有珠一封，識而封之，因乞假護喪歸。張婦出，哭而謝，備陳所爲經紀事。李怪問之，張婦具言所梦，又云：「『我今奉上帝命爲都城隍，當時歸視汝，歸則壁中有車馬鼓吹聲。』因是知，所以謝。」李聞驚異，然亦以始死魂魄未散耳。無何而壁中隱隱有車馬鼓吹聲矣，女之鄰人亦聞其家隱隱有車馬鼓吹聲矣。如此者五六年。一夕，李梦張至，謂曰：「我因數數顧家，帝復遣我托生高唐州林秀才接武家爲子。後六年，君謁選，當二某邑，時則喜姐已適君子，擕之，行經高唐，須遣來童訪我。」來童其故臧也。李驚寤而識之。及期謁選，果如梦所擬。已擕家過高唐，遣來童訪之。比至，兒即呼曰：「來童！汝來乎？」來童驚曰：「兒何識我？」兒曰：「我汝故主張越吾也。」來童拜且泣，聚觀者如堵。既而李夫婦與喜姐至，兒初持李泣且謝，李婦欲提抱之，却去不可，曰：「親母無兒我，我固親家也。」已擕喜姐手以泣，言：「汝母孤苦，今奈何？」又言：「京師爲汝購珠一封，非汝翁封識，珠亦不可得矣。」是時，曹侯鐸守高唐，聞之，上其事於郡伯羅。羅令林生抱兒入，兒長揖稱「公祖」，若猶自謂孝廉也者。林教以爺稱，兒不應，强之，則曰：「老師。」羅因叩之曰：「兒今日知爲兒耶？爲成人耶？」亦不應。再問之，則曰：「師以我爲兒耶？爲成人耶？」衆皆竦然。因問前世中某科鄉試，則曰：「進其道榜。」問某題，曰：「一人定國。」問：「能記憶所作乎？」曰：「墨首尚能成誦也。」張子曰：「設令張客死時李有侵漁其間，當愧死矣。故特筆之，令世人負鬼責者知所儆夫。」君子曰：「莫謂人不知，而鬼知之更昭昭也。」

元薛世南爲山西僉憲時，言一皮匠忽晝見二急脚召渠，云是冥府命。其人令家人作饌供二冥使，家人無所見也。遂沉臥若死，三日後復甦。云至一官府，一人冕服坐殿廷，問曰：「汝知罪否？」皮匠曰：「某平生未敢造惡。」王者命以物如青泥之狀塗其頂，久之，心骨醒然，累世之事皆能記憶。王者曰：「白起坑長平四十萬卒，汝不預乎？」其人乃王紇九世身，對曰：「起坑卒時，某阻之不聽，非某罪也。上帝以某有陰德，賜某八世爲將，今九世矣。」俄而械起至，羸然一鬼囚也。與之對得其情，復押起入冥獄，夜又果放還。自後棄所業，乘馬出入士夫家，談其前世事云。

惠州一娼女，震厄死於市衢，脅下有朱字：「李林甫以毒虐弄正權，帝命列仙三震之。」則此女子偃月公後身矣。天誅三世，可畏哉！元和元年六月也。

雷申錫者，江西人，紹興中南省高第。廷試前三日，客死都下。捷音與訃踵至，其妻日夕泣哭。忽一夕，梦申錫如平生，自言：「我往爲大吏，有功德於民，故累世爲士大夫。然嘗誤入死囚，故陰府罰我凡三世得意即暴死。前一世任久淹，後忽以要官召，竟卒。今復如此，凡兩世矣。至後世乃可償宿譴。」其事可爲治獄者之戒。《清尊録》。

唐段遘，貞元中嘗過黄坑。有從者拾髑顱骨數片，將爲藥，一片上有「逃走奴」三字，痕如淡墨。夜梦一人，掩面從其索骨曰：「我羞甚，幸君爲我深藏之，當福君。」從者驚覺，遽爲埋之。後有事，鬼仿佛梦中報之，以是獲財致富。

吴江居民沈氏，日爲屠酤之業。元統間，有獄卒押桎梏者五人至其家買酒，謂沈氏曰：「我五人此行必死。吾有金銀若干兩寄於汝，回日共分之。」逾年，畜豕數十口。一日，豕於圈中語曰：「請沈公與我輩相見。」沈驚見之。謂曰：「我是前寄金銀者，汝當速殺我，賣勿論價，必再生人世以享所寄也。」沈氏如其言。一夕，梦前桎梏一人來曰：「我當與汝爲子。」後生一子，名伯起，勤於治家，頗好讀書。有子有孫，爲東溪税户，傳家不絶。

柳柳州曰：「州舊有鬼名五通，余始到，不之信，因發篋易衣，盡爲灰燼。余乃爲文醮訴於帝，帝懇我心，遂而龍城絶妖邪之怪，而庶士亦得以寧也。」此子厚親記之《龍城録》，與韓公驅鱷魚同功矣。

鄱陽龔紀，與族人同應進士舉。唱名日，其家衆妖兢作，牝雞或晨，狗犬或巾幘而行，鼠或白晝群出，至於器皿、服用之物悉易常度。家人驚懼，召巫治。時尚寒，有一貓臥爐側，家人謂巫曰：「吾家百物皆爲異，不異者獨此貓耳。」於是貓人立拱手言曰：「不敢。」巫大駭而出。後數日，捷音至，二子皆高第。乃知妖異未必盡爲人禍也。余因檢《狀元考》云：茅見滄先生會試時，家中一廚碗有聲如雷，碎者居半，人皆曰必有奇禍，俄而狀元報至。亦與此類。

宋末有徐神翁，自海陵到京師，蔡京謂之曰：「且喜天下太平。」是時河北甫定，徐曰：「天上方遺許多魔君下生人間作壞世界。」蔡云：「如何得識其人？」徐笑云：「太師亦是。」按蔡帥成都時，遇一婦人多髮如畫，名毛女，語蔡云：「三十年後相見。」言訖不知所在。後蔡致仕，忽人來云：「毛女有書。」啟封，大書「冬明」二字，莫詳所謂。及貶潭州，至東明寺死，始驗云。

王黼宅與一寺爲鄰，有一僧，每日在黼宅溝中流出雪色飯顆，漉出洗淨晒乾。不知幾年，積成一囤。靖康城破，黼宅骨肉絶粒，此僧即以所囤之米復用水浸蒸熟，送入黼宅，老幼賴之無饑。出《貴耳集》。

至元辛巳，廣州黄同知夫婦皆病，異榻而寢。其妻梦吏執文引從卒數人，持扭鎖揭帳如擒捕狀，一人曰：「此非也。」遂過對榻揭帳曰：「是也。」夫婦魘而覺。夫曰：「我必死矣。盖我招安時多殺無辜，今皆至矣。」逾日而卒。

台州城中委巷有興善廟，神頗顯應。有趙小一者，遊其中，遇商擕囊金息肩廡下。入夜，小一殺商人而奪其金，祝神切莫説。神語曰：「我倒不説，只怕你自説。」小一驚走。越數歲，小一同所善友過廟門，詫曰：「此廟神極靈。」友人問故，小一具言其事。後小一與友人有隙，以其事訴之官，小一坐死。神與惡報不爽云。

蘇民易裕潁，與子居潛相繼逝，遺妻鄭氏寡居，田宅盡爲侄居松盜賣，鄭氏凍餒死。弘治癸丑四月廿四晚，居松之妻蕭氏，爲鬼迷誘入嶺後塘中，家人徧索不得。次早見蕭氏兩手牢據塘涯樹根以自固，得不溺，遂扶翼以歸。良久乃甦，道二鬼詈曰：「我即居潛夫婦也。爲爾夫婦蕩我業，致我母死於凍餒，今必置汝於死。」相持至天明始去。踰月，居松夫婦相繼而亡。程生曰：「嗟夫！人死則魂散，同歸無何有之鄉矣。孰意居潛之夫婦乃赫然顯靈如此哉？故具録之，不惟著昭應之跡，實爲不孝子弟蕩覆先業不顧諸母之養者戒。」

江陰李恭敏有坊豎於門首，近世子孫以故址賣於里人薛氏，獨坊尚存。客與薛云：「薛君之門，而存李氏之坊，非其宜矣。」薛深然之，乃以錢百緡貽李之尊行者唐卿徹其坊。是夕，唐卿囈語呻吟甚苦，妻急呼之，覺曰：「我梦見袍笏大官，自云是我祖，責我不能世守其業又毁其坊，且罵且撻，我負痛號泣，故致此耳。」語既暴死。越明年，城毁於兵，薛氏屋復爲瓦礫之區。

嘉靖甲子，關西人李良雩，平日不知何似，一夕忽變爲婦人。宋侍御按彼中形之奏牘，想亦不妄。盖陰陽盭戾，則有物怪人妖之異，如譚景升《化書》云：「至暴者化爲猛虎，至淫者化爲婦人。」荀悦《申鑒》亦云：「男化而爲女者有矣，死人復生者有矣。」吁！亦詫異矣哉。

卷十

物感

昔楊寶飼食救雀，四世三公；君謨感梦放鶉，累葉通顯，人士至今稱之。然猶可曰「太上好生」「作善致祥」云耳。至如所稱義虎、義馬之屬，讐仇相報，若有深激於中而大快於人者。將謂物之不必然乎，則聞見所紀，彰彰不謬；抑謂物之有必然乎，則人懷五常，反物不若，安所折衷哉？嘗試思之，物之異於人者形，而血氣心知之靈性，固自同也。物得其同而不梏於異，而又有福善禍淫之天以牖其衷而假之手，故大快於人若此耳，曷足異哉？至於全生者獲報，多殺者罹殃，史傳時亦載之。要亦物之自以爲無患，於人無争者言之，而非如釋氏持齋戒殺懺悔祈福之謂也。不然，焚山澤而驅獸，豢六畜以養人，則古聖王固殘忍之尤者，而何以稱焉？

韋丹，京兆萬年人。嘗乘驢至洛陽中橋，見漁者得一黿長數尺，聚觀者皆欲市而烹之，丹獨憫然易以所乘驢，放水中，徒步而去。數日後，丹問禄命於胡生，遇一老人自稱元濬之，稱謝活命之恩，因授書一册，曰：「知君欲問命，輒於天曹録得一生官禄行止所在，聊以爲報。凡有無皆君之命也，所貴先知耳。」又贈丹錢五千文。後丹自五經及第，又某年授某官，日月皆無差焉。終江西觀察使，二子俱貴顯。

昔劉彦回父爲湖州刺史，有自銀坑回以大龜獻，曰：「得此龜者壽千歲。」其父仍送坑所。父殁，彦回爲房州司士，忽山水暴至，平地數尺，一家惶恐，未知所之。俄有大龜引路，皆得淺處，遂脱水難。是夕，梦龜曰：「昔在銀坑，蒙先君救脱之惠，故奉報。」

歙方公廷璽，嘉靖中爲山陰令。適漁户以一龜送縣，龜見公以頭朝拜。公遣人送之海灘，龜不遽去，復顧岸上點頭如叩謝狀。差人復送之水，龜仍露頭水面，點頭三復而去。其年紹興抖起洪水，居民府治俱被水，惟縣治獨無恙，僉謂全龜之報。

余過彭城，見一義虎橋，詢之村人，謂先時有一商病且革，醫謂得虎糞而後愈。會村中捕一虎，亟買虎得糞而食之，疾遂愈，因縱之去，不忍殺。後數年，商遊齊魯之墟，夜歸，誤墮虎穴，自分必死。衆虎咆哮來噬，有一虎如攔阻之狀，商諦視，乃昔所縱之虎也。虎晝則出取物飼之，夜歸若爲之擁護者。月餘，商囑之曰：「吾因迷失道至此，幸君惠我不及於難，父母思我一見而不可得，君能置我於大道乎？」虎作許諾狀，伏地摇尾招之，商喻其意，伏虎背而出，相顧悲鳴而别。後人作橋以表焉。

聞一里婦寠甚，一日泣於門傍，忽一虎蹲踞在前，婦曰：「來得恰當，請食我貧身也。」虎翻曲在地，見爪下刺一竹簽，即與拔之而逸。過數日，銜屍在門，婦曰：「我貧如此，尚欲害我耶？」虎以爪指腰縛囊金，婦遂取之，徐銜屍去。噫！毒如狼虎尚知所報，今受人之恩而反害，曾虎狼不若矣。可慨哉！

熊慎，豫章人，其父以販魚爲業。嘗載魚宿江滸，慎聞船内千百人聲，驚而察之，乃船中諸魚也。遂嘆異，悉取放之，不復以魚爲業。後鬻薪於石頭，貧甚。嘗暮宿江上，忽見沙中有光豔高尺餘，就之得金數千斤。明日詣市貨之，市人云：「此紫磨金也。」酬鏹數十萬。由此鉅富，子孫數世不乏。

宋噲參奉母至孝。曾有鶴爲弋人所射，窮而歸參，乃牧養療治，瘡愈放之。後鶴夜到參門，秉燭視之，雌雄雙至，各銜明珠來謝。鬻數萬緡，家遂殷富。

吉水王公維楨，以太學生除夔州通判。會石和尚流劫入夔，是時，王同知受檃捕賊，性懦而猾，托疾不敢出。公即代勒所部民兵晝夜行至吴山，與賊戰，殺渠魁三十三人，賊遁歸。三日，復劫屬邑大昌，公促王，王又不行，而指揮曹能、柴成爲王地，詭辭激公曰：「公能爲國討賊乎？」公即聲應。奮然勒民兵與賊夾水陣，已而麾民兵畢渡趣戰。曹、柴望塵走，公陷圍中，誤入淖田，不得脱。賊欲降公，公奮罵，賊怒，以刀斷其喉及右臂。馬逃奔至府，凡三百里，值府門闔，長嘶踶其扃，若告急狀。守者納之，血淋漓，毛鬣盡赤。後二十五日，子廣始得公屍殮之，面如生，不以暑腐。

然貧甚，不能歸也，因售馬於王同知。王既得馬而不償直，槻既行。一夜，馬哀鳴不已，王命秣者加莝豆，亦不止，因自起視櫪，馬騾齧其頸不釋口，復奮首擣其胸僕之地。翼日，同知嘔血數升死。賊既平，有司正功罪，曹、柴以法誅，公贈奉議大夫，録其子。羅文恭曰：「自昔相傳義馬事不一，皆言臨難能相濟也。若夫辨讎怨微隱間，切齒碎膺，期在必報，即在人猶且難之，豈公忠義之氣通於鬼神有使之然哉？彼欺人不見，中以危機，既得自全，復利其所有，此其計至深秘也，然卒不可逃若此。」

狄靈慶，少從袁粲爲師。粲欲舉義兵誅蕭道成，謀泄被害，僅遺一子甫十歲，其乳母將之以投靈慶，盖以程嬰之保趙孤期之也。靈慶利其購賞之厚，奔告道成，殺之。乳母日夕泣訴於天。未幾，靈慶忽見袁兒騎一狗戲如常時，狗走進其家，將靈慶噬殺於庭，一門妻子皆爲狗害，一時共稱之曰義狗云。

天長縣民戴某妻牧牛於野，家有守狗隨之，俄入草莽不出。戴妻牽牛尋之，未百武，見虎據犬而食。虎見人至，棄犬而搏戴妻。牛見主有難，忿然而前，虎乃什人而應牛。二物交持逾時，牛輒勝虎。程生曰：「觀此不惟見牛可敵虎，而凡所畜之獸亦有仁心爲主者。彼世之臧獲，方主盛時，則藉其勢以呵斥人，勢衰則媒孽主失以反噬，何禽獸之不若哉？」

南陵寡婦梅氏，孀居七年，以勤治麻枲致饒裕。乃畜一犬以防竊盜，每食飼之，亦豢養七年。邑豪王爐强欲娶之，梅知不可持，遂候姑臥，盛服密縫其衷，縊死於室。犬環室哭三日，死於屍前。舉家義之。

表侄吴乾夫爲余言：其從兄家畜一犬，平日無他異。從兄有二子，遇仲子視長兒過嚴，慨不當意輒撻之流血。犬每見其痛楚，以頭搶地爲哀救之狀。一日，命其子下村收責，得金八錢，至門而失之。犬後見金則銜而掩於其穴。及父問所得金，子張惶失措，不敢以實對。歸與婦訣，欲自盡。妻曰：「汝死，吾安用生？」二人相持大慟，所親及宗黨聞之，嘆曰：「一金之微，安可使傷二命乎？」爲遍呼得金者，愿與中分。正閧間，見犬齧其裾，欲有所往，遂逐之，更齧不置，遂隨之去。俄至其穴，則以嘴哄開浮草而金出矣。衆驚，義之。

萬安皂口驛下四十里，有舟子夜梦人求渡至皂口，謝銀一錢。覺而心怪之。天微明，船艙内忽撿得紙包，沾水猶濕。開視之，銀果如數，而覓其人不得。忽林莽中有蛇昂頭若欲渡狀，舟子曰：「求渡者，汝耶？則密休後艙，無驚前艙秀才也。」蛇如言入伏。少頃，至皂口，舟子以杖扣艙，語曰：「渡船者可上岸矣。」蛇以頭左摇，舟從之左，委蛇而去。舟子停橈，密偵蛇所往。時有艙船工人在水次，蛇忽從左浮水過，齧内一人至死，復轉回攛叢莽中去。舟子驚訝，以爲前生孽也。

成化間，有一富商寓在京齊化門一寺中，寺僧見其挾有重資，遂約衆徒先殺其二僕，屍壓其上，實之以土，全利其所有。越二日，有貴客遊賞過其寺，寺犬吠嗚不已，使人逐之，去而復來。官疑之，命人隨犬所至，犬至坎所，伏地悲嘷。官使人發視之，屍見矣。起屍而下有呻吟之聲，乃商人復甦也。以湯灌之，少頃能言。遂聞於朝，盡捕其僧，置於法。是歲，例該度僧，因是而止。

元至正初，盧玉尹荊山，忽有一巨龜登廳前，兩目瞠視，類有所訴者。令卒尾之行，去縣六七里，有廢井，遂跳入不出。卒報，集里社汲井，獲死屍。乃兩日前二人同出爲商，一人利其有而殺之。掩捕究實抵罪。死者家屬云：「其人在生不食龜，見即買放生。」一念之善，造物者即已鑒之，而使之雪冤耶？異矣。

往聞一里胥下鄉督賦，鄉民苦貧，謀將伏雞爲餉。里胥夜梦一小女子來前丐命，因悟，止之。後再至索賦，則見一大雞領一群雞踴躍向前，若拜謝之狀，俄忽不見。里胥去未半里許，遇一虎，胥惶顧間，忽柴桑中飛一物出，啄虎之眼，虎驚而退，物死於地，視之，乃前所救之伏雞也。胥泣，葬之而去。

湖人業蠶，其事先蠶甚肅也。弘治中，有大族伍氏以蠶致富。偶一歲，蠶多而桑少，乃棄蠶十餘筐，使僕瘞之土窖中。一日，命三僕駕船市桑不得，途中忽有大鯉躍入船，三人喜載以歸。舟至皂林，邏者見其櫓拽迅速，意其有奸，捕之。發艙，乃見人股。三人相顧駭愕。執以詣官，拷掠備至，遂誣服。詰其瘞屍所在，三人曰：「埋於家之隙地。」即令吏卒押至其家。妄指一地，即前瘞蠶之所。蠶悉不見，唯見一屍，身首俱完，特少一股。其家莫能自明，乃并其主抵罪。

昔陸孝政欲收一聚蜂不得，怒以熱湯沃之，死無遺者。未幾，於其地忽爲一大蜂所螫而死。周昂嘗晝寢，户上有一燕巢，三雛呢喃待哺。昂怒以蒺藜與之，皆胃裂而死。其後三子皆啞。王愈忿鵲噪而生斷其舌，其後竟死舌瘡。張霖忿蛙之鳴而沃以熱灰，其後忽爲湯爛死。然則人之於物，是可以惡爲能，忍作殘害乎？既作，得免罪報乎？

芝里朱某者，平生最惡蜂竅。樑柱間每見蜂從竅入，輒以物塞之，雖在高處，必設梯以塞，在他人家見之亦然。後連舉二子，穀道皆塞而不通，人教以稱尾燒紅鑽之，俱死，嗣竟絶。乃問於紫姑神，神降筆告以塞蜂竅之故。此聞之嘉禾東畦公云。

武陵陳某者，父某，嘗遣家僮收責於後村。其人急無以償，而家僮恚，遽批其面，某心恨甚。久之，俱物故矣。後陳某家有畜犬頗馴，一日，突入鄰家齧其女孩頸見血。陳某以犬齧人爲鄰所訴，遂擊殺犬。夜梦犬謂曰：「吾後村某也。宿負公家谷六石，業爲犬守六年償矣。所齧鄰女，則翁之家僮，以批我頰宿恨，故報也。今宛債業俱盡，而故所貸注藉未銷，願賜憐憫。」乃檢父故篋，果得券。陳某子與龍伯貞子同年舉於鄉，伯貞間面徵其事，信然。人有貸於伯貞者，視其家無償則置勿索，重犬戒也。潘雪松曰：「予初入官，揭柱聯云：『一來還債，從前億萬年盡行勾銷；一來放債，從後億萬年永不責償。』」

長興有王某者，素狡而横，武斷鄉曲。每設計買人田産，既成券，僅償半價。放債則措其原契，既還復索，習以爲常。人畏其横，莫敢與争。亡何，暴卒。鄰家偶生一牛，主人視之，忽作人言曰：「我鄰人王某也。陰司以我設心不善，且嘗負爾田債，故罰爲牛以償。今煩招我子來，令其措置奉還。」主人大驚，急呼其子。子亦兇暴，掉臂入門曰：「牛何在？」牛不即應。其子咆哮怒罵主人，欲逞兇拳。牛乃作人言曰：

「頃者爾來問『牛何在』，吾憒且羞，故不爾應。爾尚不悟而毆人耶？」因歷數「某產付價未足，仍該若干；某債原契未還，今在何篋。一一爲我處分，以脱我罪。」言訖即掊地而死。

楚應城縣小民陳有福子陳忠死，一夕，托梦於伯父曰：「我父曾欠某表伯銀三錢，今閻司令我往彼家爲白豕以償之，望亟語吾父早贖負，幸甚。」伯父驚寤，語弟，弟即馳往表兄家，詢以曾産小豬否。表兄指田間一群羸豕，視之，福即向豕疾呼曰：「陳忠！陳忠！」果見一豕蹢躅而來，視之，頭足盡白。福不覺嗚咽長號，抱豕而慟。其婦亦趕至，相與擗踴僕地。表兄大駭，不知所爲。福徐語償債之梦，願以所戴椶帽償之。表兄不受。福曰：「以宿負未還，故爲豕以償，若復白受此，則負將益深，不知他日當何如償也。」乃笑而受之。福夫婦乃攜豕過家，食以人食。踰年，問於法師，曰：「彼已變爲畜，不屠終不能脱化。」遂延僧懺悔，號泣屠戮而投之河云。此聞之吾族之客應山者。

洛陽畫工解奉先，爲嗣江王家畫壁像未畢而逃。及見擒，乃妄云功直已相當，因於像前誓曰：「若負心者願死爲汝家牛。」未幾，奉先卒。歲餘，王牸産一騎犢，有白文於背曰「奉先」，觀者日夕如市。時明皇二十年也。

白元通者，欠東市楊筠錢五貫四伯文，未償而筠死，遂昧其事。死後乃生筠家爲驢。一日，筠子乘之入，忽作人語曰：「我乃白元通也，只欠汝父五貫四伯，遂至於是。今南市賣面家欠我錢數亦相當，可賣我於彼以償。」筠子如言賣之。兩日，驢死。

張東海弼文集云：主事過公大樸分司濟寧，幼子令僮升木取一鵲雛，雛母見而啄攫面至流血。少頃，其僕供茶於客，鵲復來，又聚至七鵲，噪摶不已。幼子畏之，還雛乃散。又有施理之者，嘗於園樹探取鴉雛，鴉群聚入堂中，喧叫竟日，施不之放。後街衢露坐，或行稠衆中，鴉忽下而啄，或掠鬢而飛擊焉，如是者數月。噫！鳥尚知抱怨，况於人乎？

王五者，京師酒工，每見酒内及水中死蠅，輒用乾灰掩之，俟活，放焉。後被誣逮，罪當死。官方執筆書判，有數蠅抱筆頭，不能書，逐去復來，如是數四。官疑其冤抑，以其事白之朝，罪遂釋。

李紀善彈射，好殺生。其父知巴州，紀設綱於廨圃，登樓伺之，忽見群鵶觸綱。紀喜，徒跣赴之，忽爲巨刺所傷，遂死。已而復生，謂家人曰：「我至陰司，王者責我曰：『衆生於汝何負而汝殺之？汝本厚禄遐壽，以殺生多，今皆削盡矣。當曆諸苦。』」孰謂殺生無報乎？

福州儀門外，夾道植樹，每樹有白鷺十數巢其上，守惡其穢污，欲伐木而未言。是夕，梦有介胄者告曰：「願明府少停數日，吾當盡徙。」越三日，群鷺悉空。噫！發念未啓而禽鳥先覺，是人或可欺而鬼神不可欺如是夫？

黟縣汪公明，字廷瑞，令湖口。見群烏哀鳴於庭，疑之，命人隨烏往數里外，見茂林中鳥巢數十，皆未成雛。訊之，則明日伐是樹也。公曰：「吾爲一邑民物之主，可不全其生乎？」即召其民止之。舉邑頌其仁。尋升歸德守。

白黿年，曾遇異人，授素書一軸，能辨九天禽語、九地獸語。一日過潞州，方與太守坐，適吏驅三十羊過庭下，一羊鞭之不行，且悲鳴不已。太守曰：「羊有説乎？」白曰：「羊言腹有羔，將產，俟產訖，甘受死。」太守乃留羊驗之，果生二羔，遂捨之。

陳懷四家有黑白二雌鵝，兩巢相并，各哺數雛。越數日，黑鵝死，衆雛失怙焉。其白鵝每晨必至其巢，呼雛與己雛同啄園中，晚必引其雛至巢乃去。以一物之微，而恤孤之仁、同類之義，隱然在矣，宜乎義之之愛之也。

余少時，見對門芮家貧甚，畜一犬，惟齕糠粃與臭穢耳。比鄰姚店有二犬，犬牢中粥飯甚贏餘，僅一竹籬爲限，且多空竇。姚犬時向籬邊低聲摇尾，若有招呼之狀，而芮犬幡曲臥地上，但略昂首而已，竟不過食其餘。余每見而異之。吁！二物尚爾，苟人而不仁不義、貪饕無恥，則禽獸蟲豸不若矣，何以爲人哉？二項出《紀訓》。

衛敬瑜妻王氏，夫死守制，常有雙燕巢梁間。一日，雄燕爲鷙鳥所傷，其雌孤飛悲鳴。至秋，翔王氏之臂，如告別狀。王氏以紅縷繫足，曰：「新春復至，爲吾侶也。」明年果至。因贈詩曰：「昔時無偶去，今年還獨歸。故人恩義重，不忍更雙飛。」自後秋歸春來，凡六七年，王氏病卒。明年燕來，周章哀鳴。家人語曰：「王氏死矣，墳在南郭。」燕飛至墓所亦死。

近聞一丐者，提一猿獼猴便捷而巧，善解人意，人争與以錢米。傍有一丐睥睨久之，遂以酒謀死丐而撫有其猴。猴中宵哀鳴不置。一日逢達官於道，丐亟引猴辟易，而猴奔赴官前若訴冤狀。官爲感動，遣人尾其後，則一二里許外有屍在焉。官訊得其情，格殺丐，而猴猶依屍側，尋復取薪加屍上有欲焚之意。官從其請，命人積薪縱火，火盛熾，而猴躍入烈焰中死矣。一時人咸嗟異。程生曰：「一猿獼猴耳，猶然篤復仇之義，成殺身之仁，而況人乎哉？」

鎮江軍校范某妻，患瘵瀕危，遇道人授以方藥，云：「用雀百頭，以藥米飼之，至三五日，取其腦服之，當瘥。然一雀莫減也。」范如數市雀養之，有死者，則旋市以充其數。一日，范以公差出，妻觀雀嘆曰：「以吾一人而殘物命至百耶？吾寧死不忍爲此。」開籠悉放之。夫歸怒責不悔。病尋愈，且有身。明年生一子，兩臂上各黑痣如雀形，一飛一啄，毛羽分明，不減刻畫，盖太上以此示報云。

廖融，宋處士也。隱居南嶽衡山，與潘若沖爲友。太平興國中，若沖罷相居外任，道經南嶽，留鶴一隻送融，并寄以詩云：「銷略數年同野興，一官終罷共船歸。稻糧少飼教長瘦，羽翼無傷任遠飛。側耳聽吟侵静夜，銜花作舞帶斜暉。朝天萬里不將去，留伴高人坐釣磯。」融得鶴出入與俱，飲啄惟時，每吟詠自得，鶴即飛鳴旋舞，若解人意。後融卒，鶴亦哀鳴十日不食而死。若沖聞之，爲作一絶云：「南嶽僧來共嘆吁，風亭月榭盡荒蕪。先生去世終十日，留伴高人鶴已殂。」

京兆長安張氏，有鳩自外入，止於床。張氏患之，祝曰：「鳩來爲我禍耶？飛上啄塵；爲我福耶？飛入我懷。」鳩應聲飛懷，以手探之，則不知鳩之所在，得一金帶鈎焉。是後子孫昌盛。蜀客聞之，厚賂婢竊其鈎。張既失鈎，漸漸衰耗。蜀客愈窮厄，因齎鈎以反張氏，張氏復昌。然則人之貧富豐嗇，容可智力求哉？

天寶之亂，禄山大宴胡酋，出唐舞象使拜，自誇有大貴，異類亦馴服。象怒目不動，左右教之，終不拜。

宋時瀘南有秦吉了，能作人言。夷酋欲以十萬緡買之，秦吉了曰：「我漢禽也，不願入蠻夷山。」遂絶食數日死。噫！禽獸尚有知如此。彼有甘心臣虜，垂涎於腥膻之庭；非命亡胡，照燐於沙漠之野。視二物何如哉？

宋高宗宫中養鸚鵡數百，一日問之曰：「思鄉否？」鸚鵡曰：「思鄉。」遂遣中貴送歸隴山。後數年，有使臣過隴山，鸚鵡問曰：「上皇安否？」使臣曰：「上皇崩矣。」鸚鵡聞之，皆悲鳴不已。使臣賦詩曰：「隴口山深草木黄，行人到此斷肝腸。耳邊不忍聽鸚鵡，猶在枝頭説上皇。」其詩至今猶存云。

五臺山有鳥名寒蟲，四足，有肉翅，不能飛，其糞即五靈脂也。當陽和時，文彩絢爛，乃自鳴曰：「鳳凰不如我。」至嚴冬，毛羽脱落，索然如鷇雛，遂自鳴曰：「得過且過。」嗟乎！得意而矜，失意而屈，蟲鳥不足責矣。今之士大夫得志即炫鶩赫熚以驕人，失志遽若喪狗，垂首帖耳，摇尾乞憐，曾寒蟲之不若矣。可以人而不如鳥乎？《仁峰日録》。

許尚寶公文淵謫思南來言：貴州思南有山曰甑峰，居大山中，其形如甑，故名。山盤亘銅仁思州，石阡數百里，内無居人，草木多異狀。有獸曰「宗彝」，類獼猴，巢於樹，老者直居上，子孫以次居下。老者不多出，子孫居下者出，得果傳遞至上，上者食，然後以次傳而食。上者未食，下者不敢食也。先正謂先王用以繪於衮者，取其孝也。

瀛之水有二鳥，一類鵠，色蒼而嘴長，凝立水際而不動，魚過取之，終日無魚，亦不易地，其名曰「信天緣」。一類鶩，奔走水上，不問腐穢泥沙，唼唼然必盡索而後已，其名曰「謾畫」。以信天緣視謾畫，若無能者，然均度一日無饑色，視謾畫加肥，善乎！滇林廷瑞有云：「荷錢荇帶綠江空，唼鯉含沙淺水中。波上魚鷹貪未飽，何曾餓死信天翁。」此誠足以諷貪得之夫終日營營不安義命者。

植物附

南大內有紅芍藥一本，仁廟爲太子監國時盛開，嘗召宣宗宴賞。後宣宗嗣位，移植京師禁中，歷宣德、正統，繁鬱無比。景泰改元，復增植二本，凡歷七年，皆不華，及英宗復辟之春，華忽盛開如故，識者異之，謂花木知有主也。

太液池岸有竹數十莖，牙筍未嘗相離，密密如栽也。玄宗顧謂諸王曰：「人世父子兄弟尚有離心離意，此竹宗本不相疏，人有懷二心生離間之意，此可爲鑒。」諸王唯唯，帝呼爲「竹義」。

李西涯曰：「植物亦有知覺。試觀有蔓者必附物而纏繞之，物有遠近，必捨遠而就近，物或遠者必斜長而附之，若有見焉。可謂人而無知覺耶？」因附此三事於卷末，以見物感之良能，無動植一也。

闇然堂類纂

明·潘士藻 撰

序

《莊子》云：「世喪道也，道喪世也。世與道交相喪也。」果若斯言，青天白日，通都廣衢，皆化爲魑魅魍魎矣。小人見君子厭，然固其真性。余謂不獨見君子，即見同類小人，有不面赤口噤者乎？此即小人之生機也。是生機可以爲聖爲賢，可以格鬼神，可以享帝，惜乎梏亡之者衆也。常謂古之道盡復於今之世，則吾不知；謂盡亡於今之世，則吾不忍。古之人風淳俗美，如物生於春，絪緼化育，暢茂條達，物亦不知所以然而然。今世教化淩夷，如物生於秋，受氣漸薄，則灌溉培植之力必什倍於春，庶可以完其真性，遂其生機，抑任世道之責有不容已焉者乎？余友潘去華氏冥心探討，著述頗富，常慨世俗澆漓，作《闇然堂類纂》。余竊得而讀之，首訓惇，次嘉話，次談箴，次警喻，次溢損，又次徵異，爲目不同，要以勸人真性，發人生機，歸於厚道則一。蓋德可做模，不必其由於古；言可醒人，不必其出於經，意良勤矣。同好欲付梓人而屬余序，余惟邵子之論世也，曰：「三皇之時，如春」；「三王之時，如秋」。夫夏後殷周之盛，禮樂明備，云漢昭回，生機盎然，烏在其弗春？然而《黍離》以降，不及《國風》，說者率歸於江河，故文盛質滅，雖有虞氏，不及泰氏，何言三王？矧三王至今，寥寥幾千載，文明日盛，不有人焉？道古昔，稱先王，風之滋也，何日之有乎？去華是編，不侈玄談，不尚藻繢，第標取先民懿淑載之，昭昭然揭日月。而與人語，如當大霧嚴霜之候沃以湛露、被以春膏，人非木石，能無勃然動其生機，熙熙然與春葩同其滋長矣乎？去華之振斯世者深矣。

時萬曆壬辰仲秋吉水舊寅友弟鄒元標序

目録

卷三……六五

談箴……六五

卷四……九九

警喻……九九

卷五 …… 一二三

溢損 …… 一二三

卷一

訓惇

厚人倫也。鄙人嘗言：「赤也急，師而不皇，求也爲友以恤母，五秉之與即教原生九百之與也。廉者未能惠，惠者未嘗施，惟聖人能裁之耳。」醇化而漓，義弛而散，厚賓客之羞，略父兄之養，甚也斗尺靳於同産，乾餱愆於友生，則何以視不恌哉？鄰有喪，不相杵；股肱在痛，君舉不樂。苟率斯義，躬自厚而無效尤以敦薄俗。庶乎所録皆篤行之倫，每於急難見之，其人千載生色。而况耳目所逮也，抑世未有不欺友朋而欺君親者，特取爲冠焉。

篤友誼

吴獻臣廷舉，平生篤友誼，在太學與南城羅玘友。景鳴病痢，僕疫而死，獻臣爲煮粥，負之登廁，一晝夜十數反。景鳴病瘳，同登進士。語人曰：「玘，四十前，生我者父母；四十後，獻臣生我也。」時羅以貲入監，獻臣業舉於鄉矣。爲順德令時，陳白沙講道江門，李承箕自楚來從之遊，邑人梁景行亦白沙門人，而鄒吉士智復謫石城，往來順德間。獻臣造請諸公，不顧期會，至則談論先王之道術，夜以繼日。吉士卒順德，獻臣爲具治喪。方伯劉公大夏至部，眂館未遑也。劉公廉知，乃益重獻臣，與交歡。已而歸吉士之喪於蜀。獻臣仕至尚書，卒乃無衣以殮，無棺以殯，賴都御史姚鏌爲營辦。崔後渠稱獻臣視財利爲糞土，妻子冒饑寒而施予不較有無，其真才潔履定力皆從友漸摩來。

不負友托

陳汝同，號古庵，爲國子祭酒致仕，與翰林修撰梁禋同里居。禋有病，謂其家人曰：「朋遊中惟鄰居同年陳汝同心地好，且有家法，孤子女可托也。」及禋病篤，先生往視之。已不能言，惟指以手。左右具述其言，古庵垂泣諾之。及禋卒，凡子女居第、嫁娶等事皆先生經理之，始終如一，冒物議不計也。禋女得適黄瑜，瑜爲肇慶太守，以其事告葉文莊公。公曰：「友道彫喪久矣，如陳先生，何可多得！」不欺其心，乃能不負友托，死者復生，生者不愧其言，何物議之足較？

今之古人

王芳，字尚義，蘇之太倉人，所交多名士。家頗饒，秉禮好施，而自奉甚約。晚喜閲瞿曇書，故殺之物不食，每每施棺掩骼，人以「佛子」呼之。嘗訪舊小直沽，適慈溪費生廷槐病滯旅舍，與語，嘆曰：「奇士，奇士，困頓塵土耶？」移至寓所，共寢處，時其饑飽寒煖，而將護之惟謹。明年春，攜生同舟南旋，夜梦生墮橋下，拯之不得。謂其弗祥也，晨興輒焚香誦經爲之禳病。病良已而又病，便溺狼藉。市瓷缶，躬自滌除。生感泣曰：「吾何以報先生？吾何以報先生？」諸所需果餌藥物，無一不備。至潤州，舁易輕舸，欲就姑蘇名醫調理。次呂城，生病革，涕咽謂曰：「生平心事，百不一申。天乎！已矣。儻埋道傍，乞書『慈溪費廷槐不瞑目之柩』。」言脱而逝，雙眸炯然。芳曰：「古今旦暮，孰爲彭殤？仲津達士，而怛化耶？」摩其眶者久之，猶不瞑，乃舉其首枕之股，撫膺而慰曰：「四海一家，誰非兄弟？骨肉弗面，命也，何恫？況有四弟兩兒，親養有托，毋戚戚爾。」生喉間砉然有聲，目漸瞑。匿屍三日，舟人不知也。抵虎丘，稱貸營棺衾，手浴含殮，權厝半塘僧舍，訃其家。逾月，乃父始至，舉其柩，弗前。遲明，芳絜酒來哭，乃舉。環寺門而觀者嘖嘖嘆曰：「不意今人中得見古人。」有蘇蘇隕涕者。昔郭仲祥負吳保安之骨歸葬故丘，范巨卿夢張元伯之喪素服追挽，彼皆久要，猶響千載齒頰，乃若王君之於費生，萍逢莫逆，遂爲死友，千里維持，半塘挽別，其艱辛骪骳有戚屬所難者，謂之義士，非耶？時嘉靖癸亥三月間事。王尚義可謂不愧其字。敘事宛轉周至，誠愛之重之，使千載慕義者如其人之生也。

義可托死

萬安劉週，字繼卿，事母以孝，與兄弟無分異，而猶能分財施予人。振殍、掩胔、設漿、治橋梁道路，不遺餘力。友人陳雪筠之子弗順而避於野，一日，忽心動，就父所，邀週泣曰：「吾已不容於天地，理固宜死，奈吾父何？公仁人也，敢以死托。」週諾之。明日其子果死。爲治其喪。數年，雪筠死，亦如之。有李具顯者，病且死，子幼，盡籍其田廬屬之。週曰：「吾與君昧生平，而居又相遠，力固不足以庇君，奈何？」顯泣曰：「小人知君，君不憐小人，何也？」週不得已，諾之。每歲跋涉經紀其家。顯子長，歸所藉田廬，視初不減也。人有貸金不能償，即焚券。有梁士誠者，廢疾人也，待妻以爲食。遭誣訟，將鬻妻。週聞而悲之，貸以十五金，卒亦不責其償。其急於爲義皆此類。繼卿篤行甚著，晚益以學從諸公長者遊，服習不懈，鄉里向慕之。羅文恭誌其墓石。

何孝子

蕭山何兢者，父舜賓，以南御史坐事誤，戍廣西，遇宥回家，頗事武斷。一日，駕樓船渡江，與蕭山尹船值，尹倉皇伏謁以爲當道，舜賓愕然出不意，因跪謝過。而尹内羞其下人，性又陰狠，卒謀作廣西移文勾取，械繫起解，陰令解者百般苦楚之。至江西，投宿敗寺中，候舜賓熟睡，乃用沙袋掩口身死。其人還報魯[一]，受賞。兢切齒父仇，逃匿於姑蘇父友參政黃某所，祈策所以報之者。黃難之曰：「事何容易！」夜分遣就寢，黃輒從户外呼兢名，兢輒回應，如是者數年，夜目不交睫。黃乃嘆曰：「子可報斯仇矣！」資之千金，而陰爲决策。尹鄒姓，故以御史謫，日夜冀遷官去。一日，邸報鄒某陞山西僉事。伺其日，出接憑，密結親友邀之舟中，毒毆之，灌以不潔，令毋死，用石灰擦瞎雙目。憲司驗尹既瞽廢，而心頗憐兢爲父發憤。兢母又得參政資

〔一〕即蕭山尹，姓鄒名魯。

之京，撾登聞鼓訟父冤。事下法司，題奉欽依，差給事中李舉、刑部郎中李時往勘，擬鄒屏去人服食因而致死，爲首，絞罪；係篤疾，奏請。何兢毆本管五品以上官，照例口外爲民。士論不平。兢復具奏。再差大理寺正曹廉勘問，乃擬魯謀殺人造意，斬罪；余俱爲從者，絞。何兢爲親報仇，情有可矜。奏聞，可之。輿論稱快。而兢自以父死非命，蓬髮垢面，身不衣冠，比於罪人，鄉里稱何孝子云。

孝免於讐

王韶，字九成，泰和人，自幼能孝。年十三隨父出，遇盜。盜執其父，將殺之。韶冒刀抱父號曰：「寧殺我！」盜義之，捨其父去。又有讐家欲殺其父者，不獲，獲韶於野，或曰：「是嘗脱父於盜者，奈何因仇其父而仇其子乎？」遂又釋韶。

孝免盜溺

陸言，字子聲，長洲人，性至孝。夜有盜劫持其父，跣出，願以身代。盜并釋之。

父爲豪宗侵侮，居隔深淵，急徒涉擁護，幾溺矣，俄而復起。觀者嘖嘖稱孝徵云。

孝子感虎

黄鐖，字宗大，香山人。補郡諸生，同舍生攘雞貰酒邀之，謝不往，即束書歸，曰：「是固嘗業舉擅場者，吾胡可與侶哉？」自是絶意進士舉，隱居粤山之椒。平生未嘗袒露星月下，梦寐爲不善言，必叩齒籲天以謝。居暗室，抱寂終日，臨妻孥無有惰色。天性至孝，考君既葬，日猶哭諸墓。方晨，有虎突至，則俯伏而去。旁有山人廖翼與一頭陀見之大駭，鐖不自覺也。翼爲作《黄孝子感虎歌》，歌曰：「黄孝子，遇於菟，孝子慟哭不自覺，氣吞於菟怡若無。於菟初來威烈烈，咆哮未發石欲裂。須臾俯伏孝子前，叩頭致敬腰爲折。吾儕旁觀股方戰，孝子淚眼何曾見？乃知至孝通蒼旻，嗟爾於菟良有神。」孝子父名瑜，知長樂，有治績，以崛强竟拂袖歸。嘗手植槐二，構亭吟嘯其中，著《雙槐歲抄》。

孝事繼母

常熟歸孝子鉞，字汝威。少喪母，父更娶太倉娘。太倉娘既有子，孝子由是失愛。父提孝子，太倉娘輒索大杖與之，曰：「徒手傷乃力也。」家貧，食不足贍，每竈突煙舉，釜鬲間氣蒸然矣，太倉娘輒諓諓數孝子不置。父大怒，逐之，於是乃母子飽食。孝子屢困頓，匍匐道中。比歸，父母相與言曰：「有子不歸家，在外作賊耳。」又復杖之，屢瀕於死。方孝子依依户外，欲入不敢，俯首竊淚，鄰里莫不憐也。父卒，太倉娘獨與其子居，孝子擯不見。因販鹽市中，時私其弟問母飲食，致其鮮焉。正德庚午大饑，太倉娘不能自活，孝子往，涕泣奉迎母。母内自慚，終感孝子忱懇，從之。孝子得食，先母弟而己有饑色。弟尋死，太倉娘終身怡然。諸與孝子遊者皆曰：「吾未嘗見孝子言其母若何。」孝子少饑餓，面黄而體瘠小，族人呼爲菜大人。嘉靖壬子，孝子鉞無疾而卒。孝子既老且死，不自知其孝也。太僕震川有光傳其行。古今獨稱舜爲大孝，以其處異母之嚚也，以一「嚚」字盡繼母鼓煽虐毒情狀。族稱孝子「菜大人」，尊寵之矣。

萬里尋親

趙廷端者，雲南大理府太和人。棄諸生業，挾青囊之術以遊中州，訪異人，卒乃匿無錫山中。廷端始離家，有子重華僅七齡。至是妻已没，重華年二十一，日夜唏嘘而號，不知父之所之而莫遺之音也。葬其母，嫁姊與妹，請郵於郡守而出，題其壁曰：「少小遺親十五年，思親不見日淒然。從今即與家人訣，不覩親顔誓不還。」榜其背曰：「萬里尋親。」而别爲繕寫里系及父年與貌數千紙，所歷州郡都會，遍爲榜之宫觀街道間。以萬曆戊寅十二月二十二日至武當，過太子巖，巖陰有字曰：「嘉靖四十四年十二月二十二日，雲南大理府人趙廷端朝山至此。」華讀之哭且慟，旁一道士慰曰：「若父曩以十二月二十二日駐此，若今過之復同月日，可以卜逢若父之兆矣。」於是華亦尾而書之曰：「萬曆六年十二月二十二日，雲南大理府趙廷端之子重華蹤父至此。」由南陽穎壽東涉淮泗以泝金陵，無所遇。聞三茅峰冠江以南，往禱之。禱訖，宿觀音寺。梦玄帝鈎簾而坐，呼華謂曰：「汝父猶未死。」覺而爽然。從丹陽過毘陵，被盜攫其資以去，所遺獨請郡守路郵耳。華窘甚，且行且乞。次橫林觀音寺，忽一老僧杖錫而前，雙眉覆面，殆浮百年者也。前謂曰：「孺子從何來？」華曰：「吾雲南人，萬里裹糧蹤父至此，而猶未獲也，不幸爲盜所窘，且奈何？」僧曰：「汝胸所囊者何？」曰：「路郵。」輒出以示僧。僧笑曰：「汝父猶未死，客無錫南禪寺中，汝第往。」顧屬他道人導之。明日，偕道人至南禪寺，遇廷端，鬚皤然白矣。華心動而未敢請，伏地曰：「吾雲南人。」父亦絕不識華貌，且以爲故鄉人，攜之同道士南嚮坐。華泫然曰：「吾父離家遊中州，故萬里蹤訪至此。君得無即吾父已乎？」廷端笑曰：「吾離家已十七年，所遺兒比僅七齡，存亡不可知，焉能到此？」華於是前持父而哭，出所囊路郵以示廷端讀之始驚，父子相攜而慟。所與道人及寺中他客遊者亦相嚮助哭。縉紳先生聞之，共爲嘖嘖太息不能已，而鹿門茅先生爲作《趙氏客遊述》。事奇，茅文亦奇。

浮水救棺

永豐聶鳳，少負豪氣，而鞠躬父命，不敢以意忤。成化甲午夏，雨暴臨，漂從父棺以去，父頓首號鳳速追之。鳳即浮流里所方及棺，棺轉而壓，復躍以抱，再壓再躍，始溯回扶拽以歸。自是得氣疾，遇寒暑痛不可忍。醫疹之曰：「是當時出死力，鬱氣在肝鬲間。」鳳曰：「父命也，即雖以此終身，吾何悔焉？」鄒東廓先生曰：「充抱棺之勇，可以死孝矣。」即兵部尚書雙江豹之父也。雙江直節動氣，鞠躬君父之命，觀浮水救棺事，乃知至性有所自來。

夫義婦貞

安福張寅，字敬之。弱冠時，從學從父振烈大學中。以事出亡之冀，冀人有憐其才者，館穀之，補州庠弟子。成化甲子，領順天鄉薦。冀人欲娶之，寅曰：「寅嘗聘邑人康氏女，今南北不相聞者十年矣，未可以薄行負之。」會試不第，乃南歸。先是，康之父母將議改適，姑許之，豪家交賄之。女自經以誓，凜凜不可回。至是遂偕伉儷。後寅登進士，令涉縣，有廉名，擢南太僕丞，而康氏封爲安人。夫義婦貞，煒然爲萬口美談。

妻妾祈嗣

癸未十月三日，杭城謁兩臺藩臬，晤起潛張先生。因聽先生譚故蘇松兵憲有吴相者，邢臺人，先爲御史，人以其貌，目之「鬼頭吴」。吴之父故艱嗣，妻妾俱禱於泰山。司香通判某者，行廊下見兩婦祈拜甚懇，持豆一石數之，拜盡其豆之數，口嘈嘈對神祝不休。使人覘之，則一婦人祝曰：「吾夫素善，獨吾獲譴，不得育子，願神胙子於妾身。」一婦人祝曰：「吾夫、主母皆善人，願胙主母子。妾身微，不敢當神貺。」覘者以告，通判某不信，親覘之，良然，乃大駭：「婦人未有不妒者，兩婦人遞相祝如此，斯果夫之善報乎？」叩其名，拜之曰：「是必得神錫佳兒無疑。」時咸以吴公之生爲神降也。

貧有至行

泰和羅晉用，字楚材。父景高，貧而有節行。至晉用尤貧，而操執一如景高。弱冠父喪，女昆弟五人，二猶在室，而一廢疾，孤姪方在幼。晉用刻苦奉母，嫁妹婚姪，養其廢病者終身，已則不娶。或勸之。曰：「母老，弟妹多，娶則不給也。」迨姪有子，母强之妻，乃娶。晉用畏事如處子，言若不出諸口，擇所與友不過數人。曾學醫，得異傳，無問貧富，一應之。雖屢著奇效，而終不言利與人，退然不以自名。嘗言：「吾愛龐遺安，輕財如糞土，耐事如慈母。」人謂晉用實似之。此皆家庭尋常事，非有至性鮮能之。多娶不給，熟嘗貧味，退然不以醫自名，乃其爲至性也。

晚益向學

安福劉秉監，以副使兼理河道，忤巨璫賴義，誣逮謫判韶州。監爲人孝友，十歲喪父，伯兄思恩守秉，常授以約束，不踰尺寸。奉生母未嘗拂其意，怒則免冠俟解，事伯兄冢嫂，尺帛不知私，雖臧獲有迕，必取决焉。蚤勵名檢，晚乃益嚮學，師事湛甘泉公，而友呂涇野、鄒東郭公。惜陰會起，盛暑霪雨必赴。其兄沮之曰：「子事母孝，事兄悌，奚以講學爲？」徒容對曰：「兄觀吾外謂可免悔尤，吾觀吾内猶有未真切者。」兄拊掌曰：「審若是，老夫當率以聽。」

誠感兄弟

歸安施相之佐、翊之佑，兄弟俱爲知州，致仕家居。田産參差，有唇齒之隙，親友日爲處分，不能解。同邑溪亭嚴公名鳳，素以孝友著聞，事兄如父，周恤保愛，無所不至。是時，偶遇翊之於舟中，語及産事，公顰蹙，謂曰：「吾兄懦，吾正苦之，使得如令兄之力量，可以盡奪吾田，吾復何憂？」因揮涕不已。翊之乃惻然感悟，遂拉溪亭同至兄宅，且拜且泣，深自悔責，而相之亦涕泣慰解，乃各欲以田相讓，遂友終身。人咸稱嚴以誠感，施以誠應，鄉邦美事至今猶樂談云。溪亭固賢矣，一感而悟，翊之亦賢者之流，不可易視也。

弟代兄伍

安福劉撰嘉，性孝友，苦學堅操。父早喪，有堂兄當補伍紫荊關，賂縣吏，移捕獻嘉。獻嘉，撰嘉兄也。撰嘉詣縣請行，獻嘉曰：「我弟孱弱，不可令獨往。」屬其中子養母，與俱至關。會北虜犯邊，兄弟俱被虜，撰嘉向虜哭曰：「兄聾啞無爲，盍捨之，獨執我。」虜果捨獻嘉。已而撰嘉亦脱歸，投詩主將。主將憫，釋之。偕其兄南還，拜母床下。母曰：「早知兒念我，忍須臾死云。」逾日，母卒，人以爲孝感。撰嘉哀不自勝，曰：「脱萬死一生，獨計得少日盡孝養，而今已矣！」嗚咽之聲，悲感行路。晚節事諸兄，情好益篤。尤嗜學《易》，或至達曙不寐，曰：「道盡於《易》矣。」號曰白齋居士。

救兄虎口

山陰徐恩，家貧，不甚知書，而孝友出天性。與兄文刈薪項里嶺，日未午，一虎從叢篠中出，噬文，牙貫肩項。恩急顧得一木棓，趨擊虎數十下，持不可奪，則躡文足，自後攬之，虎乃釋文走。恩度必復來，於是曳文首前向立，跨屍以待，且大呼曰：「吾於虎何仇？虎殺吾兄，天尚相與殺此虎復兄仇！」少選，虎迂行負上勢奔突而下，恩側身承勢横梔而擠之，虎輒失足旁逸，若是者凡數四。鄰族聞者，或匿林薄間呼恩棄屍自脱。恩厲聲曰：「汝能助，助我；不能，毋擾我。今日斷無棄兄理，我不與此虎俱生矣。」虎欲施不得，復奔突如前，垂至則人立不動，亦若出奇設疑意在乘間以逞者。恩直前批之，適中其鼻，虎創甚，始却步徐行而去，然猶數回視焉。既而救者咸至，共輿屍以歸。恩力竭，病累月死。方恩病時，人有以義士譽之者，恩愴然涕曰：「吾恨力止此，不能磔此虎以祭吾兄。吾乃以是得衆人譽，吾獨何心哉？」邑士夫蕭鳴鳳傳其事而爲之贊。徐恩以死全兄之屍脱之虎口，以獨力批負嵎之勢，乂可令天目流血。

均田與侄

樂清余昌，字景盛，友愛天至。有田數頃，子一人，而弟之子三人焉，異舍而貧，則悉其産均之如一也。先簡肅公始仕，爲邑令，察而重之，躬禮其廬。因請昌清計簿，條飛詭以千數，民大悦。而豪右皆怒，乃相與中以危法，久之始釋。以壽終。簡肅尚書時爲文吊其墓。

施氏高誼 陳棟塘記

正德癸酉，余與溪亭嚴公、施菁陽邦直名侃會試北上，邦直之兄邦顯仕亦以省祭謁選同行。溪亭公盛德屢空，邦直事之如師。凡舟車飲饌之費，悉出邦直，而邦顯則爲料理之。一日，邦顯謂余曰：「連日視嚴公飯食減少，何也？豈肴蔌不腆、烹調失節邪？」明日又謂余曰：「夜來思之，吾得之矣！公平居飯必用羹，向無羹耳。已令庖者具羹矣。」是日公果啜羹加餐。邦顯喜曰：「君視公今日之飯何如？幾誤矣！」又一日，遣伻回，已復閉門伏枕而泣。邦直驚問余曰：「吾兄泣何也？」余入問故，乃拉淚告曰：「無他，頃作家書，囑付小弟偉经紀家事，因思弟年未及冠，正須從師讀書，遇節日放假，與群從歌笑宴樂，其事也。今吾侃弟大事不可已者，吾螻蟻異途，顧亦抛家遠出而以勞事畀之，吾是以悲焉。吾其歸矣！」余乃牽裾出慰解之，乃止。吁！凡人子養親，視食多寡爲忧喜，亦可謂孝矣。而邦顯於鄉先生乃爾，其尊賢之誠何如耶？家事委弟不爲甚苦，而至於泣下，其友爱之篤何如耶？賢哉！若人可以風矣。

竟還屋券

鄞洞雲張翁，甬川文定公名邦奇之父也。公爲學憲時，其廳事僅一楹，上官過訪頗不便。旁一楹乃其叔之居也，適叔有宿逋願售，公以倍價買之，將重構焉。告於翁，翁問價幾何。以若干對。翁知其倍也，甚悅，已忽潸然淚下。公訝，問故。嘆曰：「嘻！吾想至日折彼屋以竪我柱，使其夫婦何以爲情？是以悲耳。」公乃惻然曰：「大人寬心，兒當還之。」遽抽身取券，翁又止之曰：「毋，吾計其銀已隨手償人去矣，將若之何？」公曰：「第并其價不取可也。」翁乃欣然曰：「若然，慰我甚矣。」吁！翁之孝友仁慈，載諸傳志，允哉淳德，此特其遺事一節耳。宜其篤生文定，勳名道德卓然爲一代純臣也。豈偶然哉？此聞屠竹墟公所言。

讓廩友人

南海黄璉，字良器，少有至性，讀書窮理，非研精不已。迭遭家難，哀毁柴瘠，感動鄰曲。充縣學弟子員，有文名。時督學以璉當廩，所厚詹孟和當次缺。孟和貧而母老。乃謝曰：「吾可無廩，不可使孟和有菽水不及之悔，請以廩讓。」督學義而許之。鄉人有徐幹者，以選軍隨使之暹羅而當宅與璉爲行資。比過洋，舟壞，命使溺死，軍民從行死者殆盡。幹子桓欲歸其宅，璉曰：「而父死王事，而孤且貧，若是宅吾尚忍言耶？」即還其券。璉博洽，尤精於經學，二子衷、耿，皆以科目顯。讓，天所福也，世乃以貢與廩爲争府。昔吾家補翁以儒士臺試得觀場，請於督學曰：「鐸故不如弟錡，請以讓之。」先是弟錡以儒士入場矣，督學怒，并除補翁名。明年，弟錡登科取第進士，而補翁遂有兩子魁元之報。嘗聞吴文定公以貢登科，可謂遲莫矣，當時曾讓貢於其友，然天卒祚之鼎甲大位。

出金贖友

新會鄺達禮，恩平縣學生，事母伍氏以孝聞，又能友愛諸弟。嘉靖初，友人何希淵爲流盜所虜，達禮憫之，自備金三兩、銀十四兩，往賊所贖之。賊見達禮曰：「此奇士也。」欲脇以相從，達禮不屈而死。提學副使魏校遣人往吊，僉事王大用扁其門曰「義士」。達禮不幸以贖友死，然其義自貫天日。

不亂友妻

漳之鎮海有汪一清者，嘉靖辛酉，廣東張連倡亂，犯漳郡諸城。汪以諸生爲所獲，諸所縶甚夥。已而賊執一婦人至，汪視之，則同學友人妻也。因紿賊：「此吾妹氏，請無污之以待贖。不則吾與妹俱碎首於此，若曹亦何利焉？」賊因并汪與婦人閉置一空室中，昏夕相對，凡匝月，始贖歸，而終不亂。俞司平爲予道之，以爲渠鄉美談。

善昭敦義

順德張善昭計偕時，天順癸未，南宫火，執友劉生琮死焉。善昭旁皇數日，於煨燼中得遺骸歸瘞。卒業成均，同舍趙蘭生窘且疫，妻躬薪水，戒門爲絶。善昭頻視之。生垂絶，叩枕謝曰：「螻蟻何足累君，君自愛。」比再往，生已臥地。善昭撫其心尚温也，曰：「是謂泥丸宫氣行周而堛圻，鼓觸弗洩者法當生。」舉而臥之床，輒以湯水，越數日，愈。明年舉進士，德善昭若父。終其身周厚本支及其鄉人，居旁無甚凍者、饑者，無裸葬者。其敦義如此。有孫潔，最知名。

王尚書穆勳部

前户書王繼津遴，故爲華亭閣學所重。楊椒山之劾嚴氏也，以疏草示繼津，慷慨曰：「死矣！弟幼子未爲卜婚。」繼津曰：「即如君言，吾以弱息字君子。」椒山死，繼津女歸楊氏。嵩雖恨之，未得中傷而敗。隆慶間，今工書東泉石公星爲給舍，上書，穆皇帝有旨：「杖之百，罷爲民。」東泉瘡甚。友人穆君文熙時爲吏部郎，解官調護之歸。東泉既起尚寶卿，穆亦入爲吏部稽勳郎，未幾引去。議者以王公比於范式之不負張劭，穆君比於左伯桃之急難羊角云。

婦人廉操

肇慶府學生程衡之妻潘氏。訓導陳紀召之遷文昌諭也，寄銀二百於衡，音問不聞。

越五載，紀召與衡皆死矣，家又犯盜，或説因而爲利者，潘曰：「利人之有，不義；敗夫之名，不仁。寧居以待。」及紀召子思忠至學而還之，封識如故。事在隆慶庚午年間。非有學問之素，而廉操自其天性，閨閫之内，幽獨之守，亦從心之所安耳。

録兩賢婦

順德龍津婦馮氏，歐公池妻。其夫，嫡子也，兩兄皆庶。舅欲厚嫡子，馮請曰：「嫡庶子爲父母服有差等乎？」舅曰：「無。」馮曰：「三子皆君舅所生，服無差等，財産其可異哉？若是，非妾所願，亦非後人福也。」舅欣嘆而從之。龍頭婦徐氏，其夫與惡少謀爲盜，徐聞之。一日，飲食其夫，夫辭醉飽，徐曰：「隻雞斗酒之不盡，何苦捨生爲？」夫感悟而止。事覺，夫獨存。兩婦事微細，而關係門户最重，故特録。嫡庶均産，論甚正，不謂婦人能發之。廣地多盜，未必皆饑寒之迫，近海故也。徐氏以一言息夫邪心而救其死，可稱明慧婦矣。

伯紀賢妻

史惺堂先生稱：樂平夏伯紀有賢妻徐氏，名祥英。無子，爲置二妾，亦無嗣。一日，伯紀病疫垂死，祥英夜焚香告天曰：「夫無子，妾當去，去而辱夫，不若死而代夫之爲安也。皇天鑒之。」夫病即愈。數日疾作，告夫曰：「天許婦死，必許夫嗣，含笑入黄泉矣。」先是伯紀之兄生一子，四日其嫂死，遺孤夜啼不已。其父母哀憐，祥英不忍舅姑之哀，取爲己子乳哺之。其舅曰：「此兒即名四朝，以志再生之恩。」時祥英貧苦，常負四朝於背，躬舂篩事。余謂婦性分爾汝，如祥英，孝婦哉！上慰安舅姑，下將順夫志，鞠躬盡瘁，死而後已，可不謂賢哉？萬曆十二年六月二十三日午書。

燕山尼

燕山尼者，胡元靖之繼室也。元靖，德興人，育於吾婺胡氏，以兩考吏入燕京當該。妻死，娶周氏，即尼也。元靖選蜀之岳池簿，尼從焉。會元靖署縣印，而前妻子不肖，乘間與吏書相比爲奸利欺其父，先逃之家。子去，事覺，坐贓下獄，索其家，空無所有。尼爲遍謁縣之有力者，哀懇殊甚。咸憐之，爲合錢完贓，元靖得出。憤其子所爲，不肯歸，因留岳池城外，與民間雜居，則尼拮据爲活。凡十年，元靖死，紀綱之僕并妻子叛去，尼獨攜兩婢子以柩歸。乃擊鮮置酒與鄰人别，鄰人憐而交助之。自蜀江下番湖數千里，尼倚柩坐臥，每風浪作則跨柩手米撒之而呼天，竟獲濟。抵岸，召前子扶柩，歸葬德興。賣一婢爲資，而子與媳俱無留養意，遂之婺，依舊時老嫗爲尼，已并埋元靖前妻之骨。子前攜物背父歸，治屋與産，悍然不顧者，竟敗無一存，與妻俱死，無收，尼并收之。鄉人爲另築庵居焉，今尚存。尼所居新庵有俞氏女，合錢爲鑄鐘。冶人范土爲模矣，將重索價。明旦，其模有大士像現焉。冶人恐，一鑄而就。微尼則元靖不得出獄，其死不得歸骸，尼又嘗誓不再適，終始全夫之義。事雖微，其節烈有燕趙之風焉。

阿寄傳

錢塘田豫陽汝成有《阿寄傳》。阿寄者，淳安徐氏僕也。徐氏昆弟別産而居，伯得一馬，仲得一牛，季寡婦得寄。寄年五十餘矣，寡婦泣曰：「馬則乘，牛則耕，踉蹌老僕，乃費吾藜羹。」阿寄嘆曰：「噫，主謂我力不牛馬若耶？」乃畫策營生，示可用狀。寡婦悉簪珥之屬，得金一十二兩畀寄。寄則入山販漆，期年而三其息，謂寡婦曰：「主無憂，富可立致矣。」又二十年而致産數萬金，爲寡婦嫁三女婚兩郎，齎聘皆千金。又延師教兩郎，皆輸粟入太學，而寡婦阜然財雄一邑矣。頃之，阿寄病且革，謂寡婦曰：「老奴牛馬之報盡矣。」出枕中二楮，則家計巨細均分之，曰：「以此遺兩郎君。」言訖而終。徐氏諸孫或疑寄私蓄者，竊啟其篋，無寸絲粒粟之儲焉。一嫗一兒，僅敝緼掩體而已。

予蓋聞之俞鳴和。又曰：「阿寄老矣，見徐氏之族，雖幼必拜。騎而遇諸途，必控勒將數百武以爲常。見主母不睇視，女雖幼，必傳言，不離立也。」若然，則縉紳讀書明禮義者，何以加諸？以此心也，奉其君親，雖謂之大忠純孝可也。阿寄之事，丰母與李元之報主父何以異，予九嘉其終始以僕人自居也。三讀斯傳，起愛起敬，以爲臣子而奉君親者勸焉。

孝德

今冢宰楊公二山有孝德。嘗記甲戌春，公爲吏部左侍郎，每朝參畢，閉門謝絶拜謁，便服侍母側，盥漱卮盂，搔摩扶掖，無不親之。春日爲村裝，挽母夫人負之背，迤邐行花叢中，婆娑香蔭，歡娛竟日。京師競傳焉。旋以養母乞歸，母年一百四歲，人間稀有也。左司徒温一齋之撫兩浙，其尊人宦邸無與爲歡者，於是公父子自娱，晨昏輒奉手談數局，對酌大觥者三，仙仙如也。吏民亟詫爲樂事。前松江守閻君邦寧，年近七十而有九旬之母，夜則退就母榻，寢臥其下，候聲息爲安否，未嘗之子舍。王梅谷守聖時守鎮江，嘗稱之爲古人篤行之倫。無錫吴玉泉聘諸生時，家貧，假館爲養，内無侍兒。夜歸，持一被，臥父母側，親廁牏，拭欬吐，尋常七八起。一夕起稍勤，倦而熟寐，所留篝燈花落，延爇布帷半成燼，驚覺乃免。如是二十年餘。玉泉在南雍，爲司成趙先生禮重。

吾鄉先輩藻潭胡公德，故江西參政，棄官歸養。嘗於九月節日奉母泛觴爲歡，賦詩有「佳辰九月半，老母八旬三」之句，傳者以爲樂事。今尚寶胡湛臺公用賓，初令樂清，以父春秋高，留妻子侍養，獨挾二騃童隨。擢南道御史，過家省父，相對歡甚。夜則抱父足而卧，凡三日，以父固命，乃入私室。爲御史，乞終養。父壽百歲而近踰於九旬三者。而藻潭之内江、湛臺之内蘧，皆以孝稱，里閈私相艷慕之。

孫氏濟美

餘姚孫忠烈公之裔，科第奕代焯然，濟美之風，足世勸也。始公受命撫江西，即與長子伯泉堪訣而行，自分必死殉矣。比伯泉聞難，齧指吞血，枕戈赴義，志殲逆藩，以畢先志。後官大錦衣，哭母而歿。季泉宗伯陞，事兄如父，奏表伯泉孝行。而宗伯諸子前禮部侍郎正峰鋌、今刑部侍郎立峰鑨、方伯鶴峰錝、太常少卿月峰鑛。刑部有子俟居如法，以主事疏救給舍姜松盤應麟之貶，謫潮陽尉。宗伯嘗記其改葬前夫人，兩侍郎母也，繼楊夫人生方伯、太常，俱在幼。易簀之際，二季哭甚哀，人謂誠孝自天性，知必昌孫氏矣。楊夫人善讀書，曉暢制舉義。甲戌春，太常舉禮部第一，都下盛傳楊夫人之教云。予讀《忠烈公傳》，在江西所爲先事之防至密，人第見其轟天而烈日者以爲難，而不考後來成功之本末，公之功又似以節掩矣。當是時，寧藩倉卒舉事，至索一兵器不得，遂無所措手。王文成起義檄出，沿江城守俱完，戰士亦集，此皆公所豫籌，使内無資寇之甲兵，而外有應卒之臂指，故一舉而戡定之易耳。論公者謂獨能死事乎哉？謀國而訖以殞軀，有功而不得論報，公於身名兩處，其損以遺後人益，益而能損，遂常處於天道之虛而綿忠孝之澤，是《易》所謂餘慶也。

卷二

嘉話

美聽聞也。薦紳先生長者時有之，而所採幽微潛懿好義之倫，彼皆仁心爲質，修行於閭沕，較然不欺屋漏，譬則深澤之蘭，豈爲人芳而好潔者佩之。予爲隨事標揭，令覩者若剖荊楚之橘柚，馨香溢牙頰而津津不置也。倘亦比於贊嘆功德哉。

清福

胡九韶，金溪人。家甚貧，課兒力耕，僅給每日餔。焚香九頓，謝天賜一日清福。其老妻嘗笑之曰：「一日三餐薄粥，何名爲福？」九韶曰：「吾幸生太平之世，無兵禍；又幸一家骨肉飽煖，無饑寒；又幸榻無病人，獄無囚人，非清福而何？」布衣沈鑒者，字文昭，能記覽，博洽而放言自廢，人目爲「沈落魄」。或問：「今之有學問者多貧賤無福，何也？」文昭曰：「有學問便是福。」予間與坐客談此，因舉明道先生「他人喫飯都從脊梁過，某兄弟喫飯却入肚里」。坐客未解，予曰：「此所謂一日三餐薄粥清福也。」九韶故嘗從吴聘君學《易》。

退一步行

楊宗橋清江施英同年進士任新鄉縣，質峭直，與人氣不能下。時監臨者惡其不遜，又同列間搆之，危勢如騎虎，不可收拾。一日，桂古山過之，宗橋告以故。古山曰：「譬如對局，且饒一着；譬如争路，且退一步，便無事矣。」宗橋然謝之，因告改教職。古山，桂文襄萼兄也，文襄號見山。

醋交

何椒丘喬新，故東園吏書仲子，嘗記其庭訓曰：「吾守東甌得隱君子二人焉。曰虞先生原璩、季先生德基，其清峻之操，如東漢獨行傳中人，其雅淡之詩可與魏野、林逋伯仲。」虞在文皇帝時嘗兩承徵聘，號徵士。一日，何公乘小艇以中夜訪徵之廬，坐久索飲，云：「無酒話不長。」村落間無所覓，公復笑：「雖酸醅亦可也。」乃出新醯一瓶共酌，劇談竟夕而別。時稱何虞醋交。何東園治温，嘗羅治諸長宿，咨俗問風，商榷施罷所宜，而於虞徵君最所敬信者，温州治行蓋以此。

置葉懷中

《仰山脞録》記莆田翠渠周公瑛知廣德日，有道士作法，能使童子舞。公摘樹葉置童子懷中，戒之曰：「汝第舞，但樹葉落地則笞汝矣。」於是道士百計作法，童子凝然不動，盖童子心以守葉爲主也。以是見人心有主則不動。唐一庵《國琛集》稱瑛立志欲求見聖人之道，而必欲由博以反之約，積累既久，多所自得。

不嗔失帽

項甌東私記：胡諧同知應朝，朝見之旦，吏以入門人衆相擠，失却所戴紗帽。朝畢，欲脱公服襆頭，而吏人以失却紗帽，恐懼不可勝言。渠無幾微見於言面，即戴襆頭至寓所。吏人叩頭請罪，渠徐言曰：「吾來朝失却紗帽，此去官兆也。事或有前定者，爾何恐焉？」然竟無他害也，陞山東僉憲而去。後升少參，未幾即致仕。士論重之。向秀《莊》注有云：「夫安於所傷，則物不能傷；物不能傷，而物亦不傷之也，此可以親矣。」

忍敵災星

同年俞司平爲予言：表弟李某者，星家爲談禄命：「某月日值難星，當有奇禍。

盍慎諸？」李某心動。至期，閉堅静息。偶出户，遲步過外氏，纔隔城闉數廛耳。忽有肩柴者從城闉突入，急刺過而柴悮鉤李某鮮白衣且裂。李某出不意，殊怒，欲齕齬之，已而念日者言：『吾方晦跡避不測，奈何以小觸暴動？』遽霽色捨之去。肩柴者幸脱，意甚德之。歸語其室藉：「令逢異人，吾柴不堪賠而背不堪箠矣。」時酷暑，其人喝甚，飲水過多，暴下夕死。李某遂免於搆。世言忍過敵災星，觀李某，良然。

教行妻女

武陵冀惟乾元亨之被逮也，湖廣按察并逮其家。妻與二女俱不怖，曰：「吾夫平日尊師講學，肯有他乎？」治麻枲不輟，暇則誦書歌詩。事白，守者欲出之，李曰：「不見吾夫，於何歸？」按察諸寮婦欲請相見，辭不敢赴。已乃潔一室就視，則囚服不釋麻枲。爲《君夫人歌詩》二章。有問者，答曰：「吾夫之學，不出閨門衽席。」聞者嘆服。惟乾既卒，陽明先生移文恤其家。

執弟子禮

山陰唐彬，字質夫，初從會稽章瑄學。嘗令作經義，瑄以其不經意，作色令改。重進復拒，如是者三，至見擲地，而容色自若。瑄乃曰：「是子可教矣。」徐取稿，點綴數字，曰：「子文已佳。」未幾，彬中式，與瑄聯榜。會試復然，拜御史，南歸。瑄以喪未受官，彬執禮如布衣時。稠人廣坐中有所顧語，輒掩口對。時以爲師弟子之禮，庶幾復見古人。瑄字用輝，官郎中。唐、章後俱能其官。瑄之教能以師道自處，彬之受自是卓然有器局。

躬操牛具

安福歐陽曉，以母老，棄舉子業，力耕終養。家貧，甚寒，兩手把母足爲温。間出遊，行歌於市，群兒攔街拍掌争笑。曉拱手緩步，色不少動。士大夫聞其名，往謁之，見曉方操牛具田中，辭曰：「牛假於鄰，釋之，則不能從牛主復假。諸先生幸辱況，老農請得畢事然後入。」客乃坐叢筱中，候犁田罷，入其室，室中懸孔顔濂洛之圖。客坐，以磚爲席，出蔬湯一杯，引至園中，坐石談學竟日而別，別亦不謝客。

不認失褐

吉水羅雙泉循，會試時，身故貧。一日，亡其囊中罽褐。同舍生内不自安，物色其人，詒循訪之。比入坐，故探其囊出褐示循，曰：「是不類君物耶？」循趨出，向其人曰：「物固相類，生醉語耳。」歸謂同舍生曰：「吾失褐，不甚損，彼張惡聲，尚得爲士人耶？」同舍生始遜謝不及。雙泉公，念庵先生父也。

亟反寶環

天順癸未，一士人上京會試，逆旅主人遺寶環於盥器，其僕探而匿之，行數舍以告。士人驚曰：「奈何以我之故，而使彼骨肉相傷乎？亟返之！」其僕曰：「期迫矣，姑俟試畢而反焉。無已，我其獨往乎？否則必不及試矣。夫離親戚、裹資糧，跋涉數千里而來，何爲者耶？」士人不聽，親往覓逆旅主人而歸之環，且再拜謝。還已，乃不及試矣。適棘闈不戒，災於鬱攸，入試者死且大半，朝議乃補試，而士人與在高選。

失釧不言

廬陵彭思永，始就舉時，貧無餘資，惟持金釧數隻棲於旅社。同舉者過之，衆請出釧爲玩。客有墜一釧於袖中者，思永視之不言，衆莫知也，皆驚求之。思永曰：「數止此耳，非有失也。」將去，袖釧者揖而舉手，釧墜於地，衆服其量。

不用妖服

黎文僖淳，性耿介，寡與人合，其取予不苟。有門生尹華亭，以紅雲布寄淳。不受，即書封識上曰：「古之爲令，拔茶植桑；今之爲令，織布添花，吾不用妖服也。」

文僖他行具載耿師所輯《先進遺軌》，此載其却布一事，亦足以傳矣。

不攜温器

家伯簡肅公諱潢，由樂清令擢吏曹。族祖石磷翁選以山西僉憲終養山居，公父補齋翁鐸造之。從者捧盤進餐，温器也，秀而澤。僉憲故善戲，謂補翁：「此薦叔樂成所惠者。」補翁不信，曰：「鐸故未見其有所持也。」僉憲笑：「吾欲以此蔑薦叔，何如？」藻兒時侍先伯石月翁渡，稱簡肅内召過家，俸餘纔七十金耳，其裝得四緘篋云。而石月翁輒哂之：「往聞有侍御某者，使軺之篋三而子乃加其一矣。」

辭免修纂

簡肅公居銓曹，張永嘉得政，欲引以爲助，因薦與修《明倫大典》。辭疏云：

「今使智者立事，愚者參之，高下失倫。才不肖，不相爲用。甲可乙否，面是心非，禮書之成未見其可。」遂忤文忠意，已不悦於太宰方西樵獻夫，遂補外，既得。謝汝思叔瀅嘗燕見，請曰：「永嘉大禮之議，於今百世不易，固辭纂修，何也？」公曰：「當時要未實見得是，但觀渠以血氣用事，不欲與共事耳。」予逮見前人典刑，故録爲子弟述家常語。

廉不近名

崔子鍾稱潘司空禮之廉。司空治薪於易，潔身而賄門塞，歲省民貲累千。暨歸歸德，有田一夫，躬稼以生。城内無居，四時棲田廬。盜夜掠之，有粟數升，一弊裘耳。盜驚嘆，叩頭曰：「使在官皆若公，我輩安能亂？」夫司空廉不近名，又難能也。吾鄉程麗川金罷漢陽郡歸家，僅有田七畆，躬譚童耕之，所獲租利猶不贍饘粥。昔人謂楊誠斋『清得門如水，貧惟带有金』，麗川當之矣。麗川廉亦不近名。

以酒喻清

鄉長老道前令以清操著者有陳公金，嘗夜私行至一民舍，有婦姑方夜績，姑忽語婦：「坐久頗饑，可開甕頭物嚼我。」已而婦持物至，輒笑曰：「陳金老爹。」公不測所謂，旦召詰之。則曰：「民間以公清德，凡釀而清者以公名呼之。時夜闌，無他具，僅一卮酒奉姑耳。」公後官至少保兼太子太保、左都御史。余童時，縣額猶揭其名。近衛長公述應城諸先輩，乃知公爲應城人。

不肯署牒

何溱[一]，字景川，起家進士，官主客司主事，督會同館。是時大司馬王瓊與都御

〔一〕何溱：《明史》作张溱，当据改。

史彭澤有隙。澤經略哈密，以金幣與土魯番贖城印。未幾，土魯番復據哈密，犯肅州。瓊遂劾澤擅命納幣啟釁，欲殺之，并逮都御史李昆、副史陳九疇。澤剛毅敢行，屢討流賊有功，時議多右澤者。滐乃說大學士梁儲，令爲之地。儲憮然曰：「晉溪我尚畏之，安得此言？」晉溪即瓊也。滐復進說，儲許諾。數日，瓊遣其屬儲洵持牒會滐，窮核其事，曰：「此宋覆轍，事成有顯擢，與景川共此老禿翁，何如？」滐正色曰：「公誤矣！大夫出使於外，苟有利於國家，專之可也。澤與土魯番檄固在，豈宋屈己和戎比耶？范仲淹嘗與元昊書，寧獨澤？變起倉卒，非陳、李，邊人且爲魚肉，奈何并罪之？公所得幾何？乃助不義。爲謝王公，毋污我，使得罪天下後世。」卒不署牒。澤等得釋，滐有力焉。

劉公雪冤

劉公重威，號溪東，楚監利人。爲韶州守，法寬平，愛民如子。適山寇竊發，屬邑戒嚴，時備兵。僉事王以有警，自清遠巡歷，隨部海兵船駐英德河下。海兵既稔地利，夜於空僻處逾牆入縣，殺守卒，劫帑金，斬邑南門以出。守城兵即時追獲，賊兵衆，反以帑金坐民兵。僉事者冀自全，隨海兵所坐坐之。重威聞而泣曰：「下覬脱罪，上冀完名，使我殺人以媚人，而可爲乎？」遂治文書，力爲昭雪。次日，解印授，棄官而去，欲以感悟當道。適直指按詔，亟留之，乃反。於是按海兵罪，而脱五十七人之死，僉事落職歸。劉官至大參，享年九十有二。

陸公雪冤

陸公言，號慎餘，攝黄陂邑令時，藩參某好入人死，死多不蔽法。艮民、彭鳳等十五人被誣重辟，廉知其枉，具申釋之。督楮蒲，崇捐俸恤貧，楮民毛鳳岐獲全夫婦。楚人感泣，至今誦之不衰。

吾郡賢守

會稽四橋陶公，爲吾郡孔子所稱孟公綽不欲者，予特記其一二細事。有新進士出差過郡，入謁公府，由甬道逕進，旁觀者以爲訝。公出次肅客如常儀，已送出，及月臺，揖客東墀下，從容言曰：「頃者鮑三峰老先生過辱亦從此。」客悚然，意色殊沮，而心不覺折服。其德器渾融，皆此類也。升九江兵巡道，會景王當之國，吾郡合用縴夫幾千人，自池州沿江下。當行官吏料鄉之壯者受役往返，留候不可爲期。公計徽獨遠，語當事者，檄府解庫内無礙銀若干至彼代爲顧役。時溽暑，行者多吐瀉，有掊仆道路者，而六邑以公故，不知有徵發之擾。公官至南禮部尚書。子望齡，己丑舉禮部第一人。

吾邑故國

豐城李元凱，名傑，以字行。由進士爲吾邑令。下車與民休息，至利病當因革者，調停竭力不避，勞怨任之。國初設千户所鎮其地，歲久官暴滋甚，特奏除之。會又有採木内臣貪虐，淩蔑有司，遂棄官歸。貧無可耕，然篤志前修，往拜吴康齋之門，談道終身，窮約不懈。按《南昌志》稱李公若此，則亦吾邑故國也，故録以備采邑乘者。

不阿上官

觀吾劉君自言官欽州時，廉守周宗武，臨川人，始爲惠州同知，清介絶俗。督府殷石汀知之，揚於朝堂曰：「廣中好官如周同知者，真古之廉吏也。」於是得陞知廉州，而性頗卞急。合浦丞王士魁者，泰和人。一日，觀吾同之謁府，周君語王曰：「牒下勾某犯，其盜也，久稽不解者何？」王拱手對曰：「丞固知某者係良民，上誤訪爲盜，因寬之至此。」周艴然曰：「丞奈何與府抗？」王曰：「誣良爲盜，烏在其爲民父母也？死不敢逃罪。」既罷，周語觀吾曰：「吉郡故多貞士，適王丞所對，大有執持，即抗節忠義事亦能之，鄉丈爲我謝過焉。」王后陞名山知縣，以耿特不阿，得過州守，左遷静海諭，轉寧波授，罷歸，貧約如故。乃館於篤庵王君家爲句讀師以自給，而鄉評愈益高之。

批鶴帶牌

山陰祝瀚，字惟容，爲南昌知府，廉明有威，聽决無滯。時逆濠勢漸熾，戕民黷貨，瀚屢裁抑之，郡人賴以稍安。王府有鶴帶牌者縱於道，民家犬噬之。濠牒府捕民抵罪，傾奪其貲。瀚批牒曰：「鶴雖帶牌，犬不識字。禽獸相争，何預人事？」濠卒不能逞。世頗傳批鶴帶牌語以爲奇，而未知其爲瀚也。

貴可復賤

陸貞山粲著《李給事潫傳》曰：班固書稱朱雲著節漢廷，後不復仕，常居鄠田，時乘牛車遊衍自適。雖宰相欲延致之東閣，弗屑也。李公自盛明之朝，數上書顯譏貴勢，亦矯矯壯激矣。其謫也，非上意，令異時復起，比且馴致大官。乃泯跡里閭，優遊終老，遭有力者相援而執弗變。方諸槐里令屈强衰世，雖所遇不同，然風操則仿佛似之。抑吾聞馬文淵有言：「凡人既貴，當使可復賤。」今之仕者，一日去官，即愁沮喪志，如魚失水，喁喁然死耶，所謂不可復賤者耶。若李公，食貧不悔，可以爲難矣。貞山疏論蘿峰落職家居，久之，以薦起補永新縣令，入覲即乞致仕。既貴而可復賤，貞山身有之焉。

徒步里閈

唐太宰漁石，家居瀫水之上，未嘗乘肩輿出入。客有問曰：「大夫不可以徒行，翁學孔子者，而欲過之耶？」太宰曰：「然第吾師楓山先生，雖老猶徒步里閈間。乃侄朴庵公、竹磵潘公皆秉此禮，吾安敢違？」可概想古昔老成典刑。此鄉党恂恂家法也。今蘭溪士夫出入肩兩人輿，猶存好風範。

文定薦士

范理，天臺人。楊文定溥在内閣，其子自石首入京，因述所過州縣迎送饋遺之勤，獨理頗不爲禮。文定因而知之，薦知德安府，其爲縣纔八月而已。後尋薦陞貴州布政使。或勸理宜治書謝，理曰：「宰相爲朝廷用人，非私於我。」及公卒，理乃祭而哭之，以報知己。理仕終吏部侍郎。夫宰相以得士爲功，士以守己爲正。文定之待理，與理之自待，可謂兩盡之矣。世能不以迎送饋遺求人者時有之，然未有汲汲薦拔若文定之於范公者。且世莫不欲求士，今求士於無書政府與不作呈身御史者幾人哉？

張尹識人

東洲崔公桐有《送王仲芳任南銓曹主政序》云：門人張子鳴鶴者，以鄉貢士尹容城，入覲。予問之曰：「邑有人焉矣乎？」對曰：「吾邑有楊生繼盛者，於鶴爲鄉同年。自鶴之涖容城也，無與於鶴之政，亦不至於鶴之室。常遊京師，問業於少湖學士所，績學潔己，軼俗雅尚。吾愛之、重之，亦不可得而親也。」予聞之喜。今年丁未，仲芳舉進士高第，宴集於南宮。見其貌温如也，退如也，聽其言若不能出也，確乎其根理而本性也。乃益信張尹之言爲非諛也。他日以語少湖公。公曰：「吾賢若人舊矣，子亦賢之，則吾免子羽之失矣。」其言如此。然則椒山之讜論正節盖養素之然，而予又以東洲之問得人與張尹之識椒山皆前輩事。

布衣直氣

吉水羅誠，慷慨有氣節。博極群書，屢舉不第。修撰羅倫以言事被謫，誠奮然欲往救之。白於巡按御史陳選，遂徒步詣闕下上疏，且夫陳王道爲條三十二。執政惡其切直，以爲倫黨，下禮部議罪，遂斥歸，名動京師間。侍講彭教贈之詩曰：「布衣徒步自江南，上奏公車直氣酣。畎畝憂時人共羡，班行竊禄我方慚。不逢且復龜藏六，有韞何妨足刖三。賈誼有書歸取讀，他時捫虱聽高談。」一峰之謫，陳克庵爲御史，嘗疏請還之朝，故羅誠得以申其氣。文江多節士，所由來已久矣。

黄州庠士

何吉陽遷，故與黄州庠士某者以學問友善。吉陽巡撫江西，過家，某青衫來謁，門者不即爲通，因散步庭上，環視壁間懸軸，其首則嚴分宜筆也。遂索前刺，書一絶曰：「椒山已死虹塘謫，天下誰人是介翁？今日華堂誦詩草，始知公度却能容。」囑門者投之，遽拂衣去。吉陽得詩自慙，亟遣追之，舟解纜遠矣。吉陽染於嚴氏，大爲清議所鄙。惜哉！庠士之名不傳也。

吴君長者

孝豐吴封君，南山公之父，諱玒，行八。其人謹願畏法，盖厚德長者也。一日自外歸，過其別墅，望見栗園中有人正在樹偷栗。廼亟勒馬轉，迂路三四里抵家。語其故，且曰：「設我過而彼見之，必倉皇墜地，非死則重傷矣。今恣其所取，損我能幾何哉？」即是一端，其仁厚類可想見。乃今子姓蕃衍，簪纓赫奕，固知其有自來矣。

市藥焚券

羅念庵先生之先世有名慶同者，號善庵。嘗以市藥爲濟人之囮，無親戚貧富，以病請藥，必與善品。即負券不償，輒焚棄不問。嘗大雪，夜半聞扣户聲，亟起問之，則境外儒生爲母市藥者也。延入，坐而嘆曰：「夜市藥者多矣，要皆急其妻與子，未有爲母者也，子其孝者與？」因勞其良苦，飲食之。儒生出金釧質藥，問之曰：「而母命之乎？」曰：「病困，不知也。」慶因曰：「而母病間聞市藥，問所質，云去金釧，心當恚忿，是益其病也。亟持去。」手授良藥，復遣人衛行。歲且暮，儒生券未酬。僮奴持之曰：「券直若干，奈何？」慶同笑曰：「汝爲吾惜金耶？」投之火，竟不問。

明年春，有騎從帷車來者，問之，則負券儒生母子也。其母手持金布拜曰：「微翁不得至今日。翁兒女視我，我無以報，病起，手織此布爲壽，是以後期願翁世世子孫綿綿纚纚，如此布矣。」慶同受而復遺贈之。其善行類若此。曾孫循，官山東副史，是生文恭公洪先，舉嘉靖己丑廷試一甲第一名。善庵更以市藥起家。東廓先生曰：「仁義之外無功利，但不謀不計耳。」

出金賑饑

會稽陶氏，簪纓相繼，爲望族。其始著曰陶諧，嘉靖初贈兵部尚書謚莊敏者也。諧四世祖曰仕成者，當正統時，以富民供大璫阮某。其後，阮倉卒被命入，意不測。密召成，以私積六千金托之。成持金而歸，投井中。居數年，阮竟死。成出井金，走白守吴某。守曰：「金無知者，爾盍取諸？」成固謝。會歲饑，悉散以賑鄉人，以是稱陶長者。後數十年，卒有莊敏。至今彌熾彌昌，人以爲皆成所種云。

賑饑代輸

永嘉何淮，勤儉起家而好施與。弘治戊午，歲大饑，出谷數百石貸鄉人，已而悉焚其券。及掌鄉賦，復值欠，通都米鹽，皆爲代輸。時疫繼作，則倩藥施藥，全活甚衆。置義塚，施棺櫓，凡可以利人者，孳孳焉行之不怠。守巡郡守嘉其行誼，咸褒禮之。以壽考終。曾孫懋，官今爲兵部武選郎。予在東甌，王九嶽爲言。芳巖之先稱長者，善行甚夥。今採《永嘉縣誌》而録之。何芳巖之父，九嶽甥也。九嶽以貢爲州守，四十掛冠，築幽棲之室於郭外，談方外秘，不齒世事。

屢賑鄉饑

山陰高宗浙，字叔胥，讀書好禮，積而能散。嘗捐山七十畝爲義阡，給槥以葬貧者。里有衣冠之裔盜其牛，或以其人告，輒諱而隱之，不忍污其世。正統庚申，歲大饑，糴旁郡米七百解歸，給鄉人，全活甚眾。明年，饑又出，私廩助公貸。後二十年，又饑，亦如之。時同邑吴淵、周端并出粟千石助賑。有司上其事，詔遣行人廖恂賚勑旌之。三氏子孫至今繁衍昌大，爲山陰世家。《拯饑兆梦》

歸還寄金

鄒侍郎守愚志鄭處士，述其舟中遇賊事。眾怖而避，處士獨留不爲動。俟賊至，解橐中數金予賊，曰：「吾市入者，盡以予若也。」賊信而不問。當是時，鄉人寄金以百數藏於坐下，幸猶完。而同舟者走倉卒，失橐金在處士側，處士持蒲席覆之，也免於賊。賊去，同舟失金者方號哭，處士笑曰：「無憂也，汝金在茲。」失金者拜謝曰：「此非天賜之金，而公賜之金也。」歸而還寄金，寄者聞處士以金予賊而完其金，請以金分償。處士曰：「吾自失金，君自完金，如是則君不失於賊而失於我也。」固却而不受。處士不獨有還金之義，解囊中數金予賊，可以觀智；衆怖避而獨留，衆號泣而笑，可以觀量。

多還失金

程瓊，休寧人，寓州北門外，開鋪賣飯宿客，蓄馬騾送行。其人雖居市井而輕利重義。有歸安宗定者，攜銀百兩來州買絲。絲未出，復歸，飯於程鋪，就顧其馬下梅溪。置銀於布囊，縛之鞍後，至中途墜地不覺也。跟馬童拾之，匿於路旁竹園内。宗至梅溪解囊不見，初不意童也，乃馳回程鋪查訪，且榜諸途曰：「得銀者願平分。」程視童面色可疑，遂密誘之得實，亟押童至其所取銀還之。宗以其半爲謝，堅辭不受，減至二十兩亦不受。然程之拾遺而還非止一次，此其多者耳。嗚呼！今之人競刀錐之利至忍心害理而弗顧，況百金哉？昔柳子作《吏商》，譏官之賄者即商也。乃斯人者，商也，而所爲若是，恐爲士者或不及也。吾將目之曰「商士」，可乎？

太古之民

王麟洲記

予行役關西，嘗由漢陰入子午谷山行，崖壁巀嶪，林木蓊鬱。見水澨二叟，策杖行歌，意似逍遥者。廼揖而問之曰：「叟何許人？」對曰：「山中學究也。」又問：「何能自適如此？」一叟對曰：「力田收穀，可供饘粥；釀泉爲酒，可留親友。臨野水，看浮雲，世事百不聞。」一叟對曰：「浚池養魚，灌園藝蔬，教子讀書，不識催租吏，不見縣大夫。」予乃作而謝曰：「真太古之民哉！」

肖　子

《史惺堂先生日録》

萬曆六年十二月，王道稱「門下不肖生」，吾答云：「夫所謂不肖者何也？非

『貧賤夭』世俗不肖之謂也。蓋肖者，似也。與天地相似而不違，與聖賢相似而不悖，方謂克肖。至於似父母，人皆稱之曰『肖子』，吾則不盡然：蔡仲不似蔡叔，却是肖，惟丹朱商均不肖。雖然，人之父母，性天地之性，心亦是聖賢之心。但爲世利昏迷，只要富貴，不管違天地、悖聖賢。爲之子者，須是克蓋前愆，肖其性，不肖其氣，肖其真心，不肖其習心，方是肖子。夷齊餓死是肖，齊景富且貴，終是不肖。近日嚴氏父子，肖乎？不肖乎？」

感法慧恩

唐一庵云：予少慕古人，稽古訓仿其成軌，日苦而無所得。後謁甘泉湛師，問孔子之行，則曰：「不在《鄉党》章。」問周公治天下之法，則曰：「不在《周禮》。」問禮樂之實，則曰：「不在《儀禮》十七篇。」言未竟意而别，北上會南宫試，寓都下玄恩寺授徒，得老善知識法慧。每予講，輒附牖而聽，講畢，輒微哂，凡數次。予異之，與語且窮詰，乃悟湛師昔日之教我者。因盡棄舊業，以其所自悟求參於古訓，歷歷有證。然後信其爲終身所從，而感慧老之恩有不可忘也，因爲《結襪子》詞以紀之，且曰「古詞有《結襪子》，言感恩重而以命相許也。今之所謂恩，類以衣食援拔爲感，而不知啟我愚蒙以立性命乃爲至恩」云云。往予見羅近溪先生，輒稱顏山農恩師，蓋亦感其啟發之功，與一庵之於法慧同意。

張全山

張全山，官學職，年八十有六，有少容。陳泰嚴談其爲人甚可法：官雖小，若以爲貴；家雖貧，若以爲富；年老生一子且幼，若以爲衆且壯也。欣然無憂戚之色，且不形之議論，真實做自家事，宜其壽也。因憶全山對徐存齋曰：「彼蒼報施，決不差爽。」然則全山得壽，其亦有由致與？

悅心長老

羅近溪居京師，偕鄭坤巖諸同志訪禪林悅心長老。悅心遍叩之，曰：「諸公皆可進此道，獨不敢許近溪。」公愕然問故。曰：「載漏了。」近溪大服。已謂昆巖諸公曰：「此語惟近溪公能當，對諸公却不敢道。」諸君皆大服。

朋友規勸

每觀先輩友朋規切之益。白沙先生在太學，布政使周某時與同遊，所藏古人墨蹟，愛踰拱璧。先生因借閱，經旬不還。周數取。先生笑曰：「試君耳。得非所謂玩物喪志耶？」周遂有所警發。章楓山最推服羅文毅，嘗曰：「吾輩但可修政立事耳，如彝正者，真能正君善俗也。」及文毅行鄉約過嚴，貽書諍之。舒梓溪在翰林，嘗謝貺恩馳入吏部。堂屬嘖有煩言，國裳將奏其作威。黄才伯謂曰：「曾記《定性書》乎？『人於怒時忘其怒』。」國裳謝曰：「吾子督過是也。」即焚其章。王、湛講學同志，及陽明遭喪，甘泉往吊之，深諍其每事於禮不合。予又聞康對山與吕涇野友也。康氣豪任達，聲伎自隨；吕則跬步必以尺矱，而兩情相得無厭。每飲，將進歌伎，康顧吕先罷去。仲木故德涵所薦士，或遜謝不欲獨異。德涵曰：「鄉邦屬目，吾兩人耳。吾既脱禮法之樊矣，復欲子溷其中耶？然則耳目何則焉？」關中人士兩賢之。

三公俱有子

嘉靖初，都御史李璋以欽明五臺縣納粟指揮張寅非妖人李福達，罪反原問，遂與御史馬禄譴戍，璋謫雷州。子諄舉進士，爲都察院都事，陳情代戍，朝論韙之。尚書王杲亦戍雷，子世雍官按察使，棄之來省，戀戀未忍去。一夕，杲與客奕，夜五鼓遽卒，遂扶櫬歸南。御史馮南江恩抗疏指謫權貴，下獄論死。子時可年十四，上書乞以身代，晝夜哭長安街，攀諸貴人輿以訴，又刺臂血書疏，詣闕乞死。通政陳經引以上請，肅皇帝憐之，下令再議，詔免死，戍雷州。三公皆寓居高要，皆有賢子爲世所艷慕。南江獨得釋歸，穆皇帝嗣位，奉遺詔録忠賢，時年已七十，即其家拜大理寺丞。時可中乙卯鄉試，官應天府通判。王鳳洲爲著《父子忠孝傳》。而時可弟時行舉進士，官副使。世廟威嚴，臣下稍有抵觸，或禁錮，或編戍，往往黄馘謫籍以死，人莫不憐而天固錫之有子也。

晚成名士

科目固多晚成士，間嘗拈出知名數公，皆予所耳而目之者，爲世作談助焉。甌江張羅峰孚敬，晚發而驟貴，當時以七年進士登樞要爲怪事。羅峰讀書山中，故嘗詮注《禮經》，大禮之義乃其胸中素定者。遭際聖明，不偶耳。晉江傅錦泉夏器之魁天下，其《論語義》，皂衣初試作也，文弗録於有司。後三十年竟用之，不易一字。人謂其果於自信如此。浮梁金星橋達，四十七舉於鄉。又十年，人莫不以爲遲莫，而星橋意興豁如。遊於平康里，題其妓舘云：「羯鼓争陳，欲吐猶含前夜雨；探花人至，忙開莫負上林春。」明年，會元及第。昆山歸震川有光淹最甚，余文敏公始拔之，人以此賞其識鑒，而謂：「歸生第，江南了大件事。」楚人劉復井珠者，故與江陵父相長大爲友，以計諧頻數，號燕舉人，卒出江陵門下。其壽江陵詩：「欲知座主山爲壽，但看門生雪滿頭。」然不能以才名著也。四明余漢城寅，與太宰沈蛟門一貫，故文敏公同社友，卒皆出其門，而漢城最後。毗陵徐警弦常吉，既久困，庚辰竣場事，焚其積稿一篋，爲文祭之，後乃以上海教諭登第。槜李袁了凡黃，初名表，丁丑文擬入彀，主考嗛其對策語過哆，置不録。了凡語予：「吾命不失老進士，當需丙戌科。然亦落落人下耳。」果然。同時有光州劉太景黃裳稱宿學，德興祝石林世禄、秣陵焦漪園竑與予淪落風塵。余二十年己丑始釋褐，而漪園遂大魁天下。

楊周善辟穀

高明有楊銓者，字惟虛，嘉靖戊午貢入太學。京師聞其辟穀，自公卿以下，莫不客之饋之。羅文恭謂其五年不食，連舉二子，好相宅及醫，蓬跣入山，步健如飛也。其遊武當，贈以詩曰：「爲儒不解遠尋仙，妻子相依住海邊。身自休糧非煉藥，足猶棄屣豈留錢。地中五氣多年識，旬內三庚盡夜眠。獨有名山懷舊約，一蓑風雨去翩翩。」揭陽周君篤棐，爲台州同知，萬曆十五年春正月，予見之金華，時辟穀五月矣。數訪之，教以「專氣致柔」一言。甫別去兩月，念父母老，一夕舉官帽爇之，次日角巾見客，遂投牒歸。頃詢於王實軒懋中，則其家貧甚，丐貸以活，而辟穀如故也。

録三志士

監生石大用，薊州人。正統甲子，處六舘諸生間，恂恂謹飭，務强力植志。會祭酒李忠文公時勉忤權璫，困首木於監門，三日不釋。時炎熱蒸鬱，病昏不能勝。石義激於衷，具疏懇請自代，謁銀台。懼之以法。石曰：「死生以義，何懼之有？」疏入，蒙并釋之。在廷文武咸嘖嘆賞，求識其面。趙同魯，長洲人。志氣高邁，自經子百家言，靡不涉獵，下筆滔滔莫能禦。身居田里，喜論當世事，見人之屈抑與民間利病及時政缺失，憤然若迫於身。有裘巡檢、王御史誣民爲軍盜，能奮力諭而遏之。遇歲眚輒陳白拯濟方，切中。時巡撫王端毅公大奇之。嘗論三吴水患，特起白茅港之議。越數十年後，果發工如其言。韓愁，成都人，將家裔也，自號飛霞。不樂仕，自負閎概人善詩文，沉機遠略，有不可詰其際者。知黄白之術，托談醫氏，後改姓白氏，自謂能點化己姓。天無一，地無十，脱去其畔皮囊，故昔韓而今白矣。彭幸庵總制川廣陝軍務，剿撫流寇，計多出飛霞，功成而人不知。唐一菴樞曰：「世不乏志士，匹夫耿然則隨所運用，三軍不可爲奪，而況於務禮知文之士哉？」天下有三志，而志富貴爲民下，然能以富貴爲志者幾何哉？世多垂涎染指而終貧賤，蓋特意興發不足以言志。甚哉！志之難立也。若三子者，可以言志矣。雖然，一年而離經辨志，期王而王，期霸而霸，能得天之所以生人，則知我之所以爲志，又烏可不慎乎哉？

卷三

談箴

存諷議也。貌言，華也；里言，實也；甘言，疾也；苦言，藥也。人而能言亦寡矣，言而直指敗闕，剴切中窾，則千百言一言耳。夫事如弈棋，眩於當局，軒名説虎，止資笑談。予之集此，蓋取旁觀之審而談之色變者也。又言有足以訓世者，擇之備規諷焉。

魏莊渠答周白夫

吴郡徐官編《古今印史》述魏莊渠答白川周行之書曰：日李康惠公爲刑部屬，見素林公爲僉都，謂李曰：「昔三原王公在南都，其志未嘗一日不爲天下國家，故無一日無賢士大夫往來門下。今吾門何寥寥也？豈吾不能屈己耶？何賢者之不至也？」李因問公曰：「公今所交何人？」曰：「司寇張公實、太常王應寧、司諫楊方震。」「請各問所長？」曰：「某長於某。」「請各問所短？」曰：「某短於某。」：「請問公所長？」林遜謝。「請問公所短？」林因虛心問焉。李曰：「承勳每侍教，所聞惟節義文章，而未嘗及學問。所長在是，所短其亦在是乎？」林深嘆服。前輩風度如此。願吾兄以三原公及見素爲法。見素公節操文章所謂嶽立鴻舉者，康惠公尤以學問修所未至。莊渠述之又以三原、見素修，白川遐哉典刑，邈矣徽音。

燕樂堂自述一

仁和郎瑛，字仁寶，著《七修類稿》，家有燕樂堂云。

予書室之外，有燕樂堂，朋類講學宴飲，則於此焉。因述古人薄養之言，少爲增損，酌以古人求益之事，揭二紙於壁。其一曹子建《與楊德祖書》曰：『世人著述，不能無病。僕常好人譏彈吾文，有不善，應時改定。昔丁敬禮常作小文，使僕潤飾，僕自以才不過若人，辭不爲也。敬禮謂僕：「卿何所疑難？文之佳麗，自吾得之，後世誰知定吾文者邪？」又任昉爲王儉主簿，儉出己作，令昉點正。昉因定數字，儉嘆曰：「後世誰知子定吾文。」由是敬好終身。吾嘗嘆此二事，達者之言。每對客以爲美談。今世俗相承，所作詩文，或爲人所詆訶，雖未形之辭色，及退而怫然者，皆是也。嗚呼！今人一善而悻悻自得，視此不有愧哉？予嘗願學，而人不屑教，故特書之客座，以代夫求益之告也。

燕樂堂自述二

晉陸納爲吴興太守，至姑孰辭桓温，因問温公：「飲酒幾升？食肉多少？」温曰：「年大來酒三升便醉，肉不過十臠，卿復云何？」曰：「素不能飲，止可二升。」後伺温間曰：「外有微禮，方之遠郡，欲與公一醉，以展下情。」温忻然納之。時王坦之、刁彝在坐。及受禮，唯酒一斗，鹿肉一柈，客主驚愕。納徐曰：「公飲酒三升，納止二升，今有一斗，以備杯酌餘瀝。」温及賓客并嘆其率素。又宋司馬温公言其先公爲郡牧判官時，客至，未嘗不飲，或三行、五行。酒沽於市，果止梨栗，肴止脯菜，人皆不相非也。嗟夫！此事吾於奉己待賓之法深有取焉。今人少薄遂以爲鄙，不知此何益也。且日用不細，吾故備録一通於燕樂堂，或大賓見之，亦不罪予之薄奉也。

性即是命《自樂編》

或問晦庵曰：「何如是命？」曰：「性是也。凡性格不通不近人情者，薄命之士也。」以此可見，性之與命，本通一而無二假。如漢高寬仁大度與項羽婦人之仁，其氣象自別，英雄之士一見而窺其微，豈必其成功哉？今之人，狼疾者，必罹横禍；殘忍者，必構刑戮，殆亦不近人情之驗耳。又每於人事驗之，性見書喜讀，其命必利科目；性善營生計，其命必豐貨財。作事憒戾者，命多罹禍患；所爲狼疾者，命多罹死亡。心慈者，壽命長；心刻者，壽命促。性不奸回，世途必無蹇滯；性能孝友，子孫必且賢達。此其事應，常十而九可明驗也。有不盡然，或其修德以回天，滅德以減福與？而何可一例論也。或云：「命有定，命無定？」余謂：「命無定無不定。

前世修種深厚，生爲公卿一定不易；前世修種淺薄，全在今生隨時厚積以耨福田。曾見道書云：『人頭上各有七星，行一善事，則星光增耀；行一不善事，則星光隨暗。』果爾，則吾身福德全在修種，如前世有善果，則福德可因而愈厚；如無善果，亦可藉以修種，不待他生後世也。不然，德日削，福日減矣。」以此論命，可謂不易之論。

論郭元振器量

《談子》曰：「昔唐郭元振未第時，已能爲汾民祛烏將軍之害，其膽志蓋一時，異時忠孝文武已兆兹矣。」又有言：「元振嘗山居，有人面如盤，瞋目出於燈下。元振了無懼，徐染翰題詩其頰，題畢吟之，其物遂滅。若元振膽志，豈其獨鐘耶？抑人皆可學而有者耶？」洞先子曰：「稽之元振讀書太學時，適其家寄資錢五萬，有叩者曰：『吾五喪未葬，願有丐也。』元振即奉五萬錢盡畀之，不復問其名。元振器量固若此，然則膽志其有本哉？力本則可以學矣。」弟子以告，先生曰：「器量生於明，明爲本也。子不聞濟南郡方山之南有明鏡石焉，方三丈餘也，山魅行伏了了然著鏡中莫之遁。至南燕時，山魅惡其照也而漆之，俾弗明。自鏡石漆，而山魅晝熾，人足埽矣。夫人莫不有鏡能照魑魅，魑魅引遁不皇矣，皇害人哉？雖然，吾見今之人有自漆其鏡以悦魑魅者矣，其不爲魑魅佈伏者誰夫？」弟子曰：「昔宋顔延年嬖其妾且畏之，妾一日蹼跌延年幾斃。妾死，延年反哭之慟。已而恍見其妾出於屏間，驚悸遂卒。然則魑魅，夫人自爲之也。」先生曰：「然。」

樂仲子 胡廬山《談子》

樂仲子曰：「吾昔好種橘，吾種輒前春而植，私竊懼晚也。植而遂者，十不得一二焉。」訊之老圃，圃曰：「橘不可前春種也，盍後之？」吾從而後之，植而遂者，十嘗得八九焉。又訊老圃，圃曰：「冬榮之木，其氣外周。外周者，非陽盛不可活也。冬謝之木，其氣内固。内固者，雖陽未盛，活也。推此，則百種百活矣。」仲子俯然嘆曰：「吾益信枝葩繁者本根瘯。周公曰：『冬日之閉凍也不固，則春夏之長草木也不茂。天地不能常侈費，而况於人乎？』是故君子貴斂其真，不瘯其根，萬類以生。」

櫝熊治盜

昔唐寧王嘗獵於鄠縣，介搜林莽，草際一櫝，扃鑰甚固。王命發視之，乃貯一麗姝。問所自，姓莫氏，出衣冠家，夜遇賊僧劫至此。王驚悦之，載以後乘。會獵者獲生熊，因納櫝中，乃扃留草間。時明皇方慕極色，王以莫氏殊麗，即表上之，具奏所由。上令充才人。經三日，京兆奏鄠縣食店有二僧以萬錢賃店作法事，惟舁一櫝入店，夜久腷膊有聲，遲明寂然。店户人怪之，啟視，有熊衝出脱走，尋二僧，已骨矣。上知之，大笑曰：「寧哥大能，處置此二賊也！」談子曰：「彼二僧自謂得麗姝如莫氏足樂矣，而不知櫝中之忽化爲熊也。明皇自謂得莫氏矧又得太真足樂矣，而不知域中之忽化爲胡也。明皇能笑二僧，後之人又笑明皇。嗚呼！人主其無令相笑無已也！」

丘仲深贈何廷秀

何廷秀喬新，生平氣節友彭惠安，文章友丘文莊。《椒丘集》載丘仲深贈廷秀序曰：「古之君子，其仕君也，憂治世而危明主；其交友也，危君子而憂善人。何則？自古及今，君子少，小人多；善人少，不善人多。君子在衆人中，如斗在星也，如明燎之處群燈中也，如比屋中之危棟突出也，如衆物雜陳而明鏡爛然於其間也。盖其自處高，其爲質大，而又致用之弘，高大而光明如此，人舉目斯見之矣。有善美焉，固未必彰；有疵失，人皆指擿之、傳播之，不少容矣。豈非深可憂危者乎？是以古之君子有志於扶持善類者，恒切切焉，偲偲焉，過於憂以危。非固以是相黨相比也，其心誠有在於斯世焉。《傳》曰：『不有君子，其能國乎？』使凡今之布列中外者皆若而人人存此憂危之心，自憂自危而又相與爲憂危，則善類以植，國脉以壽，天地間之元氣恒以完，尚何憂危之有哉？」至自謂於廷秀，憂其無可憂之憂，危其無可危之危，其爲廷秀憂危如此，其所自憂自危可知矣。於是益嘆前輩之不可及。

霍渭崖與胡静庵

屢辱君子惠教之厚，感而且懼，内省而又愧激交并也。先生所以引拔後人者極厚矣，然而生非其人也。生剛褊棄人也，苟不自度而誤爲世用，吾知其不惟不足爲世道幸，抑亦反爲躬行之玷而取困也。生昨者五羊之行也，士友舉酒而祝曰：「今日惟格君無其人耳，子勉之。」韜對曰：「古之格君，必德如大人然後能，予猶未免爲小人也，敢辭。且古人之啟沃也，其相與也，果如今之拜而稽首立誦講章耶？今之人有求稽首誦講章不可得。苟得之，則幸且耀矣，是其足與語格君耶？我不足以與於斯也，敢辭。」昨過崑山，與魏莊渠聚三日乃别，莊渠子曰：「聖明求治之心，天地可質而格也，二三子可諉乎？」生對曰：「譬諸曳大木者，一人之力孰與九牛？今有置九牛於林莽，豢養於散地，獨疲其筋骨手足，望大木之曳而咫尺也，必不能矣。今天下負九牛之力者不少矣，乃林莽自豢，散地自逸而自適，人亦莫之驅遣鞭策之也。」曰：「曳大木者，果無其人？惑矣！二三君子，天下之九牛也，可無鞭策之及之懼乎？」莊渠子曰：「九牛非我家畜也，惟幸雨潤草肥，俾黄犢得安眠高壟耳。」生正色對曰：「諸君勿輕退托，今日急務在薦進多賢以革陋習，則人心自正，善類自多，而祖宗舊章自復，天下自治。古人求治有急於退小人者乎？生謂退小人亦自有道，苟正人在列，正氣日長，舉世士大夫孰願爲奸邪？故大賢君子之謀國也，苟能誘一人以爲善，是能退一不善人矣。人人相勸誘以爲善，是舉世不善人退矣，豈必黜逐之云？然是任也，均非生後輩所能也。」莊渠子雖是生言，亦自退托。生謂此乃先生與南都列位諸老所不得辭其責者。舟中録上當候興居之贄。

渭崖與王晉溪

向拜領教翰，直氣射人，未嘗不欽服。第恨率直太過，恐難乎與今人處也。今之人大率取依阿軟媚者，習遂成俗，故凡遇直率者，即群咻焉曰：「其人粗鄙。」遇恬静者，即群咻焉曰：「其人立異。」遇豪傑者，即群咻焉曰：「其人肝膽難測。」皆摒而不用。其用者必軟熟無氣、易駕馭聽使者也。此輩人在太平時極見忠厚可托，不幸事變卒至，委身寇庭而倒戈内向皆是也。今之豪傑伏在林壑豈可數計，然而當路者未見引共驅馳，何也？盖將求其通姓名者與識面者。苟不通姓名與識面，雖聖賢，彼不用也。雖有公薦，彼猶諉曰：「予未通名與識面也。」夫豪傑而必求其識面，然後信而任之，則夫真豪傑豈可以面至也？用世者所以多不得豪傑也。豪傑且不得，况於得真聖賢而用之？是無怪乎人心世道之不古也。聖上極眷注先生，惟當路者不無世俗之見，故先生不見信於世，亦以是也。生竊謂先生一代奇傑也，今之人未足言伍也。小試三邊，聊爲之兆。雖然，全陝沃野，周以王，秦以伯，漢唐四三百年基業也。外嚴武備，内勸農桑，尋秦漢富饒故跡而修焉，漸復兩周之舊，惟先生茲行是賴。關中故多豪傑，薦剡所及，諒不求識面與通姓名者。報國以進賢爲第一重事，尚留意。

孫存上霍渭崖

日蒙手翰，以所與涇野先生寅清之暇商確古今之正論諄諄訓誘，某何人斯，與聞斯教。夫涇野醇乎醇者也，夫子强哉矯者也。以涇野之醇與夫子之矯，陶鎔變化於大聖之域，發之爲論議，措之爲事業，必灼知乎善惡之幾，而擇守乎時措之宜，自不至於賢智者之過矣，而豈愚不肖如某者所能贊一詞哉！頃以門下辭受之嚴，僅市婺之朋酒以獻，而適得敗者，遂使夫子有感於以名取人之難焉。嗟乎！某獨不類是耶？若以言獻，安知非婺之敗酒乎？然是酒之初市於蘭也，價甚廉，其不市僞明矣。而顧若此，則中途所與同處者薰蒸之氣敗之也。嗟乎！士修於家，而獻於天子之庭，其所與同處者可不慎乎？是酒也，必一敗一不敗。今適酌其敗者，遂并其不敗者棄之，毋乃未盡酒之情乎？果然，則天下多棄物，而瑜皆以瑕掩矣。縱使二酒俱敗，而蘭產之正味則不敗也，他日更取其味之正者、不敗以氣惡者而酌之，則可以薦神明、酌賓客，而奚以一敗遂擯不使前乎？使當其方敗而改作之，否則別用之，或以爲酸醢，或以滌藥物，或以濟道暍，未甘委之溝壑也。存不幸實類於是。夫道之中也，猶酒之有正味也。賢智之過，則酒之釅而過於正味者也；愚不肖之不及，則酒之漓而失其正味也。《書》曰：「若作酒醴，爾惟麴蘗。」蘗多則甘，好善之深者似之；麴多則苦，惡惡之嚴者似之。以某觀於夫子，其酒之苦者乎？苦口者利於病，惟量之大者能受之。涇野其酒之旨者乎？式燕而醉於心，則量之小者皆受之矣。若以涇野之蘗與夫子之麴損益適中以釀之，則甘苦調而人皆知酒味之正矣。古人有體道之言，有知道之言。某不能釀酒，而能知酒之正味。伏惟捨其前日之敗，許今所市之真，取而酌之，則酷暑之氣可敵，嚴寒之天可温，而和氣可致，無妄之疾勿藥，可喜矣。若夫投之江以醉三軍，賜之食馬者可以化暴而爲忠良助，又其餘事耳。

上三閣下書

建安李古沖太宰默，庶吉士時有《上三閣下書》：僕聞士遇而獲信於天子，其不遇而幸信於天子謨弼之臣。今陛下明聖，僕何患遇？顧事有偏繫，勢所難投，慮非執事不足聞此。昔孔明治蜀，務集衆思、廣忠益，且下教曰：「若遠小嫌，難相違覆，闕損多矣。」又曰：「有能忠於國者，亮免過矣。」僕謭昧鄙人，豈曰能忠？至攄忱效愚所不敢以小嫌自避，則奉教於君子矣。孟嘗君使楚，將受象床，登徒子懷德色而諍之曰：「吾得寳劍以獻也。」古之人樂於成人之善如此。僕猥辱甄收，使奔走咳吐之末，豈不以德重岡陵，義足淵没？然而旅進群退、依阿取容，非執事所許也。敢緣所蒙，念存斯義，惟執事聽之。比者陛下降發中之詔，修翊戴之功，執事首膺異數，進秩諸侯，可謂曠世雋談矣。昔二號不辭兩國之任，旦奭不讓齊魯之封，其功大也。誠在優宜，不爲過侈。然而外内譁然，不浹衆懷，其説有二：小人曰：「相公汏冗食，正典禮，義不假於君親，而乃自利其爵爲？」君子曰：「相公畢命之臣，無利之心。

雖然，三子并拜而宫掖乖，五王并封而武氏横。相公不鑒，功名自此去矣。」夫小人之言懟也，君子之言愛也。懟者懷固其私，愛者要成敗以爲説也。夫是命也，謂盡出上旨哉？即不過左右憑藉以階寵耳。意其伺上勵精倚毘，遺耇難以得志，獨計所嚴憚者，二三宰輔與臺諫數輩耳。適觀茲隙，遂託焉以逞，以爲是足以羈絏之矣。觀其敘列，吾黨不及三四，而此輩已居八九，則其情狀先已敗露矣。先帝時，左右謬寵奸賞，動及圭組，濫爵一開，使八柄遂入二五之手，于命之禍，幾至土崩。雖其肇孽不可比類，然究觀今日之勢，欲至此無難也。昔寧彬輩陷先帝降號淫遊，處朝議不從，乃大賞勳舊而下而投之餌。雖諫疏屢臻，而依違者衆，竟使先帝不終正位，至今切齒所不忍言。此執事所覩記也。詩云：「殷鑒不遠，奈何弗慎？」曩者執事釐復舊政，所裁武員刑餘軍役不下二三萬。頃又用諫官言，言沙汰僧道，洶洶未定。京師之人，大半此類，積怨懷訕，已非旦夕。頃見執事膺此懋典，遂群起側目，謬生誹議。夫一人之身，而當衆怒之衝，竊爲執事不取也。昨者稱謂之典，執事據禮執議，反復十數，雖曲加遷就，猶非宫闈之意。萬一上春秋長盛，復有媒孽其事，引據祖訓構貪天之言，執事何以自固？今陛下仁聖僕誠，周防失義，然執事一秪命之，後此輩妄有希冀，執事能復忤之乎？僕慮正色難矣。即有否也，其搆怨殆不可測。僕念君相未交釀亂方自此耳。爲執事竊計，不若守奉祖訓，堅自遜避，决去就之圖。諸所蒙恩，亦宜正言裁罷。庶幾人人知吾謀國之心，雖至其身奕世之業猶將棄之。上足以結主心，下足以謝市里之謗，而中以破憸壬之奸，使之屏氣攝息，不敢恣肆，後天下之事可爲也。邇來執事累疏抗陳，沖心光大，然時未獲命，物議未孚，以謂姑徐徐取之云耳。且有病執事包羞之語者，誠執事所宜亟圖。萬一持久，間有詿誤，妄少指斥，虧損大矣。夫皎皎易污，嶢嶢難全，可不畏歟？今執事勳藏盟府，福澤在黔黎，子孫自宜世食其報，永永無替，奈何獲此而後爲貽謀耶？昔仲連説趙却秦軍，平原持千金爲壽，連曰：「即有取者，是市井之事，連不忍爲也。」後世稱播大連之義。且執事勳勞，孰與魯連？茅土之錫，孰與千金？然執事猶且蔑之，令聞廣譽，豈有極也？僕日夜詭量，敢以介推之事妄意規切。獨時念國事至此，憂防甚重，輒忘狂悖，略其讃述，謬稱縷縷之愚。所恃執事休容，無以下體。默皇恐再拜。

按李公《群玉樓稿》敘公之始入中秘也，適先帝繼統之初，迎戴諸臣并膺封爵。公貽書三相稱引古昔，勸其力辭濫賞，以杜權幸之門。正誼讜言，名動朝野，然亦以是見忌，改授兵曹郎，後竟以文貽禍。

甌東上張蘿峰

《項甌東集》有《上張蘿峰書》，最有關於相天子宰天下者。其言：天子之職，惟在任相。宰相之職，惟在下賢。其周恤民隱，除奸革弊，皆衆賢之職也。天下之賢，孰無忠君之性，宰相又從而禮貌之，豈有不感激思奮，以求無負天子。故稱周公輔相之功，在吐哺握髮，始以周公之明聖，能不辭吐握之勞者，其學根本於敬也。人心惟敬畏，則兢兢業業，視昆蟲草木如恐有傷；視匹夫匹婦，亦爲天之聰明也。肯於士者不之敬乎？夫士不同，其當敬一也。有英敏者，固可辯天下之務；有緩厚者，尤可養天下之和；有爲明主所棄，而士論歸之者；有爲士論所鄙，而明主親愛之者；有建明累於學識，而心事無他者；有形勢相逼性行相戾，而未必無他長可取者，要皆所當敬。是故來則未嘗不見，見則未嘗不愉悦以作其氣，從容以盡其辭。辭順必求諸非道，辭逆必求諸道。論事雖或如争，事定不失和氣，夫是謂敬士也。宰相敬以下士，士協恭以事君，天子可垂拱而理矣。然「敬」之一字未易言也。以舜之温恭而禹猶戒之曰：「無若丹朱傲。」禹豈不知舜之不爲丹朱乎？必謂人心之變遷無常，雖聖人不能逆料其後耳。老先生自謂與古聖人何如也？其持敬之功，固當百倍於古聖，猶恐失天下之賢士，若履盛滿而忘儆戒，將不覺聲音顔色拒人於千里，而面諛讒諂之人至矣。一薛居州，獨如宋王何哉？及蘿峰得請歸，又書以爲聞之，伊、傅之未相也，莘野、傅岩之朝夕當與農夫野老駢首雜處耳。及三聘之勤，後車之載，天子方有以寵異之，而勳業遂覆天下矣。司馬公之入相也，一時振作之功，亦掀天而揭地，及退而居洛，真率之會下及遺逸，至於朝廷天下，絶口不復言也。孔子曰：「用之則行，捨之則藏。」孟子曰：「其君用之，則安富尊榮；其子弟從之，則孝弟忠信。」彼諸君子皆有以識此也。老先生昔者在朝，已成安富尊榮之業，今之優遊海上，惟當倡率鄉閭，以成親長之俗而已。若夫無地起樓臺，居不謂之危；下堂拜縣令，勢不謂之屈。油油焉齒於族，齒於鄉，亦不失爲尊且貴。理亂不知，黜陟不聞，亦非忍於棄天下也。若然，則進退兩善，喬何間然之？有兩書備盡大臣用捨行藏之道，而「敬」之一字則尤進而善於天下，退而善於其鄉之本也。近日江陵覆敗之禍，起於不敬而娼嫉過絶天下之賢者。

夫婦有別

趙名明倫，揚州人。

趙人齊譚夫婦有別曰：五倫皆象陰陽，夫象日，婦象月，日月迭運於晝夜，相照爲望，相映爲弦，相避爲朔，相交爲合璧，月止一會焉。婦人陰類，故稱月事，則夫與合寢以應日月之交，既孕不復會。冬月，安静養微陽，於曆稱閉月，不復會。古者月令多爲之忌欲，人君謹房闈、遠色欲，其防甚嚴，法天以有別也，故壽命延、聰明長而胤嗣廣矣。夫有夫婦而後有父子，此人道之始也。無別則喋褻、蠱惑、夭亡，靡不由之，可不慎與？

説賁卦

衛長公一日爲予説賁卦，象曰：「山下有火，君子以明庶政，無敢折獄。」夫賁道之大，至於觀天文以察時變，觀人文以化成天下，而獨於折獄乎重之，何哉？蓋賁者，文飾之謂也。修明庶政，可用粉飾之具。若獄，則專用情實耳。苟恃其明而加文飾，非情矣。故古之言刻核者曰「深文」，言鍛鍊者曰「文致」，法曰「文綱」，弄法曰「舞文」。凡獄之弊，未有不起於文者。史稱蕭何爲吏曰「文無害」。曾子之告陽膚曰：「如得其情。」君子察於情與文之間，其於治獄，思過半矣。《易》之爲慮深哉！

戒復隍《自樂編》

聖人係泰，以「復隍」爲戒者，正以隍乃城之所自成，自城而復之隍，其勢順而易也，故聖人戒之。今人由拮据而成立，不猶隍之築城而樹立乎？其至覆墜不猶城之復隍而傾頽乎？因思貧賤者，士之常，越貧而爲富，越賤而爲貴，則非其常矣。由富而之貧，由貴而之賤，不爲去其異而復其常乎？其勢之易，亦奚疑古人之係泰必用「裁成輔相」者。正見否乃宇宙間之常事，利害禍福可以此例觀。

同僚

李卓吾先生守姚安時有《賀同僚序》，於此見先生之實學所謂優於天下者，最關世教，因載焉。

昔先蔑使秦，荀伯爲賦《板》之三章而告知之曰：「同官爲僚，吾嘗同僚，敢不盡心乎？」夫古之同官者，其寅畏恭慎如此，則曷故哉？盖同官爲僚，同寅爲恭，皋陶所謂「同寅協恭和衷」是也。夫其必欲彼此同寅而小大協恭者，非求以免罪而遠謗也，盖期以集事而盡人之能也。是故爲己甚逸而爲人易從，由此言之，則自知效一官，等而上之，不可易也。捨此則自用之不暇矣，而暇以和吾之衷也哉？且天下之事亦無庸於自用爲也，金木土穀，爲物不同，而同於爲養；工虞教養，爲事不同，而同於爲用。是故執一物者名一物，惟物物乃不匱；稱一事者止一事，惟事事乃不勞。彼役任其獨智而不知大同於人者，非惟身之不暇，而亦其勢之必不能也。譬之一人之身，而手足異焉，誅持於屨，索奔於掌，則手足廢矣；聰耳而聽之，目則不聞；明目而視之，耳則不見。雖有師曠、離婁，必不能以易，任成功而責公輸子以音聲則倍矣。誠知耳與目皆身也，雖彼之能皆我之能，雖此之能亦不足以病彼之不能，則恭自協而衷自和，夫恭之協矣，何寅如之？衷之和矣，何逸如之？予嘗持是以遊於世，盖深有可笑者焉。方予之在春官也，與涇陽蕭君同首領諸大夫。於時蕭君無事，予亦暇逸。既遷刑曹，雖有公理矣，然粤司有長，予之暇逸猶故也。蜀司有僚，予雖不欲暇逸焉又不可得也。盖當其時，雖予亦莫知所爲，而不覺啞然自笑焉。以是知我者謂我之能得朋，則竊爲我幸；不知者則以我爲笑，宜也。而不知吾之不以足持而手行也，是以手足皆爲吾用，而吾若無用焉耳。使予而有用，是耳目之一司也，非所以寅畏恭慎敬同官，而盡以人事君之心也，此同寅之道也。皋陶之所以矢謨，而荀林父之所以忠於晉也，而何有於爲郡乎？今姚名爲郡，民實易治也，予既承乏來此矣，其又敢自用乎？是故苟無僚也，吾猶將請如盖公者避而捨之，而日與父老嬉遊鼓腹於其側。况同僚周公以通敏之材濟弘遠之識，朝夕恭慎不懈於位者。予是以益信予之能得朋，盖真有所幸焉。

書戒子弟

羅一峰先生爲人，不視惡色，不聽惡聲，不恥惡衣惡食。與人子言，依於孝；與人臣言，依於忠。見一善人，則愛之如祥麟彩鳳；見一不善人，則惡之如封豕長蛇；見一饑寒凍餒之人，則傾家所有以賑之。大率義之所在，毅然以必爲，人之毁譽欣戚，事之成敗利鈍，己之生死禍福，皆所不顧也。及第後以書寄子弟，略曰：爲人祖宗父母者，誰不願有好子弟？所謂好子弟者，非好田宅、好衣服、好官爵，一時誇耀閭里者也。謂有好名節，與日月争光，與山嶽争重，與天壤争久，足以安國家，足以風四夷，足以奠蒼生，足以垂後世，如汴東之歐陽修，如南渡之文文山輩是已。若只求飽煖、習勢利，如前所云，則所謂惡子弟，非好子弟也。此等子弟在家也，足以辱祖宗、殃子孫、害身家；出而仕也，足以污朝廷、禍天下、負後世，甚至子孫有不敢認，如蔡京、秦檜輩，豈祖宗父母之所願哉？想其氣焰、官爵、富貴、容止，亦有如今鄉里中一二前輩也，而今安在哉？然則所謂好子弟者，亦在父兄有以成就之耳。

戒囑託

薛西原公，里居十七年，儉約自居，常如貧士。雖村翁野叟，接之盡禮，以非義干者，即婉言却之，人亦無怨。常自書曰：「雖小事不可爲人囑託，縱使救人於患難，而自損廉恥多矣。己之德與他人之事，孰輕孰重？此事當盟之於心不可忘也。」

戒嫉惡

殷秋溟《閑云館野語》

人皆曰嫉惡，以爲美談。予初不悟，亦以爲善念，盖更練既久而後知其非也。於作聖之功，此其爲鴆毒乎？若以之從政，或循此一念發之不覺而過當，則損德招尤，胥此焉出矣。《論語》云：「君子尊賢而容衆，嘉善而矜不能。」是故君子之於不肖，容之而已矣，矜之而已矣，未始疾之也。故曰：「人而不仁，疾之已甚，亂也。」疾之言嫉也，曾是君子而可嫉以存心乎？或曰：「然則君子有惡惡，稱人之惡又何謂焉？」稱人之惡，猶然惡之，况疾人之不善乎？疾人不善，則人之不善已先有其一矣。胸中無疾惡之心，自覺温然祥風，盎然和氣，廓然太公而無礙，粹然至中而不漓，豈不謂有道之仁人哉？故《秦誓》曰：「若有一箇臣，斷斷兮無他技，其心休休焉，其如有容焉。」有味哉，其言也。惟君子善善長而惡惡短，興四海長厚之風，養國家和平之福，即博厚悠遠之治，由此其選也。偶憶予昔處友一事，於兹深有愧焉。姑識之，永以爲戒。

阿留傳

陸文量，名容，崑山人。憲廟時爲職方郎，嘗疏沮征安南，又疏西域進獅子不宜受，又沮太監李良乞陞。敬皇帝登極，上疏論八事，言多切直。時劉吉柄國，疑容侵官，將陰中之。尚書余子俊爲言於吏部，得出爲浙江參政，尤有聲，既而以考察去位。文量有《阿留傳》，予喜誦之。

阿留者，太倉周元素家僮也。性癡呆無狀，而元素終蓄之。嘗試執灑掃，終朝運帚，不能潔一廬。主怒之，則擲帚於地，曰：「汝善是，曷煩我爲？」素或他出，使之應門。賓客雖稔熟者，不能舉其名。問之，則曰：「短而肥者，瘦而髯者，美容姿者，龍鍾而曳杖者。」後度不能悉記，則闔門拒之。短榻缺一足，使留斷木之岐生者爲之。持斧鋸，歷園中竟日，及其歸，出二指狀曰：「木枝皆上生，無下向者。」家人爲之哄然。舍前植新柳數株，元素恐爲鄰兒所撼，使留守焉。留將入飯，則收而藏之。其可笑事率類此。

元素工楷書，尤善繪事。一日，和粉墨，戲語留曰：「汝能爲是乎？」曰：「何難乎是？」遂使爲之。濃淡參亭，一如素能。屢試之，亦無不如意者。元素由是專用之，終其身。

傳者曰：「樗櫟弗材，薪者不棄；沙石至惡，玉人賴焉。蓋天地間無棄物也，矧靈於物者，獨無可取乎？阿留癡呆無狀，固棄材耳，而卒以一長見試，是元素之能容也。今天下正直静退之士，每不爲造命者所知；遲鈍疏闊者，又不爲所喜。能知而喜矣，用之不能當其材，則廢棄隨之。嗚呼！今之士何不幸而獨留之幸哉！」文量蓋以阿留而發其不偶於時相之慨也。賢者不能默默取容，其志必爲其所欲爲，必言其所欲言。乃違之，俾不通，至令自傷，求如一呆僮之見容而不得，亦烏在其爲相天下士哉！

罪言論

皇甫汸著

天子設臺諫之官，重言責之寄，盖以刺百寮、察萬民也。匪徒利害得失攸係，而人之賢不肖關焉。唐虞敷奏，上可達聰；漢魏疏陳，下將清憲。今則給事科分，御史道置，權備糾繩，職司彈劾者也。明誓之庭，若屈軼之指佞夫，鷹鸇之擊無禮，在物且然，矧伊人乎？飭鷺彰其發隱，冠豸示以觸邪。簪筆立朝，貴戚斂手以避；持斧按部，貪墨解綬而亡。輦轂瞻其威稜，臺閣欽其風采，庶幾鮑薛之概焉。自昔孔光之奏董賢，發其奸回；任昉之按劉整，數其釁稔，亦可以恊息動色矣。近觀章奏，跡涉風聞，事同毛舉。若盜嫂撻翁，無而爲有也；鄰鈇市虎，疑而爲信也；殺青蕪兩，薏苡懷珠，似而爲真也；展季覆寒，目以爲挑，子瑕奔疾，坐以爲矯，此泥其跡而不量其心也。或希旨於權赫，若路粹之誣文舉；或乘隙於寵衰，若子虔之責商君；或逞忿於己私，若劉洽之詆孝綽；或媒孽乎善類，若牢修之排元禮。既乏劉隗切正之義，復罕傳盛衰直之辭。謔浪鄙言，每污尺牘；帷闥穢行，亦濫惠文。明主聽讒，當加欺慢之誅；詩人交亂，宜申投畀之罰。乃敢鼠忌社憑，不肖罔疏；蠅點單微，群賢株逮。雖眾口易鑠，而百足不僵，致綴旒有蒙蔽之嗟，負材興倒置之嘆，此非進言者之罪乎？

異己爲德

人知同己之爲德，而不知異己之爲德也。知美之足以濟美，而不知惡之足以濟美也。叔孫氏之言曰：「季孫之愛我，疾疢也；孟孫之惡我，藥石也。美疢不如惡石。」此以異己爲德者也。晏平仲之於陳鮑，叔向之於欒郤，此以惡而濟美者也。故石之礪也，而可以攻玉；鹽之鹵也，而可以治金；魚之腥也，而可以濯錦；灰之賤也，而可以浣布。夫物則亦有然者矣。

莫善於介

士君子之處世，莫善於介，莫不善於無介。介者，界也，所以界域其身者也。辟之江河之汎濫也，介其水之防乎？草木之蕃殖也，介其圃之樊乎？故介則爲防爲樊，即有不合於中庸，非惡也；不介則毁防決樊，將無所不至矣。故晨門荷蓧、接輿耕耦之徒，與世判不相諧，隘亦甚矣，夫子無譏焉，而獨以鄉願爲德之賊，至比於鄭聲利口而惡之，爲其足以亂視聽而移心志也。世之人不以爲戒而反以爲法，不惟病己，亦以病人。如陳萬言教子咸以諂，賊其子者也；柳宗元勉楊誨之以圓，不愛其友者也；婁師德戒其弟以拭唾面，不成其弟者也。

持富以廉

石濆子曰：「善持貴者以謙，善持富者以廉。」何以明其然也？昔公儀休之相魯也，有饋之魚而不受。曰：「聞君愛魚，故饋魚，何故不受？」曰：「吾愛魚，是以不受也。不受魚亦不失相，故常得魚；受魚而失相，則不復得魚，是以不受也。」齊景公分慶氏之邶殿以與晏子，晏子弗受。子尾曰：「夫富者，人之所欲也，何獨弗欲？」晏子對曰：「慶氏之邑足欲，故亡。吾邑不足欲也，益之以邶殿乃足欲，足欲，亡無日矣。在外，不得宰吾一邑。不受邶殿，非惡富也，恐失富也。」夫公儀子之却魚也，晏子之辭邑也，皆以廉而持富者也。卒之榮名得全，而終有爵禄，有以哉。世人知以少得爲多得乎？

澹泊之益《自樂編》

自奉澹泊，爲益不少，省財、省氣力、省煩惱。姜湖岳云：姚江陸某，計偕北上，有一人青衣胡帽，攜一衣裹來附舟。陸與同事諸友恒評論經史，酣譃永日。其人不語，亦不作士人態，同舟未之識也。後同舉會試，見於禮部，曰：「公非昔與同舟者耶？」其人曰：「然。」始嘆服。惜不記其名。其不可及處，止是累月更不作一士人語，不一揚露才，此尤人所難耳。

人貴乘壯

乘壯之説，惟過時而悔者知之。

百年者，人生之限也。少也，壯也，老也，三分之矣。少則不能爲，老則不可爲，可以自奮者，其惟壯乎？故乘壯也，而力學則可以樹業，若躭晏安之酖毒，而忘不朽之遠圖，齒髮既衰而後以爲悔也，不亦晚乎？是故急雨之漲，可以決山，及其息也，得坻則止；怒馬之奔，可以超壑，及其憊也，歷坎而瘏，乘其壯之謂也。

或問於公孫咸

或問於公孫咸曰：「爲善而得禍，有諸？」曰：「有之。」「爲惡而蒙福，有諸？」曰：「亦有之。」「然則福善禍淫之説，抑又何也？」曰：『天地有常位，而有時乎塞也。謂塞者其常乎？位者其常乎？日月有常明，而有時乎蝕也，謂蝕者其常乎？明者其常乎？是故腴田沃壤，樹之五穀則生，樹之蘭蕙則生，樹之松柏則生，樹之桃李則生。其長養必茂，其成實必蕃，此非其種之獨異也，亦非有異術以灌溉之也，所因然也。若磽田瘠隴，則異是矣。其樹之也，未必能生也。其生也，擁腫拳曲，木不中於材；粃粺粗糲，谷不登於豆。此非其種之獨異也，亦非灌溉不力也，所因皆然也。是故積善之家，猶之腴田沃壤也，雖有不昌焉者，鮮矣；積不善之家，猶之磽田瘠壤也，雖有昌焉者，亦鮮矣。是故鄭罕氏之後亡也，宋樂民之以宋升降也，此福善之徵也。鄭伯有之死於羊肆也，子晳之屍於周氏之衢也，齊慶封之殲於朱方也，楚費無極與郢師之滅族也，此皆禍淫之徵也。

或問於嚴君平

或問於嚴君平曰：「壽夭禍福，可前知乎？」曰：「可。」曰：「夭可使壽，貧可使富，賤可使貴乎？」曰：「不可。文帝不能富鄧通，貧安可使富也？武帝不能侯李廣，賤安可使貴也？良醫之子多死於病，良巫之子多死於鬼，夭安可使壽也？」

「然則子之爲人卜也，與人子言依於孝，與人弟言依於悌，與人臣言依於忠，抑又何也？」曰：「良農不以水旱廢耕，良賈不以折閱廢市，是故積學修行，能爲可貴，而不能必貴也，然而貴常在我矣。勤生嗇施，能爲可富，而不能必富也，然而富常在我矣。是故君子而貧賤，命也。使其爲小人，昏夜乞哀，猶然貧賤也，幸而爲君子，則自取也。小人而富貴，亦命也。使其爲君子，秉義持禮，猶然富貴也，不幸而小人，則亦其自取也。」

趙襄子學御

趙襄子學御於王子期，俄而與子期逐，三易馬而三後。襄子曰：「子之教我御術未盡乎？」對曰：「術已盡，用之則過也。凡御之所貴，馬體安於車，人心調於馬，而後可以追速致遠。今君後，則欲逮臣，先則恐逮於臣。夫誘道爭遠，非先則後也，而先後心皆在於臣，何以調於馬？此君之所以後也。」君子曰：「王子期可謂善言御矣，豈惟御哉？奕在敵而不在奕，則不勝敵矣；釣在魚而不在釣，則不得魚矣。君子之學也，一欲勝人，一欲不勝於人，而不以其道，則不可以入道矣。」

學之於人大矣

學之於人大矣，善學者以一日兼十日，以一年兼十年，以一人兼十人。不善學者反。是故，騏驥，天下之疾走也，一日而千里，若伏櫪而不馳，則遊蟻過之矣。鵾鵬，天下之捷飛也，瞬息而千里，若戢翼而不奮，則鷦鷯過之矣。士人之學何以異於是？昔甯越，中牟之鄙人也，苦耕稼之勞，謂其友曰：「何爲而可以免此苦也？」其友曰：「莫如學，學三十歲則可以達矣。」甯越曰：「請以十五歲，人將休吾將不敢休，人將臥吾將不敢臥。」十五歲而周威公師之。夫矢之速也，而不過二百步止也；步之遲也，而百舍不止也。以甯越之才而久不止，其爲諸侯師，豈不宜哉？今人之爲學也，人未休而先休，未臥而先臥，恃美質而躭安佚，此猶迅矢之止於百步者也。欲免終身之勞，得乎？

卷四

警喻

振聾瞶也。愛惡攻心，甚於蚊虻鑽體；食色戕性，比於狐虺蠹木。若乃熙熙攘攘，盡日如馳而莫知，可勝道哉？知者切喻廣譬，若梦攪魅魅而警以曉鐘，目眩玄黄而祛其點翳，豁然耳目爲已有也。《記》曰：「罕譬而喻」，善學者自得之焉。學則覺，覺則未飽而知足，昏昏而辨曉。吾言贅矣。

《閑云館野語》

遊於名場者，不可告以出世之微言；束於教相者，不可語以無生之大事。非吝法而棄人也，語之祇滋其尤而益其不信，故不若忘言爲省事也。此盖有所試矣。吾觀古今有大豪傑，其聰明、氣魄、福緣、慧性，卓然加於予輩之上，不啻倍蓰已也，而性命一事，莫究其宗。其文章聞望，非不赫然震耀當世，垂名方來，惟至死生之際，始知平生所作所爲一毫無可用處，惟與茫茫業識同趨於汩亂苦惱之鄉，亦有老死而不悟者矣。徐推其受病之因，盖好名與拘教之心誤之也。由是觀之，所謂一塵飛而足以翳天，豈不信然乎哉？學之不可以不大也如此。

識得「寄」字

郭子玄注《莊子》有云：「寄去不樂者，寄來則荒矣。」此言非深於體道者不能。至人寂而能感大公順應，亦只是識得「寄」字。識得是寄，則知寄有去來，而我本無去來。去有悲，來有樂，而心本無悲樂。往見一人落魄無歸，每以飲爲樂，一罷酒則長嘆若病。又見一人自幼好賭，萬金揮盡，不得已謝大博徒，從群小博，一日無博徒，輒百方致之。之二者，人知笑之而不知此特其淺之乎寄者。若夫貴臣之溺志乎權位也，達官之鋭情乎經畫也，才士之覃思乎篇什也，終其身不知其爲寄也。静言思之，其寄彌深，其累彌大，得之則喜，失之則悲，有異乎酗夫之於麯糵，博徒之於賭賽乎？余中年來似於寄之來去頗知一二，但其下手處似與郭言先後稍異。即如官之榮辱，必先見得他人榮者，與我了無欣羡；一旦偶被之躬，於我若無干涉。先有此心，遇退辱便如故境易處。又如日用間遊飲懽合之事，通覺得倘然應跡，嚼來無味，便好塊然獨坐無悶，盖從不荒處下手有巴鼻，不樂處自然得無也。曾爲醒樂翁賦詩云：「定須美酒始足樂，但醒便到愁城邊。」意正如此。要之，理無二致，各於入頭有先後耳。

康對山《奕説》[一]

對山康太史海，才氣豪闢中，既不得志於仕，恣情詩酒，頗有東山之興。手彈琵琶自度曲，賓筵雜沓，放浪形骸。公盖以此自耗其雄心，不復較勝負於人間世矣。嘗

[一] 該篇《奕説》實爲李東陽所作，非康海（號對山）所作。

著《奕説》曰：吾嘗觀於奕矣。奕之初，本無情也。卒然而合之，疆分類别，擊取攘劫，若有得失乎其間者。及其地交意偪，主於必勝，其勢莫有先却焉。故或役心命志，如蛛遊蜩化而不自知。勝者施施然，若闢土地而朝秦楚；不勝則赧面戟指，無所不至。今之言奕者必以適，以適而反自勞，則不若縮手而旁觀者之爲適也。勞與適相遭，非智者不能卒辨。至於覆圖斂奩，則其所爲勝負者，始茫乎其不可攬，然後勞亡而逸見。其甚者，猶或以誇之人，或者怏怏禁結，愈不可釋。嗚呼！此又何哉？古不善奕者曰蘇子瞻，其言曰：「勝固欣然，敗亦可喜。」用矣如不用，此奕者乃得奕之樂爲深，人之樂於是，是乃善言奕也。人之善喻世者，必以奕，以奕觀世，鮮有不得者也。

寢梦得錢

窶人有寢而梦得錢者，輒屈指而籌之，若干緡買宅，若干緡券田，若干緡納小妻，終夜輾轉而不寐。其妻詰之而得其故，泣曰：「窶甚矣！方得錢也，不以生息而遽買小妻，獨不念相與共糟糠耶？」喧哄不已。鄰人聞而讓之曰：「子寧人乎？吾憫汝之困，朝夕以相濟也，得錢而不以酹宿負！」已又聞之閭胥，閭胥曰：「是則補公税而不償者也，幸而得錢，尚不即輸官乎？」乃縶而詣縣，請法之。邑大夫審其爲梦也，曰：「汝爲敝民矣，夫梦錢也而遽議逞其所欲，如誠得錢也，則將何以娱其心志哉？」乃杖而遣之。玄冥子曰：「今之不爲窶人者，盖寡矣。方其伏草莽而困於百需也，朵頤於富羡者久矣。一旦脱跡編氓而階尺寸之柄，遽擬王侯之尊貴，而欲淫縱耳目之娱，曾不計名位之久近與禄奉之多寡也，亦何異於梦錢而妄籌者哉？」

越之田種稻

越之田種稻，有惰農者，過時不耕而又吝其種之貴也，乃樹稗焉。既而天久不雨，稻皆枯死而稗則大獲。惰農號於衆曰：「曷不爲我而樹稗乎？」越之人業農有遊手而遨者，父兄惡而逐之。既而海上多寇，其人應募爲兵，得厚餉焉。而官府之征斂踵至，農日以益困。其人歸，父兄不復敢言。鄉之人聚而謀曰：「種稻乎？抑樹稗乎？業農乎？抑兵乎？」長老應之曰：「人難違時，時難咎業，此非種稻與爲農之失計也，所遇則然也。昔人有天晴而學爲桔槔者，桔槔成而天雨，無所用之，乃徙而爲蓋，蓋成天晴，無所用之。此非蓋與桔槔之失計也，所遇則然也。古有言：『力田不如逢年，善仕不如遇合。』不惟其遇之安也而數徙其業，鮮不困矣。」

東郭士人

東郭之閭有士人，使群傭掘土爲垣。坎深數尺，得數甕焉，封窒甚密也。士人聞之，意其有物也，馳往赴焉，戒其傭弗發而悉歸之家，潛啟而視之，則無有也。人以爲實有物也而隱之，聞於遠邇。一夕，盜入其家，士人宿於外舍，發其臥內之篋得十金焉，殊不滿意，乃劫其主以去，其家不知也。惟直宿之童子知之而號於其家。舉火燭之，則門垣扃閉如故也，鳴鑼持挺繞舍而索之弗得，舉家驚駭，不知所爲。盜乃從舍後穴藩而出，至於郊外，詰士人得金之數與藏金之所。百方捶楚，身無完膚，終不可得。士人因亟泣而告曰：「我誠貪而愛財，獨不欲身享之乎？今命且垂絶而獨秘不言，是將以鬼享此金也。我雖至愚，必不爲此。」賊乃信之，而憾猶不釋，乃以土窒其鼻口，捨之而去。士人且悸且痛，匍匐而及門，微言曰：「救我，救我。」家人以火燭之，非復故時形容矣。群傭竊笑曰：「主人之禍，理宜有之。方其得甕也，與衆發之，有金也，分我以其餘，無，則衆共知之，又何患焉？今欲以一人之身而私無故之獲，鬼神猶將忌之，能無及乎？」玄冥子曰：「陋哉！士人之見也。昔有見遺金而揮鋤不顧，得坎金而實土掩之，豈其不知所以自利哉？誠亦有所不屑也。今乃妄意甕中之求，以虚名而受實禍。哀哉！嗟乎！世之不爲士人者寡矣，召辱媒災，何必群盗爲然也？」

吴門大駔

吴門有大駔，累資鉅萬，丘金積玉無算也。綺縠充於筐篋，米粟朽於廩庾，而日經營不已。鳴鑼而起，把衡量、執牙籌而較其出入，至夜分不得息焉。其老傭憐而告之曰：「夫人生百年，至易盡也，寶鏹之積，幸不爲少矣。奈何以有限之身而殉無益之貨乎？」不聽。數言之不置。主人以其撓己也而惡之，乃潛置十金於粟中，若遺忘者。老傭探而得之，乃日謀治生之計，坐不安席，行不正步，偵貴賤，籌生息，即就寢亦不能寐也。他傭又知而憐之，謂之曰：「亦有以劉先生之事相告者乎？」曰：「劉先生何如？」曰：「其人居衡岳紫盖峰下，穴石爲居，間出縣市乞錢，得則市鹽酪以歸，盡則更出。日攜掃拂走諸廟寺展除神像塵垢以爲常。有一富人贈以綢袍，劉欣謝而去。越數日見之，則衣敝褐如初也。問之，云：『吾已爲子所累！吾常日出庵，有門不掩，歸而就寢，門亦不扃。自得此袍，不衣而出庵，則心常繫念，因市一鎖鎖之。衣之而出，歸則固扃以備盜。數日營營，不能自在。始悟以一袍之故，而撓吾方寸，大爲失計，適遇一人，捐而與之，吾心坦然，無復繫念。嘻！吾幾爲之所累矣。』今子知主人之自苦也，而不知己之自苦也，得非大惑與？」老傭聞其言，翻然而覺，遂以金歸主人，而主人卒亦不悟。十金之利，利之小者也，故易悟易棄；利之大者，汨没深，終身而已矣。此善喻也。

靈丘先生

越人有業儒而貧者，見吏之多貨也，從而吏，遇物則攫之，無何坐法削籍而歸。

又見賈之厚殖也，又從而賈，積販航海，舟破於旗門之洋，騎敗檣以及於浮苴，僅以身免。乃扣卜於靈丘先生曰：「若儒與吏與賈，我則重其懲矣，外此孰可以資身而無患者乎？」靈丘先生問其故，乃告之曰：「是不必卜，昔魯施氏有二子，其一好學，其一好兵。好學者以術干齊侯，納之爲諸公子之傅；好兵者之楚，以法干楚王，王悅之，以爲軍正。禄富其家，爵榮其親。施氏之鄰人孟氏，同有二子，所業亦同，而窘於貧。羡施氏之有也，從而請趨進之方。二子以實告孟氏。孟氏之一子之秦，以術干秦王。秦王曰：『當今諸侯力争，所務者兵食而已。若用仁義治吾國，是滅亡之道。』遂宫而放之。其一子之衛，以法干衛侯。衛侯曰：『吾弱國也，而攝乎大國之間。大國吾事之，小國吾撫之，是求安之道。若賴兵權，滅亡可待矣。若全而歸之，適於他國，爲吾之患不輕矣。』遂刖之而還諸魯。孟氏之父子扣胸而讓施氏。施氏曰：『凡得時者昌，失時者亡。子道與吾同，而功與吾異，失時者也，非行之謬也。』今子之所遇亦孟氏之二子也，而非儒與吏與賈之謬也，又何卜焉？」儒而貧者多矣，文學誠富，有終於貧者乎？吏苟多財，敗固其所也。有如賈也，必海之航以牟大利，没貨而免身，猶幸耳。

楚澤多漁

楚澤多魚，澤濱之人業漁，公取十一以爲課，自爲之禁。獺不祭不漁；不盈尺不漁；食足而課盈不漁。魚日以息，無盡藏焉。忽歲饑，民無所得食，乃數罟以魚，并纖細而掇之。長老戒曰：「不可。夫漁，費薄而利厚者也，儲之不洩，取之有節，相其水草而絶其鶖鸛獺之患，收其息，歲可得什百焉。此陶朱公之所爲致富也。今若之業漁累世矣，衣食於是乎資焉。乃不忍旦夕之欲而盡類以殲之，無乃不可乎？夫播種於地，蒔木於山，非輕捐之也，爲其長而利之也。奈何反之？鼠負糧而歸於穴，鸛捕魚而養於巢，蓄有以待無也。夫陶朱不可爲矣，吾願君之爲鸛鼠之蓄也。」不聽。明年，魚絶而不育，民無所得食，有司徵其課且急，乃挈妻子而逃，饑而死者什九。

拙故能全

晉陽之人商於燕市，五乘俱發，百貨畢具。其爲利也，先至十之，次者倍之。子車氏謀曰：「東道遠，若右出也，捷十之三。」又引於南，適黄河之冰解，信宿而不得渡，泣而返諸故途。子詭氏紿其徒曰：「逆旅主人待我於武安之間，驅而左，計其程，捷十之三。」時烽火報警，徵發材官，有司奪其車以爲兵車而頓其貨於逆旅。子矯氏恐二氏之先也，褁餱而食，戴星而行，盜掎諸井陘之衢，盡掠其所將，抶而傷其足。子棘氏從子矯氏之後，以其旦行追其宵行，盡馬之力而棰猶不停揮也，馬佚斷鞅，車覆而折軸，求澤木以易之，旬日而不得。子徐氏與四人者發也尾，諸周行輿轐必堅，輪轂必澤，求馬之良者飽以芻秣，相其御㮣而調其緩急之宜，日出亦出，日入亦息，獨先他乘而至，售其貨且倍蓰。其僕曰：「夫賈以争先爲利者也，今衆捷不捷，衆馳不馳，卒免患而多獲，子巧乎有道耶？」子徐子曰：「然拙故能全，巧則否矣。善市者不收人之所争，善行者不趨人之所騖，此吾十試而十效者也。且子獨不聞乎？工以速成而窮，農以助長而困，士以躁進而危，豈惟賈也然乎哉？」

遂寧之民

蜀大饑，遂寧之聚而謀曰：「亡無日矣，西郭柳氏之家有厚儲焉，劫而食之其可？」詰者曰：「劫，大惡也，鄉黨賤之，官府惡之，刑必加焉，等死耳。犯不義而斃也，孰若坐而待斃乎？」曰：「然則鼠竊焉，庶幾可以僥倖。」曰：「彼之設備深矣，伏機阱施棘矜而守之，厖捍其外而兵衛其中，往也秪徼禍耳，不可以得志。」曰：「然則餉以酒肉，誘以甘言，如弗從也，藝而發其藏，曲不在我矣，即事敗也，猶可以說於眾。」眾躍然而赴之，行其約而歸。有司者偵而捕之，加以拳拮，庭跽而詰之曰：「爾盜何也？」民曰：「常聞近川者浸，近樹者蔭，富家大室亦窶人之川樹也，急則借之蔭焉，何名之盜乎？」有司曰：「夫民分田而耕，各食其食，分木而桑，各衣其衣，無相越也。如不食其食而食人之食，不衣其衣而衣人之衣，是大亂之道也。夫非其有而取之者，盜也。今群聚以逞，盜莫大焉，何言乎說？」諸民曰：「昔先生之制也，有以食之，竊食者誅，有以衣之，竊衣者誅。民是以甘心焉？今不食不衣而惟厲禁之爲也，是閉口枵腹而責之以揖遜之行也，誰將堪之？且夫獸窮則攫，鳥窮則啄，物之恒也。民之窮也，蒙犯忌諱以苟旦夕之命，矜之不暇，而欲深誅之乎？」有司曰：「人之生也，分制爲重，衣食爲輕；廉耻爲重，生死爲輕，獨奈何不忍一旦之死，而爲百年不韙之惡，是刑僇之民也。必殺不赦。」民曰：「小人則既知罪矣，國有大盗亦知之乎？」有司瞿然曰：「固所願聞。」民曰：「溢賦額以詭余羨，是盗也；没藏目以竊公貲，是盗也；濫聽受以私贖金，是盗也；枉訊刺以納苞苴，是盗也；餂供饋以饗脂膋，是盗也；傭市奸而入免役，是盗也；工媚竈以樹强援，是盗也；持陰事以脇蠢愚，是盗也；假傳送以窮漁獵，是盗也。夫我之盗也，以救匱，而彼之盗也，以取盈；我之盗也，先之以饋遺，而彼之盗也，先之以敲笞。明王之法而行也，將孰爲先後乎？」有司乃面赬氣縮，左右顧而語不成章，杖盗而遣之。

滿載之戒

武昌與漢陽二郡，東西夾江而岐，相去可五六里，行旅往來非錢穀不濟。一日，陰雨四塞，風濤洶洶，舟子艤舟而渡，滿載矣，猶招招不已。或戒之曰：「風甚矣，少載猶可以免。」不聽，未至中流而舟覆矣。溺者二十有六人，而舟子獨不死。法司數加榜捶，欲置之死。藩大夫曰：「是罪可死也，而法則不麗，奈何？今夫不量小大，不測夷險，任非其分以溺人而倖免者多矣，而勝誅乎？」法司猶不釋，乃重罰以困之。

農鳴

楊文懿公守陳

鏡川子居於家焉，傭老農而稼穡焉。農嘗曰：「稼事貴乎勤也。深耕而早耰，厚糞而熟耨，旱則灌，潦則疏，夙作而晏寢焉，則其禾也必茂，而其獲也必豐，惰者反是。」歲夏六月不雨，農率眾灌厥禾，或曰：「旱將久，無容灌，灌且不利於禾。」農曰：「旱久近吾不知，然吾知灌之必利也。」於是衆力於灌，朝忘飧，夕忘寢，雖胼手而胝足，敝精而憊神，不恤也。水不足則濬遠澮、引深渠而必致之，至竭流乃已。其里之人或灌而不足或不灌而委之天者，皆是也，同其勤十無二三焉。於是其禾藩以秀，環其禾之外皆槁苗也。既而秋七月不雨，至於八月乃雨，則向之槁者，勃焉而興，嶷然而茂，無不有獲也。而其禾獨不實，莫燭其所以然。衆皆尤農，而里之人亦嗤之。農曰：「稼之不勤，是吾罪也。勤而不獲，吾何罪焉？方禾之困於旱也，待升斗之水而活，吾安能坐視其槁耶？於此有人焉，抱危亡之疾，爲其父兄親暱者，雖知其不可療矣，然猶藥而針之、衣而食之，萬一冀其生。若是而不生，則生與死者皆無憾也；不若是而死焉，則死者且不瞑目，而生者獨何心耶？吾籌之審矣，夫事之勤惰，人也；歲之豐凶，天也。吾安能人而天耶？使天雨於旬有五日之前，則吾之獲也必豐，而彼之惰者，將自反自悔之不及矣。今吾禾既秀而天旱之，吾功垂成而天喪之，尚安悔耶？而爾以尤予是尤天也，人之嗤予是嗤天也，天可尤乎？又可嗤乎？」曰：「彼之有獲者，非人而天與？」曰：「非也，天之道雖瞽史且不能盡知，而況農家者流乎？彼幸而獲耳，然亦安能如故常耶？」曰：「後歲旱可無灌乎？」曰：「不可。

吾明春其復深耕之、蚤耰之、厚糞之、熟耨之，時其旱潦而灌疏之，一不懈，則吾之獲其必豐矣。稿者茂而秀者莠，惰者飽而勤者饑，不恒然也。世有寒而噤者，不挾纊、不强酒，幸而旭日煦之得不死，其他日復然，則嚴風薄之，凜雪蒙之，乃立而僵死。彼不復灌而曾獲必類是矣，而胡可以效之也？」鏡川子聆之，喟然嘆曰：「農之鳴，皆條也。盡其職不隨時而易，守其恒不狥人而更，其良農哉！古之君子，種道德樹勳業，亦若此而已矣。」予乃方有志於道德，而常恐困窮之易吾守，群譏族議之摇吾見也，乃録《農鳴》以自警。文懿公嘗爲《守節嫠婦録》，《農鳴》亦默默守玄之意乎？

閑閑亭語　錢南離先生鎮

南離子業士不遂，棄而業農。農以治禾爲經，而各因風土所宜樹，以其力之餘而治之以爲助。湖土宜桑，故湖人兢樹桑。桑之樹於禾率十之一。桑半於禾，則所入半，收助之半，則失其經業所入之半，助不能與經相旬，亦其常理也。然亦有桑倍於禾而所入亦倍，此以助爲經也，力專於助也。要之不能久，逮後力不能爲助，欲反而之經，業已失矣。故農之業，必通計百年而後無失也。予深於農故與農論，率如是。然予之治桑不及於禾十之一，予之治禾不及於他農十之五，則經與助兩失之矣。此非智之不及也，盖天下之利，不容以兼得，力亦不能以兼治。予本業治禾，又欲以其力之餘務收桑之全利，則力憊，未有力憊而神能獨完者也。故予欲弛治桑之力十之一，而先節其治禾之力十之五，則力常有餘，治禾與治桑二端，常若閑暇而無事者，利不能以兼獲，力亦不至於兼耗，此吾又以其身與農權衡其輕重，而以身爲經農爲助焉，而不暇論農事之得失也。嗟夫！此道不行久矣。以之施於治官不效，以之施於治農不儲，而僅施於治身焉。暇時入圃中觀群農歌呼，相率以趨事不倦，此力有餘而神完之驗也。然人皆嗤予兩不效，而冀其一效，予不暇顧，獨曠然以吾之兩閑，而不願易天下之兩忙也。詩不云乎：「十畝之間兮，桑者閑閑。」予故爲之題於圃上之亭曰「閑閑亭」。又以見吾之志古人盖先得之者也。南離先生五十成進士，未六十而明農，今年八十五矣，故云深於農。不以助妨經業，不以兩閑易天下之兩忙，是先生一生精悍自得處。

卜算之人

《芝園集籲俗林》，張司馬東沙時徹著也。

卜算之人皆以妄言誑人，紿取資貨，十無一驗。余官南禮曹，有一輩來謁，謂之曰：「汝術非精而以行世難矣，余欲授子以奥訣，何如？」其人遽起請教。曰：「汝所願見者非高貴大僚乎？第見之，首言日暮轉北，次言禄命遐長，次言子孫富貴，則蔑弗售矣。」其人逡巡應曰：「何切中也？」時同曹郎王鶯者，金谿人也，人品甚高雅，不與此輩遊談。曰：「術不驗，無足與也。如其驗也，福未至而先覬之，禍未至而先憂之，徒亂人方寸耳。」大凡喜於問卜者，皆其中有貪欲也。昔孔子問漆雕期曰：「子事臧文仲、武仲、孺子容，三大夫孰賢？」對曰：「臧氏家有守龜名蔡，文仲三年爲一兆，武仲三年爲二兆，孺子容三年爲三兆，三人之賢不賢所未識也。」子曰：「君子哉！漆雕氏。言人之美也，隱而顯；言人之過也，微而審，信斯言也。」是以卜之疏數徵人品也。晉顔含有操行，郭璞過含，欲爲之筮，含曰：「年在天，位在人。修己而天不與者，命也；守道而人不知者，性也。自有性命，無勞蓍龜。」然則今之士大夫，其去臧顔氏也，不亦遠乎？

仁義禮善

荀卿曰：「仁義禮善之於人也，辟之若貨財粟米之於家也，多有之者富，少有之者貧，至無有者窮。故大者不能，小者不爲，是棄國損身之道也。」今夫人之於貨財也，銖銖而積之，爲其無以資養也。甚者謀其身矣，又及其子，謀其子矣，又及其孫，日孜孜而不已也。至於仁義禮善，以親父子，以和長幼，以睦鄰里，以治内外，以繼祖先，以拭後裔，有之則安，無之則危，有之則生，無之則死，乃棄而不求，求而不力，則何以異於貨財粟米哉？

處富有道 唐一菴先生

一富人競直涉世多致怨，先生與之語曰：「吾知汝心無他，但以富人處今之時，須屈抑二分乃爲平理。如取諸人者以百計，當以得九十爲平；與諸人者以百計，當以舍一百一十爲平。如此，則人皆親附。得其九以入吾用之資，棄其一以定吾得之之地。有其地而得，順；聯其情而入，安。况既以貨財雄長一鄉，亦當以貨財覆庇一鄉，此則其交以道，又其接不可以不禮。假之顔色，温我語言，體其艱苦，這是不費之惠，尤其可爲也。」其人悦而不繹，果數以事累。

借喻知幾

鄰有姑婦相仇，室中人偶以爲論。先生曰：「初原是一點好心，只少見幾而作，以致直到這里。愛子有配，豈無烏屋之情？終身仰望者之所以出，豈無推尊之念？只姑知教婦初來，物而不化，不分是否而飭之。婦於此能知其幾，契受可也，而心不自堪。姑於此能知幾，當急反之，復加責，以求其順。婦於此能知其幾，諒其造端無他可也，而乃動於辭色。姑於此能知幾，悔難再誤，反益甚其怒。婦於此能知其幾，恐逆道漸成可猛作挽回，又棄捨不顧，於是輾轉醞釀大背而弛矣。此非一朝一夕之故，所争無多，只一明幾自塞耳。嗟嗟！豈惟此事，雖聖學，一研幾盡之。

蘇州集福庵

郡中士大夫有白奪僧道之産者，彼此效尤，紛紛不已。無競士語所知曰：「子亦聞郎仁寶記蘇城集福庵事乎？庵盖南鄰尚書吴匏庵，東鄰知州施膚庵。弘治中，詔毁淫祠，有司欲以爲匏庵後圃，吴曰：『僧庵，吾世鄰也，誠不忍其毁，又安忍有之乎？』有司乃又以爲膚庵别業，施曰：『何不送匏翁而屬我也？』有司述吴言以告。施曰：『我獨不能爲匏翁耶？』亦辭謝。其庵竟存。嘉靖初，又有詔毁。知府伍疇中納金承佃，都御史毛貞甫亦納金佃焉。一則曰：『近吾家也。』一則曰：『地舊吾家施也。』竟成訟奪。時毛伍新通姻。鄉人追憶往事，因而謡曰：『昔日吴與施，官送猶遜辭；今日毛與伍，訐告到官府。』嗚呼！一庵之小而第四公之高下，則人心不古、世道日下，可知矣。然毛伍猶奉詔也，猶納金也，近乃無因僭奪，虚券一入，遽業其業，至托人懇解，亦嚇取重貨乃已。其如天道何哉？其如人心何哉？」

高世則墓

瑞安高世則墓有穹碑一通，吴中太湖石也。宣德間，永嘉黄少保淮葬父，鋸其半爲神道碑。鋸且盡，高有裔孫曰：「相公取之薄矣。」黄問故，高曰：「恐後人復欲鋸耳。」黄默然。松江錢尚書治第，多役鄉人，而磚甓亦取給焉。一日有老傭後至，錢責其慢。對曰：「某擔自黄翰墳，墳遠，故遲耳。」錢益怒，老傭徐曰：「黄家墳故某所築耳，磚亦取自舊塚中，無足怪者。」夫方其富貴也，琢人之碑以爲碑，毀人之墓以爲宅。既其衰也，轉而授之人，豈直二氏爲然哉？余鄉近有發張即之之墓而墓都憲者，有發王太守之墓而墓憲副者，殷鑒不遠，欲以徼福，其可得乎？予官温州，問黄少保之裔，零仃二三人耳，皆未有室，如衰草墜葉然。然無有憫之者，其先世墓石又可知矣！

未飽知足

飽而知足易，未飽而知足難；温而知足易，未温而知足難；富而知足易，未富而知足難；貴而知足易，未貴而知足難。盖人能知足，則無時不足矣，反裘負薪，帶索行歌，莫非樂也；不能知足，則無時得足矣，眉塢之藏，金穀之麗，猶之爲歉也。

晏安鴆毒

《史惺堂先生日録》：亥子間，月明如晝，但聞四野耕作之聲，喧呼達旦，盖夜耕以恤牛也，當午鋤耘不皇自恤矣。四民惟農最苦，如此又且十夫九鰥，饑寒愁嘆，以終其身也。痛哉！雖然，阿農真聖人也，以其無妄念也。彼固不知慎獨之學，而勞之爲益大矣。反省此身，真禽獸也，以其多妄念也。此雖竊承師友之教，而逸之爲害大矣。晏安其殺人之鴆毒也哉！

卷五

溢損

醒貪痴也。衆庶馮生，貪夫殉財，仕者競進，人心何饜足之有？然卒無有能踰尺幅者，溢則尤生矣。多藏厚亡，急趨蹶步，亦其常耳。《語》曰：「陳留章武，傷胸敗股。」彼饕餮突梯之徒，惟恐不盈以蹈天之損也。陰譴冥擿，孰云誣哉？抑亦不可以醒世？夫業債慮償於身後，則貪黷隨銷；榮利識定於生前，則止足隨分。吾又以此樂吾天焉。

泰和郭氏

劉次公道渠鄉近事：泰和郭某者，爲邵武巡檢罷歸，家素饒，易廪粟得百餘金，橐之，俄而忘其金。郭某者甚疑其妻，妻不能自明，督過於侍兒，然竟無蹤跡，因索諸雷神。神告曰：「此汝邵武時所多攜物也，今復化去耳。然汝有灶神留十金尚在，吾示汝左驗。」乃夷灶掘土三尺，果得金如其言，故物也。鄉里競訝之，事亦神怪哉。《易》曰：「君子以裒多益寡。」多不自裒，神將抑之；取非其有，物必去之。劉次公名汝翔，爲温州同守，萬安人。

守財神

某州知府鄧繼曾，四川資縣人。云給事時，其親某曰：「君方入仕，切忌苟利。予巡按雲南時，至一地，身如芒刺不可睡，意恐有冤欲訴，秉燭獨坐。突有一人在前。叱之曰：『察院深密，汝何人？可至耶？』應曰：『我非人，爲君守財神也，待之久矣。』予曰：『金何在？』神指：『坐下是矣。』視之磚下，白金千兩，因語：『我爲御史，可置此物行耶？能爲我送歸否？』神曰：『但要鄉貫票帖耳。』如言寫帖焚之，人遂不見。將復命，有同年某主事丁憂於家，進院告曰：『予貧，兄能助否？』

因以保舉一官言。予允之。主事曰：『謝禮五百金，請受兩百金。』予方難之，主事曰：『不受是欺我，否則亦忘也。』不得已受之。歸家數日，辦三牲，夜静將禱前事，則原神復至矣，出其金止八百兩。予問之：『何少焉？』則曰：『前某主事者是數也。』悚然謝之，未嘗告人。今年八十。君宦程途且遠，泄此以見定分有數也。」鄧因語幕僚鄭彦充，鄭詰御史、主事姓名，則曰：「過則當爲人掩，其子孫正在仕途。」鄧言時，嘉靖戊戌年。

黷貨慘禍

陳榢塘《見聞紀訓》

溧陽狄某，任雲南定遠縣知縣。縣有富翁死，而其妻掌家，所遺數萬金，盡匿不予其叔。叔告縣，使人密囑曰：「追得若干，願與中分。」狄信之，拘其嫂到官，酷刑拷訊，至以鐵釘釘足，滚湯澆乳，於是悉出所有四萬金。狄果得二萬焉。其婦齎恨而死。後狄罷歸，一日晝寢，忽見其婦手持一小團魚掛於床上，倏然不見。乃大驚異。未幾，遍體生疽，如團魚狀。以手按之，四足俱動，痛徹骨髓。晝夜號呼，踰年而死。

凡五子七孫，俱生此團魚疽，相繼死。止一孫僅免，今亦無置錐之土矣。館賓餘姚沈少霖，前年館於其族孫生員斯道家，得聞其祥。茲與譚及冥報之事，因語如此。嗟哉！狄明府徒知多財之快意，豈知種禍之深一至此極哉！

積財速禍

梅溪一富翁最貪，而吝之極，銀幣錢穀日益甚充積。余每對錢煥卿曰：「此人當有奇禍。」問曰：「何也？」曰：「財積不散，又無一善狀，欲無殃，得乎？」過二三年，余又曰：「此人禍且至矣。」錢又問：「何也？」曰：「曩惟貪吝可鄙而已，近聞漸驕横，非速禍哉？」未幾，爲賊刺殺之。

嗜利明鑒

洞庭山消夏灣蔣舉人，屢試春官不第，遂棄去，效壟斷之徒而尤之。雞鳴而起，至日之夕，執籌數緡，孳孳惟貨賄是急，居積取盈，算入骨髓。周恤義事，雖至親不拔一毛。不數年，稱高資矣。錢神作祟，盜斯劫之，鞭笞炮烙，慘於官刑。申而入，漏盡而出，罄其所有，席捲一空。盜喜過望，於是縛牲載酒，即以蔣氏之物，賽願於小雷山神。山在湖中，斷岸數十里，絕無民居，惟荒祠一區。群盜乃泊舟其下，悉登祭焉。登畢，酣飲大醉，自恃邏兵莫能蹤跡我也。不虞舟人截纜以去，揚帆捩舵，飄然長往。盜醒，覓舟不見，無如之何。凡賈舶經者，知爲盜也，戒弗敢近，時值嚴冬，凍餒之極，駢首就斃，無一存者。此余得之陳曼年所云。夫蔣之積財誨盜，盜之祈福得禍，舟人儼然而有之，亦不知其何終也。螳螂捕蟬，雀并啄之，雀未下嚥，而彈射及矣。義外之利，意外之變，相尋於無窮。嗚呼！豈非嗜利者之明鑒哉！

得金致禍

湖州儀鳳橋宣氏三兄弟，家微無名字。人只以宣大、宣二、宣三呼之。宣大稍樸實，二弟則儇劣貧甚。其所居地價不值十金，鄰有倪知縣作宦家歸，贌欲展拓堂室，乃以百金買之，三人均分焉。宣大買田務農，僅僅温飽。宣二糴豆，過太湖舟覆死焉。宣三則喪心發狂，持刀殺人，舉火燎闤闠，衆以鐵鏈鎖橋柱上。其妻偏謁神祠禳禱，復請巫師來家，宰牲遣祟，破費狼籍。視床頭地價無一分矣，而橋上之人豁然復常。人問之。曰：「吾不知也。」

鄒定四者，余母黨親也，掘地得埋藏銀甚多，於是盡力營造，輪奐一新。將完，木匠偶與其子戲，墜地死。訟於官。官知其得藏貨也，重索之殆盡，訟始息。而新舊房屋回禄，一夕毁之矣。

蘇東坡曰：「無故而得千金，不有大福，必有大禍。」余以宣、鄒二事觀之，則薄命之人豈待千金，雖數十金，有禍矣。吁！可妄求乎哉？

福難消受

正德三年，州大旱，各鄉顆粒無收，獨吾村賴堰水大稔，州官槩申災，得蠲租。明年又大水，各鄉田禾渰没殆盡，而吾村頗高阜，又獨稔。州官又槩申災，租又得免。

且得買各鄉所鬻産及器皿，諸物價廉，獲利三倍。於是大家小户狼戾屑越，戲劇宴飲，無日不爾，意揚揚自以爲樂也。余乃謂家叔兄曰：「吾村當有奇禍。」家叔兄曰：「何也？」余曰：「無福消受耳。吾家與都與張，根基稍厚，猶或小可，彼俞、費、芮、李四小姓，恐不免也。」家叔兄殊不以爲然。未幾，村大疫，四家男婦無孑遺，惟費氏僅存五六丁耳。至此，家叔兄稍動念，問：「吾三家畢竟何如？」予曰：「雖無彼四家之甚，損耗恐終有之。」越一年，果陸續俱罹回禄。嗟！余爲此言，豈無稽哉？大抵冒越之利，鬼神所忌，而禍福倚伏，亦乘除之數，况又暴殄天物耶？家叔兄乃又問曰：「然則世間大富大貴之家，彼獨永享安樂，何歟？」余曰：「渠根基深、福氣厚，勝受得起故耳。雖然，深淺厚薄，久近因之，亦須人事善加培植乃可。不然，自拔其根而蹶其基，將暗漸消鑠，百年之後，能常保如今日哉？」

天削爵秩

荊州府推官魏釗，廣東人。嘗往夷陵州撿屍，道經某鎮。有鄉官徐少卿名宗者，素奉梓潼神極靈，忽梦神告曰：「明晚本府魏推官過此，其人前程遠大，後當入銓曹，可預結納之，應得其力。」遲明偵之，果然。少卿乃具衣冠謁款甚勤，因留宿焉，執手鄭重而別。魏去夷陵不數日，少卿復梦神告曰：「可怪，魏推官此去，受賄數百金，故出人罪，使死者含冤之極。上帝已盡削其應有爵秩，并年壽亦不永矣。惜哉！」少卿深用嘆訝，試遣人往夷陵蹤跡之，果不誣。未幾，魏丁母憂歸，復補濟南，尋陞户部主事，才一年，遽卒於京邸，家亦凋落云。此長兒在國學聞同舍生彭汝清道其詳，歸爲余言如此。殊可爲貪賄鬻獄者之戒。《語》有之曰：「暗室虧心，神目如電。」吁！可畏哉！

天靳福地《見聞紀訓》

余友歸安仰思忠，質直闓爽，精堪輿家術。閩故方伯何公，先爲湖州太守，其婿六合尹林克正知思忠，乃延之入閩，爲方伯公擇葬地。而其姻某氏亦欲葬父，因送過其家。連日探幽涉險，得一地甚佳。方點穴間，雨驟至，遂下山，約天晴再往。是夜思忠夢一老者問曰：「今日之地佳乎？」曰：「佳。」曰：「此切勿與之，此人爲考官，賣三舉子，當有陰禍。若葬此地，法當榮其子孫，非天意矣。」遂覺。明日思忠因問克正曰：「昨大尹公先爲何官？其宦業何如？」曰：「先爲某縣教諭，轉此官不久遽卒。他無所短長，但聞爲考官時，通關節得賄甚多，鄉評以是少之。」思忠惕然内警，遂托故辭歸。越二三年，遇其鄉人，問：「某大尹葬何所？」其人曰：「因與勢家争墳地致死人命，官事牽連，至今未葬，家業亦且凋落矣。」思忠每與余道此，相對嘆異。人之素行不可玷，福地不易得，而冥報之説不可不信。

大駔鄽氏

大駔鄽氏，初家貧甚，偶獲錢一千，詣市門以粥蔬爲事。海賈見其巧給，俾操舟海上。久之，分母錢與之，俾商林邑、扶南間，而中析其利。又久之，犀象、玳瑁、香藥、金翠、珠貝之屬，充牣左右。又久之，富遂與海賈齊。被花帽文繡衣，置麗姬一十人，日夕撥管彈絲以爲樂。又久之，遂盡挈貨寶東歸，將泊岸先登，問家有無。

夜颶風作，舟盡覆，無遺者。鄺視纏腰者，僅錢一千獨存。鄺號痛欲絶，龍門子往譬之曰：「汝向以千錢行，今以千錢返，無所失矣！又何以痛爲？汝以寶貨爲可恒有哉？」

五品大夫

某紉匠夜梦神語之曰：「明日有一五品大夫倩汝作襴衫，可往也。」匠明日却諸召者，伺於家。少選，楊怙號丹泉者，方入泮水，召作衫。匠往，即陳其梦。不數年，楊舉進士，且有才華，殊不以梦爲意。選爲某州知州，入爲工副郎，升僉憲，薦剡且疊上，不日少參唾得矣。偶慢一貴公，貴公入任吏部，謫知州，仍入爲刑副，至正郎竟卒。終身不脱五品。官禄俱前定，神特以其顛倒不脱五品示靈異耳，人亦何必以升沉置胸中也。

官止僉事

漳浦唐文燦，以試中書舍人中制科。當家食時，嘗移宅左土地祠於右偏。一日，齋頭獨坐，忽皓髮老者柱杖闖入，呼唐號語之曰：「鑒江！吾向未知爾前程事，今乃知之。爾官不過某省僉事，而漫移我數十年故居耶？」唐方錯愕顧盼間，遂失所在。既登第，以員外出爲雲南僉事。或笑謂：「頗憶土地老子之言乎？」或曰：「此非神所告地，當無害。」任三年，爲巡按所糾，謫推官，復由部郎轉廣西僉事。入境欲辭歸，適總制吴南洲以同里閈，固要之履任。今歲大察，坐台省交劾除名。唐官竟止僉事，神報之矣。俞司平面道其事。

慈谿兩掾

慈谿有葉掾、王掾同謁選於吏部。葉掾得山西太原府倉官，王掾以父憂訃不及選，乃與偕歸。葉掾至衛河，疾作而死。葉故王掾妹壻也，王乃與葉之子謀曰：「若父死矣，牒無所用之，我僞爲汝父者，持牒而赴任，所得貲貨，分而有之，不愈於徒委牒乎？」葉之子喜而聽焉，遂同赴任所，人莫識其僞也。比考滿，則白金七百有奇，乃中分之。王掾自私喜，以爲計得矣。既至王掾服滿，又謁選於吏部，適得前太原府倉，遂不敢赴任，棄其牒而歸。鄉里知者，莫不異之。

飛石巖

潼川射洪縣，有飛石岩。岩陡絶，峭壁直數十仞，下瞰江流，鑿石徑以通行道。有巫山士人，嘗以關節豫購試目，自謂得雋猶掇之耳。比赴省試，騎而過岩下，忽飛石自空墜，中士人，立斃，而騎逸去。從者駭散，棄不收。俄而，同庠某亦應試過，爲櫝而殮之，殯於旁寺廡下。心念：「行且返，吾爲歸爾骨。」夜梦士人來告曰：「某不幸，以賄瀆進，致天譴。幸君收遺骸，願奉試目助君得雋爲謝。」是秋，其人果與解額。遂返士人之櫬於故土，因號「飛石岩」，而鑱石爲士人中石墜馬像示戒。像至今存。衛淇竹爲予道甚詳。

諸葛一鳴

隆慶庚午，浙中式有諸葛一鳴者。先是，諸葛當盛暑讀書城外一大寺，午餘，偶於佛殿後蹲地斷藕自食。轉身忽見一金裝戎服者自内出，大驚，以爲武官也，錯愕自稱失敬。其人曰：「某非武官，乃天帝遣放秋榜者。」諸葛請：「誇有某名乎？」其人曰：「汝名來科當得之，今尚未也。」諸葛懇請：「某貧甚，旦夕無以爲計，幸賜憐憫。」其人謂曰：「今所與相較一卷，本系汝親，宜可讓。第能遲三年，更爲汝福耳。」猶懇，乃諾之。因與約曰：「揭曉之旦，當即執紙錢十萬爲酬，慎勿負。」丁寧而去。其年，諸葛試卷在備列，與某卷相比，擬議未定。而御史嘗梦人有語之云：「一鳴中！一鳴中！」適睹諸葛名，與梦合，因置某而録諸葛。既揭榜，則諸葛固忘前與神約，晚始覺，將以明曉焚紙錢爲報。而是夜梦前金裝戎服者被髮身血淋漓，倉惶指諸葛罵曰：「爾何得爽約害我？我今亦害爾。」意憤憤逕去。明春，諸葛會試，以懷挾荷校棘闈前，竟坐鐫名。而浙省來科某適中其名數，某則諸葛懿親也。同年張蓮濱天德爲予道。

善惡奇應

寧波郡庠生王録臨貢，其次爲李循模。李素乏行檢而多智術，乃百計攘得之。王樸實人，不較也。李入京就選，遍干鄉貴，夤緣得入首相嚴公之門。久而親昵，遂求順天府司訓。嚴公爲諭意銓曹，許之。於是揚揚自得，未掛榜前，忽縱步入順天府學，登其堂，窺其衙，徘徊良久。齋夫輩異其舉止，呵之。遂大聲罵曰：「吾不數日當坐於此，鼠輩敢無狀耶？」一齋夫輩群嘩於吏部門。語聞，文選大駭，亟易以廣西一小縣學。李怏怏。未幾，身及一子、一僕俱死於彼。明年王應貢就選，乃恰得順天府學訓導云。嗟夫！設使當時李被人訐而中更，王選他所而遠任，亦無足爲異。今多智者無上事而自貽伊慼，樸實者無心中適得擠我者所謀之善地，豈非鬼神故示與奪之意以彰善惡之報哉？吁！可畏也。此聞之鄞邑士友云。

白髯老人

顧豫齋年甫弱冠，病嘔血甚。惚惚見一白髯老人，自稱孫思邈，云：「汝前世爲都御史，誤殺千人，厥明求索汝命。盍焚楮千塊，牲醴往西北方迎而止之，病乃可治。」其母依言具楮祭。夜復見其老來，云：「今與汝一白丸子，可即吞之。」甫入口，覺香氣彌室，遍身出臭汗而愈。且囑云：「後慎莫作都御史，其地冤魂再生，必爲所害矣。」已而官参政致仕。晚年與丁五泓述云。此事杳冥不可知，然誤殺千人，其孽非細。

武陵陳生

武陵陳某者，父某，故嘗遣家僮收債於後村某，無償，僮恚，遽以手碗擲其面而誶之。某心恨甚。久之，俱物故矣。而陳某家有蓄犬頗馴，一日，突入鄰翁家，齧其女孩頸見血。陳某以犬瘈人爲鄰所詬，遂擊殺之以謝。夜梦人謂曰：「吾後村某也，宿負公家穀六石，業爲犬守六年償矣。吾所齧鄰翁女則翁之家僮，以擲碗宿恨，故報之。今冤債業俱盡，而故所貸注籍未銷，願賜憐憫。」乃於父故篋檢之，果得券於敗楮中。陳某子曰某，與龍伯貞子同年舉於鄉。伯貞間面徵其事，信然。人嘗有貸於伯貞者，或視其家無償，置勿索，曰：「宿負也。」余初入官，揭柱聯云：「一來還債，從前億萬年盡行勾銷；一來放債，從後億萬年永不責償。」

變牛還債

長興有鄉民王某者，素狡而横，武斷鄉曲。每設計買人田產，既成券，僅償半價。放債則背其原契，既還復索，習以爲常。人畏其横，莫敢與争，惟飲恨而已。亡何暴卒。鄰家偶生一牛，主人視之，忽作人言曰：「某老官，我即鄰人王某也。陰司以我設心不善，且嘗負爾田價，故罰爲牛以償。今煩召我子來，令其措處奉還耳。」主人大驚，亟往呼其子。子亦兇暴，掉臂入門，高聲問：「牛在何處？」牛不即應。其子咆哮，怒詈主人，且逞拳焉。牛作人言曰：「頃者爾來問牛在何處，吾憤且羞，故不應耳，尚敺人耶？」因歷述某産付價未足，還該若干，某債原契未還，今在何篋。「須一一爲我清楚，以脱我罪。」言訖，即掊地而死。其子因贖回瘞之。事遂遍傳鄉里間。余少時聞之甚詳，今忘其名，特欲警愚民之貪且横者，故不嫌於志怪也。

梦兆定數

陳楝塘記

永康周實夫，名文光，爲舉人時，與余南雍會友也。嘗語余曰：「人不但窮通得喪有數，雖一衣一食，亦有數定焉。吾家住縣中，門有小樓，諸生肄業其上。一夕，梦一鄉間士友來訪，余乃戴一塵垢冬帽出見，各啜粥兩盂而去。時夏月，且巾而不帽，而吾鄉客至，絶無啜粥者。晨醒，方與室人道此梦，婢子報云：『某舉人在外相訪，已坐學生樓上矣。』吾遂披衣起盥櫛，取所戴馬尾巾不獲，再三覓之，竟不見。室人偶在架上拾一舊紵絲帽，乃笑覆吾首，推而出。吾與此友且笑且訝，乃曰：『斯固異矣。然啜粥與否在我，梦其如之何？』因命庖人，必煮肉炊飯。不意此友之兄繫獄患病，屬其弟邀吾同見縣尹求保放。時尹正欲出外公幹，其兄使人絡繹催請甚急，吾最怕空腹曉行，連呼酒飯，不能就口，而此友立促。趑趄間，諸生有粥在缶，乃笑而請曰：『此有粥，姑啜之以應梦，何如？』吾二人只煞各啜兩盂而去。」實夫之言如此。吁！一巾帽粥飯尚有定數，况其他乎？今人争名於朝，争利於市，蠅營狗苟至老死而不知止者，徒自苦耳，何益之有哉？

易筮定數　殷秋溟記

嘉靖戊子秋孟，予初學筮法，揲之，得「未濟」之九四，曰：「震用伐鬼方，三年有賞於大國。」至辛卯，應天鄉試，予果中式，盖有賞於三年也，其應如此。辛丑赴試南宫，放榜前一日，宿友人唐新洲寓。新洲有蓍，命筮之，得「大畜」之卦，辭曰：「大畜：利貞。不家食，吉。利涉大川。」明日果中榜。初授户部山東司主事，此食禄於朝，不家食也。繼而改南部驗封，猶京宦也。久之，轉江西布政使司左參議，此非涉大川乎？然則一筮之間，而一生功名昭然如指諸掌矣，其應如此。時新洲微醺，命予代筮，得「坎」之六四，曰：「樽酒簋，貳用缶，納約自牖，終無咎。」以微醺，故曰「貳用」；後官某科給事中，言路也，故曰「納約自牖」，其應亦如此。甲辰，予欲乞改南曹，筮之，不許。予復筮，得「巽」之九五，曰：「貞吉，悔亡，無不利。無初有終。先庚三日，後庚三日，吉。」注云：「先庚三日，丁也；後庚三日，癸也。」果以丁未轉文選郎中，癸丑遷江西參議，其應又如此。由是觀之，人生陶於陰陽，鑄於造化，事有定數，理可前知。雖官之崇卑，地之内外，時之先後，皆不爽毫髮如此，其誰能易之？而世之人方且憧憧於取捨好惡之間，營營於利害得失之際，徒役心神，於理竟何益耶？故君子之學惟曰：「樂天知命，吾何憂？窮理盡性，吾何疑？」

仙梦定數

豐城余副使爲諸生時，祈梦於九里湖仙祠。梦入古寺，花木映簾，泉聲滿户，壁間有唐詩一絶云：「月華星彩坐來收，岳色江聲暗結愁。半夜燈前十年事，一時和雨到心頭。」既覺悵然，自分科目絶望矣。越數年，登進士，爲御史，以仙祠之梦不足信。後爲廣東副使，巡海至山中古寺，風景依然如梦，仰見所梦唐詩濃墨大字書於壁間，乃惕然驚疑，達旦不寐。次日，乃得罷官之報。盖仙祠之梦，多驗於結局也，類如此。易筮之驗，梦兆之靈，往往然矣。記此二條以例之，餘不勝其書也。

卷六

徵異

主昭監也。耳綜目核，稍涉杳冥，然而天道至不爽矣。故曰：「不畏於人，胡不畏於天？」夫矯誣者鬼褫；逆取者陰奪。報應符於印塗；業債准於執券。乃知孽自作，業亦自受也，亦自消也。世哆談仙而莫有知其爲孝德王者，予特以鮮事而録之。

《夷堅志》敘

田汝成《夷堅志·敘》曰：「治亂之軸，不握於人，則握於天。天有常運，人有常經。天亂其運，則善惡倒植；人亂其經，則賞罰無章。天亂則人治之，於是乎爵於朝，戮於市，播於大誥，而鑄於刑書。人亂則天治之，於是乎翼於無形，呵於無聲，錫奪其貨基，而延縮其壽夭。是惟天人交輔以持世，故彜倫所以常存而乾坤賴以不毀也。人之爲治也，顯而易見；天之爲治也，幽而難明。略其易見而表其難明，此《夷堅志》之所由作也。」又言：「夫人之分量有限，而嗜望無涯，苦海愛河，比比沉汩，不懾之以天刑而喻之以夙賦，則覬覦者何觀焉？予比有所書以善惡報應至不爽。夫明有禮樂，幽有鬼神，各有攸司，以維世翊教。雖吉士未必以是勵行，而凶人庶幾少有悛心，且以自刺也。故嘗屢書之而不置。」田氏之言，實獲我心。

施藥陰功

嚴冢宰，滇人，父故能醫。一日，鄰有醫者死，三日復蘇，語人云：至一大第宅，有穹碑，主者令亟記碑上語傳示人間。語曰：「醫生嚴用和，施藥陰功多。自壽添二紀，養子登高科。」誦畢遂瞑。已而冢宰生，弱冠登甲辰第。

尹氏陰德

歷城尹氏，家貧無資，賣糕以爲活。一日，息於道陰，客有啗糕者，會天大暑，解鞍飲馬，脱衣而休。已乃馳馬去之，遺囊焉。尹氏舉之弗勝，知其白金也，密徙而覆之，瞑不見人，乃以錫缶裝金，坎土埋之，植柳爲表。客故山西大駔也，行賈以萬計，已乃稍稍折閲，收其餘，僅五六百金，圖返其家，業已失之，不敢復見其父母妻子，遂流丐於外。越數年，柳且拱矣。客復過故處，尹氏亦賣糕不復省識也。客乃據地而慟，尹氏曰：「何慟也？」客語之故，益悲不自止。尹氏訊其所遺之金數與其日數皆合，謂客曰：「第無慟，若第柳下乎起之。」遂起柳而探之，得金焉。客乃復慟據地請曰：「奈何有是乎？惟公所取之，與我其餘矣。」尹氏不可。曰：「中分之乎？」亦不可，曰：「我誠貧也，豈其不全掇之之爲快，而寡取之，而中分之乎？」客不能强，乃稽顙申謝而去。尹氏夜寐，梦神語之曰：「汝之陰德厚矣，貽汝以貴子焉。」彌月而生子旻，稍就塾師學，慧爽超於群兒。一日，與群兒遨於城隍之廟，戲書神背曰：「决配千里。」神乃夜見梦於塾師曰：「救我！救我！」曰：「何故？」曰：「若之徒譴我遠戍，不得留，行矣！」師曰：「此兒孺子戲耳，何足慮乎？」神曰：「不然，此天官所判，故不敢違也。」塾師覺而怪，晨往視焉，則旻所爲也。呼而詰之曰：「兒孺子奈何以神戲乎？亟往除之。」然心奇其事，不甚譴也。已而，果舉進士，爲吏部侍郎者九年，爲天官者九年。

埋毒獲錢

杭之酒家，率以燒鵝請客。有懸鵝於肆者，毒蛇旋繞而齧之，涉其腹中。行者過而適見之，私計曰：「以是啗客，客其不中毒死乎？」乃紿酒家曰：「家適飯客，欲市鵝也，其直幾何？」酒家以直對。探其囊中之金不足，因與酒家之鄰相稔也，遂請貸而市之，瘞諸鄰人之隙地，而得瘞金。鄰人見而争之曰：「是某所瘞金也。」遂共訴於分巡巴僉事。巴僉事訊得其情，其鄰人所稱瘞金事無左驗，乃判曰：「一念之善，天報之若響。汝奈何逆天乎？」杖酒家與其鄰人，而以金歸葬鵝者。

分穀得金

王敬美記：豫章米賤，丁亥大侵，米貴至七錢。戊子春，新建縣一民，鄉居窘甚，家止存一木桶，出貨之，得銀三分。計無所復之，乃與二分買米，一分買信，將與妻孥共一飽食而死。炊方熟，會里長至門索丁銀，無以應之。里長遠來而饑，欲一飯而去。又辭以無。入廚見飯，責其欺。其人摇手曰：「此非君所食。」愈益怪之。始流涕而告以實。里長大駭，亟起傾其飯而埋之。「若無遽至此。吾家尚有五斗穀，隨我去，負歸舂食，可延數日。或有别生理，奈何遽自殞爲？」其人感其意而隨之，果得穀以歸，出之，則有五十金在焉。其人駭曰：「此必里長所積以償官者，誤置其中，渠救我死，我忍私之？」遽持銀至里長所還之。里長曰：「吾貧人，安得此銀？此殆天以賜若者。」其人固不肯持去，久之乃各分二十五金，兩家俱稍饒裕矣。此得之喻邦相家書不虛。嗚呼！頻年饑饉，普天同困，似天意不欲多生人也。河南北人相食而卒，未聞上蒼有來牟之惠，乃忽於豫章兩姓示異如此，何耶？然彼二人一善念而感天賜金，聞者亦足以勸矣！

以孝免疫

嘉靖十九年，常熟學前程某者，每日至午後即昏，次日天明始蘇，即備云：「我隨門神并各處土祇至人家散疫。」指云：「某家因孝疫不及，某家某家行善亦減數，惡者多及之。」如此者二十日，後一一如其言。奚甫錢氏云：「死者四十二人，程某無恙。」

張碧塘素

雲南安寧州張碧塘素，母臨娩時，其父見所善趙道人入其室而生。趙道人者，故昆明屠兒。一日，縛母牛將屠之，淬刃於水濱石，因置焉。而母牛之犊覘其側，竊銜刃納石罅中，若不忍母牛之屠者。屠回，索刃不得，旁見者告之。故不信，以爲誑己：「吾日所節解無算，牸何知，乃能竊吾刃？」因復置刃石上，而身隱以司之，見牸復竊刃如初。乃大驚，悔恨平生所爲，遂棄其屠，而與牛俱上華山華亭庵。日叩頭佛前，懺甚力。久之，頟頼肉隆隆起如瘤。山下去溪橋取水約三四里許，道人以桶架牛背，徐拽至橋邊。居民認爲趙道人牛，争爲汲水置桶，牛復拽之而上供庵爨。如是二十年餘，而道人故往來張長者家。碧塘既生，頟有痕，隆隆起如圓珠。登第，歷官至都御史。

妄殺奇報

馬炳然，正統間登第，令嘉魚。突有盗入縣發公帑，焚掠而去。或窺見其渠魁爲長髯狀，主者索盗急。適報團風有過舟載二十餘人，蹤跡稍詭，疑其暴客也。密使偵之，則有長髯者在焉，而實非前盗也。馬不察，遽執之，以獲盗報，盡斃之獄。馬秩滿召爲御史，而真盗爲他邑所邏獲，部使者以馬同臺，故陰寢前誤不究。於是馬稍遷至都御史，舟泊團風，夜爲流賊所掠，盡室殲焉。人以爲妄殺之報。炳然同僚，五和魯卿族也。

黄臻善報

陳棟堂記

遞鋪市賈黄臻，休寧人，爲人質直謹願。在諸賈中不甚計利，好行善事以救濟人，見惡人輒摇手縮頸避之。僅一子，尚稚，攜之以隨。余愛其長者，與之往來。嘉靖戊子八月，高塢石馬諸山水驟溢，人畜溺死者無算。余時卧病家居，水出几榻上，幾殆，亟乘桴登業師張先生樓得免。望遞鋪廛舍，如木葉下。須臾，一人乘船過樓下，呼曰：「黄臻父子俱溺死矣！」張先生不任嘆息，余獨弗之信，曰：「斯人也，萬無父子俱死理。」張先生曰：「迂哉，子也。顔夭跖壽，幾何可言天道哉？」余曰：「雖然，論理之常，父子決存其一。」須臾，又一人報曰：「臻尚存，其子死矣。」余曰：「是或有之。」須臾，又一人報曰：「臻死矣，子存。」予曰：「是或有之。」詰旦，臻攜其子來，自言抱竹漂三十里，冒一大樹根，遂捫樹上。其子騎一梁木，出没洶濤中，逢舟人援以入舟，是以父子俱無恙。余乃笑曰：「信哉！吾言乎？」張先生默然良久，曰：「設使盆成括不死，孟子之言猶信也。」

善人有後

東門顔六，一鄉皆稱爲「善人」「善人」云。年六十無子。鄰有范醫官者，亦君子人也。嘗遘疾，就醫於杭，伻至自家，問以鄉里事。伻曰：「對門顔六死矣。」范公大駭，乃詬詈伻，以爲誤傳。伻曰：「儂來時，聞其家有哭聲，其族人洶洶東西走，爲覓成木。非死而何？」范公曰：「此善人未有子，可死之耶？即死當復甦！」伻竊笑之。數日，范公疾已而歸，舟逢鄉人，問曰：「顔六無恙否？」鄉人曰：「某日既死矣，其家沐浴就殯，撫其胸微温，聞其口鼻中嘶嘶有聲，輒以湯灌之，漸甦。今能食糜矣。」范公乃自神其見，徑造顔六唁之曰：「丈勿憂，天必不絶爾也。」後果生一子六歲，年六十七而終。余得之范藻軒先生云。醫官，先生父也。此事與余料黄臻事頗相類，故并記之，以天道之可恃如此。

逆母之報

永嘉菰溪徐四，逆子也。其母苦之，籲天者屢。嘉靖巳酉八月辛酉，四與鄉鄰酒伴共會石埠祠，雷雨驟作。四與酒伴牢閉祠門，忽四不見，酒伴啟門，四獨跪祠外溪水中不動，面無神色，酒伴愕然。至家，詰其母，乃知渠母曾以不孝訴，尋爲懺悔，歷二日，空中始釋之。今四垂七十，尚存。張東越手記。

湯鎮凶徒

杭州湯鎮一凶徒，素不孝於母，極淩虐之。産一子三歲，愛之甚至，妻抱負，偶跌損其頭，泣謂姑曰：「夫歸，必毆死，不如溺水爲幸。」姑曰：「無憂，第言由我之誤，我往避汝小姑家，俟其怒息而還。」至晚，夫歸，見兒頭破，徑提妻欲殺之。妻以姑爲解。次日，持刀而往，於途中藏刀石下，至妹家，以温言誘母還。至石旁，忿然取刀欲殺母，竟失刀所在。但見巨蛇介道，方驚畏，不覺雙足陷地中。須臾，没至膝，七竅流血，自聲其罪。其母救抱，無計可入。走報其婦，婦往掘之，隨掘隨陷。啖以飲食，三日乃死。觀者日千餘人，莫不稱快。

天誅惡人 唐公按雲南時

漁石記：浪穹書手張奉，習刀筆，熟知境内田賦户口。其術能使連阡陌者空其囊無立錐之家，藉輒盈焉。境苦其毒不敢言，朝言而夕賦至矣。奉尤工剥民之術，境長吏至，召問之。剌剌與語，既執手以歡，終乃頤指惟命焉。日教長吏窮取吾民，長吏有其三，七歸奉家，人號曰「翼虎室」呼之。予廉其狀，驅武豪縛之。械至途，厚賂縛者，不許，乃計逸去。縛者追及之，力弗能制。時野無雲虓，然雷震於東，奉斃於西。腹若刲，五臟若刳，人厭弗收，狗彘棄焉。嗚呼！惡果不可爲也哉。奉以匹夫而摇毒於境，人懼焉，吏制焉，將謂終生無刑也。卒乃吏縛其軀，天顯其誅，獸不食其餘。嗚呼！惡者懼矣。今之爲張奉者豈少哉？而報亦不爽。吾鄉金鑣其尤也，鑣之後復有鑣焉，雷在其首矣。

殺囚得報

梁僉憲昉，弱冠登第，令蕭山，爲御史，明敏善法律，遇獄囚輒捶殺之。惟妾生一子，夜見數囚嬰金鐵木校相謂曰：「且侮弄其孩兒何如？」子倏不見，明日得諸民家。又數日，昉恍忽見數囚前扼其喉，大呌數聲卒。

天報惡婦

《史惺堂先生日記》：吾寮友趙某，浙之文人，其貌甚豐，久之瘦削，意其有抱未舒也。一日巡城御史捕二少女，知爲趙妾，歸之，趙大慟曰：「忍陷汝九泉冤耶？」即遣之，令自便。越日，趙死，寮友奔訊，始知其妻悍妬，趙卒不敢置妾。當考滿北征，哀訴其妻曰：「年過半百，無一弱息自托，後奈何？請以祖業官資盡給若女與壻，容我置一妾如何？」妻許之。及入門，復大詬。次日趙入省視事，妻肆毒於家，不可堪忍，二姬夜遁。明日，趙憤而死。南都人皆憐之。吊賓正滿堂，吏卒環立庭，妻忽大狂，披趙冠裳，趨靈几叫罵曰：「我是趙某，這惡婦我家祖宗不饒。」即吐血投地而死。天之報惡婦，捷於影響若是耶？事在嘉靖己未庚申年間，先生時爲南刑部郎。

虎噬山淫

荊溪有二人，髫丱交也，壯而窶富不同。窶子以故宴安，無他技，獨微解書數，妾且豔。富子乃設謀謂言：「若困甚，盍圖濟乎？」窶告以不能。富子曰：「固知也，某山某甲豐於賄，乏主計史，覓久矣，若才止應此耳。若欲，吾爲若策之。」窶感謝。富子即具舟并載其豔者以去。抵山，又謂言：「吾故未嘗夙語彼，彼突見若夫婦，得無少忤乎？一忤且不可復進。留而内守舟，吾與若先容焉。」窶從之，偕上山。富子宛轉引行險惡溪林中，窶胼胝碎破，血出被踝，猶踵不已。至寂極處，乃蹴而委之地，出腰鉞斫之隕絶。富子謂死矣，哭下山，謂豔者：「若夫噬於虎矣，若之何？」婦惟哭。富子又謂言：「哭無爲，吾試同若往檢覓，不見，乃更造計耳。」婦亦從之，偕上山。富子又宛轉引行別險惡溪林中，至極寂處，擁而求淫之。婦未答，忽虎出叢柯間，咆哮奮前，齧富子去。婦驚定，心念：「彼習行且爾，吾夫其果在虎腹中矣。」乃轉身而歸，迷故途而哭。倏見一人步於旁，問故，婦陳之。人言：「爾勿哭，當返諸舟。」遂導之返，見舟而滅，盖神云。婦登舟，莫爲計。俄而山中又一人哭以出，遥察之，厥雄也。婦疑駭其夫鬼與？夫亦疑婦當爲賊收矣，何尚獨存哉？既相逼，果夫果妻也，相攜大慟而甦，各道故。夫曰：「彼圖淫若，固未淫若；圖死我，固未死我，則我可置我憾矣。」婦曰：「吾苦若死，若固不死；圖報賊，賊固自得報矣。我恨亦何不可置耶？」於是更悲而慰，哭而笑，終歸完於鄉。祝京兆允明爲作《義虎傳》，且曰：「使婦不遇虎，得理於人而報賊，且未必遂，遂，且未若此快也。故巧不足以盡虎，以義表焉可也。」

掌心書「殺」字

一友陳姓，頗負才名。庚子赴江西省試畢，有公祠，祠梦多驗，陳私往禱梦。神告曰：「爾祖商廣西時，兄弟圍爐以掌心書『殺』字云何？今取償矣。何前程也？」陳驚覺回寓，得心疾，且不知祖所犯。促歸，告其父，乃知果有謀財致富隱匿。陳竟死，而家日衰落。先世德行取償於其子孫，如責左券然。《易》稱「餘殃」，信然也。

戰馬報仇

吉水王公維楨，以太學生除夔州通判，會石和尚流劫入夔。是時，王同知受牒捕賊，性怯而猾，托疾不敢出一兵。公忿忿數之曰：「汝所主何事？忍委赤子餓虎口耶？」即代勒所部民兵晝夜行，至，賊已破吴山，聚夥山中。索擊之，殺渠傑三十三人，賊適遁而歸。居三日，賊復劫屬邑大昌。公促王，王又不行。而指揮曹能、柴成與王素黨結避禍，則故詭辭激公曰：「公誠爲國出氣力，肯慨然復行乎？」公即聲應。曹、柴兩人故酌酒賀，許以身相翼，實爲脱王計。公即日勒民兵行，曹、柴赴之，與賊夾水陣，已而麾民兵畢渡趣戰。曹、柴望走，公陷圍中，誤入淖田不得脱。賊欲降之，公大奮駡。賊怒，以刀斷其喉及右臂，墮淖中，馬逸去。自死所至府三百里，馬奔歸，府門闔，長嘶踶其扃，若告急狀。守者納之，血淋漓毛鬣盡赤。衆始駭公已死而賊尤不解。後廿五日，子廣始得屍殮之，面如生，不以暑腐。然貧甚，不能歸，售馬於王同知。王已得馬而不償值。櫬既行。一夜，馬哀鳴特異，王命秣者加莝豆，不爲止。王疑秣者紿己，自起視櫪。馬騣齧其頸不釋口，久乃得脱。復奮首搗其胸，僕之地。翼日，嘔血數升死。賊既平，有司正功罪，曹、柴以法誅，公贈奉議大夫，録其子。羅文恭曰：「自昔相傳義馬事不一，皆言臨難能相濟也。若夫辨讎怨微隱間，切齒碎膺，期在必報，即在人猶且難之。豈公忠義之氣通於鬼神，有使之然哉？彼欺人不見，中以危機，既得自全，復利其所有，此其計至深秘也，然卒不可逃若此。」

魂數婦惡

嘉靖間，安福新樂鄉王母寡居，子亦亡，其婦逆甚，母旦夕哭號。子魂忽附於婦，召諸尊幼并所親至臥所，歷數婦平日過惡。初以爲狂，既指所盜母衣物在某所，信然。凡三日復初。

神伸嫠屈《永嘉縣誌》

永嘉周守密，以公正爲縣申明亭長。同里朱氏有嫠婦，無子，抱養異姓幼孩曰「守明」。其叔朱乞及子守成利其產，謀逐之，訟於縣。縣尹林頗惑於粮里之言，守密爲嫠力爭，不能得。乃令嫠具疏焚告於城隍，背負疏文日夜叩訴。如是者五日，嫠恍惚間見神降於庭，臨訊其事，取背負疏文讀之，點頭曰：「好耆老！三日後，聽分剖。」及期，天陰晦，雷磕。午後，諸惡少方會飲於大州橋，橋上轟然大震，乞父子斃於座，褫其衣巾掛牖間。觀者嗟駭。於是林尹懼，婺乃得理。守密歸家，方抱孫未名，因名「感」。感後登科，善書能文，志行亦卓越。

雷震孔老人家

劉衡山懋功道雷震孔老人家事：孔故劉同巷居者，有女嫁而寡，遺孤始孩，鞠於孔氏。孔氏子通其乳母，因與乳母謀：「是藐然孤者，易斃耳，其產可攫而有也。」乃陰令所畜童搆毒至，俟夜投之，而以兒急驚嘩，明則瘞之，誰知者？謀定時初昏，雷忽轟然從霤自柱下，震孔之子與童皆死。乳母方手其孤，攝孤置几上，乳母隨震死。柱亦折，而鎮符儼然卷如軸無損也。蓋隆慶四年五月間事。異哉！雷不震三人者於殄兒之後，而竟全此藐然孤也，天公似亦有性急時。

天還孤地

吉水灘頭一豪家造樓，占踰其孤姪婺嫂地基僅一間許。其孤婺莫誰何，惟旦夕焚香稽首籲天。一日，半空中忽大雷電風雨，移其樓，空其地，以歸孤嫠。至晚人視之，不失尺寸。此弘治二年五月十八日事也。是可爲欺孤虐寡者之戒。

雷驚頑慳

台州甘使君子開爲予言：安福劉旋宇元卿居家，與其党講《吕氏鄉約》。有某氏者，陰爲大秤入而以小斗量出，朘削鄉愚，習爲薄惡。約行，欲與更始，某氏頑，不肯悛。旋宇數及門曉譬，欲積誠動之。一日，語未卒，時天晴霽，忽雷轟然震庭中，攝出所爲大秤小斗者碎之。某氏驚佈伏地，不能起。旋宇慰之曰：「是天之棄汝疾也，第改行，天更福汝矣。」同僚許心盤知新，初爲沙縣教諭，言沙有富民甚慳，無絲粟之施於人，出貲入息算計，見利不少，貸人懷怨望而無他端。適天微陰，雷僩然下其室，人各擊額一槌，無脱者。良久，雷乃沖屋去。凡被擊者額上有痕色血鮮。人謂雷驚頑慳若此。

吴人王翰

吴人王翰，景泰中爲御史，上疏勸易儲與南城禁錮事甚力。及英廟復辟，數言前二事之非，攻于肅愍及其黨與不已。英廟甚悦之，時有賞賜，許以大用。一日，上御文華殿便室，庋駕歷朝章疏，凡留中者具在。忽驟風飄一本宛轉上前，取而閲之，則翰勸易儲與南城禁錮也。急宣翰來，翰以爲復有賞賜也，大悦。既至，上發前疏示之，翰稽顙出血，請死。上遽斥出，誅之。晏子曰：「一心可以事百君，而百心不可以事一君。」徵於翰，益信。嘗聞諸吴人曰：「翰爲子則不孝，爲兄弟則不友，暴横鄉里，人莫敢嬰其鋒。」其被誅戮，豈非天道乎？

臨安李生

李生居臨安餘杭門外，貨殖兼事醫藥。家畜二婢，以職修製。日賣養脾丸於市，揭巨榜於前曰：「有不用丁香、木香者，天譴之。」生一旦醉酒，溺死於河，其家未知之也。數日求而得之，屍已潰腐，不可浴斂。俗以歸屍爲不祥，遂槁葬叢塚之間，立碑識之曰：「行藥李郎中之墓。」李生故佞口，或題於碑後曰：「賣藥李郎中，昂藏辦不窮。一朝天賜死，溺死運河東。」蓋刺譏之也。未幾，家計蕭然。其妻斥遣二婢，尋鬻所居，攜二子以事人。或謂其妻曰：「爾夫以藥濟人，天當福之，何報之反酷耶？」他日，後夫醉之酒而叩之，妻云：「向所遣二婢，先夫專委之修合，一名木香，一名丁香，其實不用二藥也。」天之降罰，理宜有之，豈得謂之不幸乎？

湖州蠶家

湖州人業蠶，其事先蠶甚肅也。弘治中，有大族伍氏，以蠶至富。一歲，蠶多而桑薄，飼之不能繼，乃棄蠶十餘筐，瘞之土窖中。使僕三人駕船遠市桑，不得而返。途中，忽一大鯉躍入舟中，重可數斤。三人大喜，計載歸而饋其主。行至皂林，有巡司焉。邏者見其舟小而兩櫓邁往甚迅，意其有奸也而捕之，發倉而見人股焉。三人不知所謂，自相駭愕。縶以詣省，上之臬司。三人訴辨得魚之故與變異之端甚悉，臬司不之信也，拷掠備至，謂是何奸狀而殺人乎？三人不勝鍛煉，遂自誣服。詰其瘞屍所在，三人曰：「埋於家之隙地，可驗也。」臬司即令吏卒押至其家，妄指一地發之，盖即瘞鼉之所也。鼉悉不見，惟一人屍焉，身首俱完，而少一股。其家莫能自明，乃并其主抵罪。久之，事方得白，而家已蕩然矣。

冤魂酷報

張伯起記里中有丁姓者，戍籍也。客遊燕市，途遇一壯士，與之結爲死友。未幾，其人以盜敗繫獄，丁往省之。盜云：「我有數百金藏某所，君取來營救我，給我衣食，死則葬我，餘金任君取之。」丁利其滅口也，以金賄獄吏，斃之獄。越三年，丁自燕歸，舟中忽倒，已大叫，自言是盜，大罵丁，并述爲丁所害故。同舟人始知丁有負心事，相與跪拜，祈之云：「丁自害君，與我輩何與？今君殺丁於舟中，重爲我輩累矣，盍緩之。」鬼曰：「唯唯，當先至其家俟之。」語畢，丁遂蘇。及家三日，忽復大叫，仍述前語。取錘自落齒，家人奪之；則揚刀自傷其胸，又奪之；則以指自抉其目，睛盡出，血流被面。觀者填道，予亦往觀之。或問云：「汝既有冤欲報，何待三年？」鬼云：「向我繫獄，近得赦書乃出耳。」已而丁竟死。所謂赦書，蓋是時隆慶改元也。

自取覆溺

遂昌士人劉合峰言：其近處村中，有三人同行。前臨一渡，值溪水驟漲，而舟在彼岸。中一人素愚蠢，二人乃誘使脱衣泅過取舟。其人出没湍流中，幾至滅頂，僅而獲濟，乃復竭力撐舟來渡二人。二人登舟，剛欲撐開，愚者忽肚痛欲泄不可禁，亟跳而登岸。二人遽揮手曰：「日已暮，吾不能候汝矣。」遂撐去。俄而水急舟横，抵岸一觸，俱覆溺焉，而愚者固在岸自若也。夫因其愚而擠之於危以自利，即此一念，不仁甚矣，其覆溺也，宜哉。

謗人被謗

陳棟塘記

余昔參楚藩，以分守行縣至公安縣。有白教諭某，儀觀修整，獨鼻樑間橫黑縷，如墨畫者然，盖晦色也。教諭會試入京，有太和山田道姑來縣募緣，聞其妻素好善，遂造其衙求佈施。乃捨銀一兩，以教諭出名題疏，仍與紵絲一丈繡旛。甫去，而同僚之妻過訪，言及乃駭然曰：「此疏簿正本，道上司出給者見之，將謂儒官乃與道姑來往，爲累不小，奈何？」白妻急令人追尋，不獲，遂信以爲其夫之官自此休矣，日夕怏怏於心。比教諭下第回，取此紵絲裁衣，却又剪動。妻益不自安，遂自縊死。余適聞之，以問知縣，具道其詳，且盛讚譽焉。後撫院林二山公名大輅，莆人。會議賢否册，對余曰：「明年湖廣去一官，必公安白教諭也。此狗彘，罪不容誅！」余訝，問故。公曰：「此人奸學吏之妻，其妻有言，遂勒縊死。」余乃述所聞告之。公沉吟間，余曰：「不審前言得之何等人？果君子也，庸或可聽；苟非其人，請更訪之。」公乃幡然擊几曰：「是矣！是矣！」即奮筆抹去其名下所注考語。後白陞國子助教。余轉官閩臬，見二山公於莆。公指鄰家謂余曰：「此吴姓者，向爲公安訓導，謗白教諭者是也。平素心術不臧，吾故因君言頃悟。渠後陞萍鄉教諭，乃亦爲同僚所譖罷歸。過鄱陽湖，舟覆，僅以身免。今且無聊矣。」吁！昔自謗人，今被人謗，天道好還，不信然哉？而聽言者尤當先察其所言之人。

毁人口孽

祝期生，爲人狷薄，好彰人短。有體貌不具者，譏笑之；妍美者，疾毁之；愚者，輕侮之；智者，評品之；貧者，薄之；富者，謗之；官則訐其陰邪，士則發其隱曲，無可擬議者，則求其短以毁之。晚年病口瘡，每作必刺血數升乃已，既而復作，又復刺之，竟至舌枯而死。故馬援戒子曰：「聞人過失如聞父母之名，耳可得而聞，口不可得而言也。」其垂訓切矣。

黄景雲

海上史鑄爲郡庫藏吏時，丁倭亂，出入多所乾没，無慮數萬金。憲司廉其事，屢逮之，然數通賄於豪右，不及於患。黄景雲文偉，中江西省元，舉進士，令海上，聞而忿之，知其故賦長也，思所以甘心者。每逮賦長，必追正身至則稍寬刑責。年餘，人争赴其追，無避者。及捕史，史乃隨符至，至則數其罪，立杖百棍，斃杖下。黄退食後寢，目見史立左右側，呼隸人逐之。隸人曰：「史已斃，何逐也？」頃之，升堂，復見史立左右，遂神思恍惚，侵尋病弱而終。人以爲史鑄之報。侵没官銀，史之死，宜也。而强死爲鬼，卒能仇天子之命吏，何哉？史既服捕，宜薄書其惡，如律擬允而後刑，與海上之人共棄之，史當服萬死，何能爲祟也？

孫淳齋

孫淳齋世芳，宣府人，官翰林。其舅某搆北虜入寇，父母妻子家資罄於兵火，乃走京師謁孫。孫不爲禮，令就食逆旅。明日復謁，閽者不爲通。舅性悻直，因數孫平昔負其家鞠撫恩，怒駡不已。與之食，不食。四日，立死於城牆下。死之明日，孫見其形於沐盆中，器物衣服悉顛倒，擾亂不可禁。乃呼道士，術遣之，稍安静。二年餘，孫之南京爲副考試官，出張家灣，復見其舅，乃驚，病臥舟中，入南闈竟死。嗚呼！冤鬼之報復，固如是昭昭哉。孫死於嘉靖甲子之南闈，乃《自樂編》載其事若此。

山東吏

《自樂編》記山東省有一吏，忘其名，素狠戾，剛强不屈。偶以微眚逢憲司怒，杖方三四下就毒詈，憲司命增杖，愈增愈駡，杖數十竟死。午餘，憲司索湯濯足，此公平昔甚罕濯足，每濯必有奇禍。是日，濯足未竟，忽眼目見前吏又怒駡之，隨吐涎，左右扶上床，身未安而死。録此足爲淫怒以逞者之鑒，予嘗爲頑民所動，因思書云：「無忿疾於頑」，蘧覺氣消。

天道好還

吾鄰細民胡姓者，以捕鱉爲生。他日雞翼卵出皆得鱉，不踰時，其人死。又湖山張氏有善張繩掩取獐麂狐兔之屬者，一觸繩往往罣足悲鳴以斃。其人止一子，方壯齡，梯樹取菓，偶壓樹枝，足脛折，如獐麂罣足狀。予曾慨嘆，以爲天道好還，即戕物命者且然矣。

神報回生

予同年新淦張復吾堯文有回生事，徵應甚奇異。復吾之兄曰水部君克文。隆慶丁卯之秋，兄弟同計偕舟，行及桃源而復吾病。病亟，水部遥望桃源三義祠，且泣且禱。反視復吾，則氣息奄奄欲絶矣。不得已，爲治木及殮具。忽聞空中語云：「堯文是心地善人，決不終於異鄉。克文係兄弟同心，你前日講過的，是你明年中。」舟衆聞且駭。水部心益恍惚，念安有人死竟日而復生者？徒于邑悲哀而伏屍之旁。乃聞空中復有呼者曰：「人誰不死，此自當生者。」於是死且八日矣，視其魄，不陽亦不化，瘠甚矣。中乾外枯，腹背相輳。水部舁屍徙至野廟中，旦復走祠下，奉明水一盂，燔其所祝詞投水中，以沃屍搦頷，抉其口以五分瀝之，屍萌乎顙有泚。水部喜，籲侯彌急。一夕，屍起，慹然負牆立，立忽仆。僕走掩泣以告水部。水部急入，拊屍而語，提其耳曰：「某在斯。」已乃嗌然聲少出，謂形不類已。詑水部。水部以手按其心曰：「此件可是你真的？」少頃，曰：「此件倒是。」水部曰：「此件是，件件是！」明旦，復吾索鏡自視，眸子視得其形，微笑曰：「是我矣。」日飲以粥，粥數旬而復。復之日，莫不灑然變色動容，詑神異也。死於八月之晦日，凡十八日而復，至九月終旬，其形始充然如故。兄弟痛哭，辭三義祠，復置舟北上。明年，水部登進士第。至癸未，復吾乃第。

張越吾輪回傳

吳人張伯起記：明經張越吾者，三輔人也，失其名。待試輦下，中煤毒暴死。張無子，一女曰喜姐，納同鄉李上舍子，聘未行。死之日，李在北雍，因經紀其喪。閱其篋中裝有珠一封，識而封之，因乞假護喪歸。張婦出，哭而謝，備陳所爲經紀事。李怪問之，張婦曰：「先凶問未至前，妾梦夫君倉皇歸，自言中煤毒死，『賴親家爲畢力喪具，行囊皆李所識，無失也。我今爲上帝所憐，命爲都城隍，當時時歸視汝，歸則壁中有車馬鼓吹聲』。」因是知所以謝李故，異焉。然亦以始死，魂魄未散耳。無何，而壁中隱隱有車馬鼓吹聲矣。久之，鄰人亦聞其家隱隱有車馬鼓吹聲矣。如此者五六年。一夕，李梦張至，謂曰：「我因數數顧家，帝復遣我生人世，投高唐州城外林秀才家爲之子。秀才名接武。後六年，君謁選，當貳某邑。時則喜姐已適君子，攜之行，經高唐，須遣來童訪我。」來童，其故臧也。李驚寤而識之。及期謁選，果如梦所擬。已攜家過高唐，遣來童訪之。過城約十五里許，問林秀才接武者，人云：「前牆門內有兒坐其間者，即其家也。」來童至，兒即呼之：「來童！汝來乎？」來童驚曰：「兒何自識我？」兒曰：「我故汝主張越吾也。」來童拜且泣。時聚觀者如堵，既而曰：「李親家來乎？」曰：「來。」「喜姐來乎？」曰：「來。」曰：「可趨之來，我思見之。」來童去。久之，車駕馳至，則李夫婦與喜姐來也。兒初持李泣且謝，李婦欲提抱之，却去不可，曰：「親母無兒我，我固親家也。」已攜喜姐手以言：「汝母孤苦，今奈何？」又言：「京師爲汝購珠一封，非汝翁封識，汝幾不得珠矣。」是時，曹侯鐸守高唐，聞之，上其事於郡伯羅。一日，羅大都授於學宮，今吴邑傅明府伯俊爲諸生，與焉。羅云高唐有一異事，業已召之，當令諸生見。有頃，林生抱兒入。兒長揖，稱羅「公祖」，若猶自謂明經也。林教以爺稱，兒不應。强之，則曰：「老師。」羅因扣之曰：「兒今日知爲兒耶？爲成人耶？」亦不應。再問之，則曰：「師以我爲兒耶？爲成人耶？」衆皆竦然。傅因問前世中某科鄉試，則曰：「達其道榜。」問某題。曰：「一人定國。」餘皆以次述之。問：「能憶前所作乎？」曰：「墨卷七首尚能成誦，餘不盡憶也。」此傅侯稱説所目擊語，且云：「此時兒可十二三，存否不可知。即存，其能憶記前世否，亦不可知。」惜無好事者過高唐再訪之。觀此則知羊祜前身爲鄰家李氏子事實有之。雖其人已死，其神靈之不可欺有如此。第令張客死時，李有侵漁其間，當媿死矣。故特筆之，令世人負鬼債者知所儆夫。

蛇奉渡錢

萬安皂口驛下四十里，有舟子夜梦人來渡，至皂口，謝銀一錢。覺而心怪之。天微明，船艙内忽檢得紙包，沾水猶濕，開視之，銀果如數，而覓其人不得。忽林莽中有蛇昂頭若欲渡狀。舟子曰：「求渡者，汝耶？可密伏後艙，無驚前艙秀才也。」蛇如言入伏。少頃，至皂口，舟子以杖叩艙，語曰：「渡船者可上岸矣。」蛇以頭左摇，舟從之左，委蛇而去。舟子停橈，密偵蛇所往。時有修艅船隻工人在水次，蛇忽從左浮水過，齧内一人至死，復轉回攛叢莽中去。舟子驚呀，以爲前生孽也。蛇能浮水而見梦覓渡，豈其故示異以儆與？且銀又何從得也？劉觀吾，萬安人，面爲予道。

劉先生偉

豫章李遷《鶯谷山房記》：前在南武選，大司馬韓苑洛翁爲言：鄉有劉先生偉者，曾爲侍御，爲兗州守，卒於官。翁之叔父某，時爲某縣簿，實主其喪事。或云劉乃不死，往往見人間，翁不以爲然。後參藩山西衛，經歷某亦翁鄉人也。朔日，參謁不至，詰之，則云：「夜因劉先生過訪，且遂起遲耳。」翁問：「劉爲誰？」曰：「前兗州守也。」翁大駭異。言之方伯蔡公，命與偕來。既入見，即握手縷縷道平生事，且曰：「子昔癯也，今肥矣。」又曰：「子記彈琴時事乎？我過而翁家殺雞爲黍，命子撫琴，子爲彈《昭君》《梅花》二曲。今忘之耶？」翁曰：「然。」即席惟飲酒，肉食皆不禦。明旦，清戎察院聞之，曰：「異哉！故臺長也。」亟遣使招致之，遂不知所在。遍境内物色，卒不可得。翁言兗州爲人素以禮自防。父母喪，皆廬墓三年。四十後，妻亡，不復娶。爲御史時，住慶壽寺，閉門謝客，積書至數櫝。每出，必手自封識，人莫得而窺焉。一日，以侍班早出，不及封。康對山太史密往閲之，櫝中所貯，皆丹書也。在兗州日，忽終南山一道士至家，謂其子曰：「尊公今日至山中，特相告報。」數日後，訃至，計其亡，即道士至家日也。至今垂四十年，庶幾再覯見焉，不可得已。翁言此事時，諸司屬皆在側。後以問山西甄給舍，甄曰：「信有之，予故與狎處焉，不知其爲劉也，見苑翁後，人始知之，遂滅其跡矣。」王浚川《内臺集》亦載兹事。

王十七恕

東鄉王恕十七者，父某，故希心羽化之術，家築層樓，繪群仙翩蹮像，朝夕焚椒虔事焉。他日以箕祝曰：「某將裹糧問道四方，倘庶幾有遇乎？」箕降筆：「可無事遠遊，某月某日，當有道人來爲爾師。」屆期一道人披衲持缽索齋，王喜爲厚具齋而奉之。樓居久之，王某以他出，囑妻謹事，師所需輒應，而命恕十七侍道人。因謂恕十七：「家有狗乎？幸烹爲吾餐，吾渴思之。」恕十七以謂母，母恐誤，道人何頓饞口狗肉？試遣再問，果矣。且令熟蒸來，毋遺一毛骨。妻懼，逆夫指烹狗以進，道人捉筋食盡，而以一爪遺恕十七啖之，因懷骨袖中。王某歸，妻告之故，愕然，亦不敢請也。數日道人告行，留不可。王乃爲具裝，送之途。道人曰：「能棄家從我乎？」王曰：「師奈何不宿爲吾言？待家事數種畢，從師易易耳。」道人曰：「子既未可即去，來歲某日當復至，子慎待我。」王敬諾。遂別。別未數里，而所烹犬從後掉尾至，獨一足蹩躄然，視之則缺一爪。王大驚，以爲真仙也，亟追索之，杳無蹤跡，歸而悔恨不即從之去。第謹守所約期，先一夕掃除以待，忽報有債某者，貧無償，將挈家遠遁，夜四鼓放舟行矣。王欲亟索之，且念往返止四十里，翼午可歸，當不失迓道人期，又戒妻云云。乃王去而債某者倅爲所窘逼自經死，王以逼死人命，反出殯錢和解之，薄暮脱身歸，則家固未見道人來也。一牧豎云：「適有丐兒至，衣藍縷甚，索主不得，遺一破衲令報主，今置牛皂中。」取視之，故王所爲製衲也，内裹赤金重四兩，計償前齋饋費云。乃知道人預期某日，盖將以脱王某之難，難竟不得脱，遂乖道緣，自是絶音耗矣。王某者，參議欒木亭其雅之婿也。金谿周少山親得之縣庠官民表，民表故與恕十七爲友，俱好道術。

歷城王竹泉

周奉常志齋先生，歷城人，談其鄉前輩有王竹泉敕者，少得道術，讀書臥牛山，與一僧爲道侣。每朝炊熟，相攜山頂，採擷菜具，使僧持先下。比扣門，王乃自齋頭出爲開鍵。僧訝之。曰：「吾從裏間道來耳。」王舉鼎甲，官翰苑，出督學某省。一日集諸生試，遥見白雲一片起頂上，急馳兩騎，戒疾驅十數里，視雲落處掘之，得白石，瑩潔如雪，輦致之。命饔人切細煮爲腐，遍食諸生，甘美非常味。諸生請問何物。曰：「此雲母也。」後以國子祭酒家居。前臥牛山僧寢疾，王視之，問曰：「貴富惟爾願。」僧曰：「願兼之。」王曰：「惜也，功行未滿。」且著「蜀府」爲二字。王因批其背，僧遂滅。是日，蜀府宫中産第二子，背隱隱字現如所云，蜀王以手摩之，字應手没。同縣尹大宰閔者，方寢疾，詢之王：「疾可起乎？」曰：「未可知。」「在旦夕乎？」曰：「尚兩月餘。」「可定日乎？」曰：「且姑待之。」至某日，則速王至，曰：「大期在今日乎？」曰：「然。」曰：「當以某時？」王曰：「有大鶴入堂中飛旋，已奮翮去，即公之神也。」果如言，而太宰屬纊矣。王化時，鄉有人自京師歸者，道逢輿馬騶從鼓吹，趣避之。王從輿中遥識曰：「某人也？」人曰：「是公耶？」王曰：「某被召，不得辭。寄語吾子，有書數卷藏某處，可取視。能讀，讀之；不能讀，即棄去無留也。」比至其家問，則知王以是日化。子如言取書視之，皆白紙無黑字，遂棄去。王居官貧，嘗呼子慰之曰：「吾有他藏，今令汝見。」因指地一處，令掘至四五尺，見白金一窖，急掩之。又指一處掘，有錢纍纍。曰：「此吾所積遺爾者，姑種樹識之。」王既化，子從樹下掘地索銀錢，無有也。蓋王之幻術，姑以息其子之心云。

跋

潘去華父於書無所不窺，識鑒絶人，雅好揚搉古今。所遊薦紳長宿，日聞佳事清言，輒手記存之。間或採擷藝林，搜獵野乘，久之，論次成書，臚分類列，用備觀省，名曰《闇然堂類纂》。劉子卒業，深惟其言。夫污隆得失之變，論世者方之江河狂瀾莫迴，至使君子執空言隄防之，譚何容易？雖然，余讀《詩》得之：朝歌之野，鄭檜之閫，其音靡靡焉，盡壞先王之防，不復檢制，聽者不知倦；然令歌雍詠勺，和以《騶虞》，亂以《關雎》，世不必賞音如延陵季子，吾知其必有當也。邪不勝正，聲之感人，理有固然。世道已雕已琢，小人濡於耳目，君子窮於法術，然而作者之單詞片言，往往能觸於所必動，激於所必赴，屈於所必愧悔，甚至使其人銷鑠滅息，莫知其然而然，則亦立言之效也。是編事無纖巨，期於風物；言無大小，期於關人。高標勝踐，矩矱具之目前；名理雅談，妙契得之言外。顓愚不困於深微，頑頓坐銷其憎忮。一字之諷刺，隻語之省發，令人短詠而躍然，長思而不罄。去華父但有概於中以有兹編，初不自知其言之可以入人有此也。嗟嗟！儒者載籍極博，詩書所稱，猶不能造次通人情志，至取此以備鑒誡，去華父益竦然懼之矣。

時萬曆癸巳九月十日廬陵劉日升書

稀見筆記叢刊

已出版

獪　園　［明］錢希言　著

鬼　董　［宋］佚　名　著　夜航船　［清］破額山人　著

妄妄録　［清］朱　海　著

古禾雜識　［清］項映薇　著

鐙窗瑣話　［清］于　源　著

續耳譚　［明］劉忭等　仝撰

集異新抄　［明］佚　名　著　［清］李振青　抄　高辛硯齋雜著　［清］俞鳳翰　撰

翼駉稗編　［清］湯用中　著

籜廊瑣記　［清］王守毅　著

風世類編　［明］程時用　撰　闇然堂類纂　［明］潘士藻　撰

即將出版

在野邇言　［清］王嘉楨　著　薰蕕并載　［清］佚　名　著

疑　耀　［明］張　萱　撰

述異記　［清］東軒主人　撰　鸝砭軒質言　［清］戴蓮芬　撰

魏塘紀勝·續　［清］曹廷棟　著　東畬雜記　附　幽湖百詠　［清］沈廷瑞　著　鴛鴦湖小志　［民國］陶元鏞　輯

古今清談萬選　［明］泰華山人　編撰